A Mireille,

Cette fois je vous promène chez vous dans des lieux qui vous sont familiers...

dans ;

Faute de Carre à Vannes

que je vous dédicace avec plaisir.

Bien amicalement

[illegible]

Vannes, le 8.10.11

NOTE DE L'AUTEUR :

L'auteur s'empare, comme habituellement, d'une véritable affaire criminelle et, au terme d'une étude approfondie des faits et avec l'aide d'officiers de police judiciaire, en donne une version romancée aussi proche que possible de la réalité...

Un fait réel qu'il transpose dans d'autres lieux pour y bâtir une enquête qu'il livre à votre perspicace lecture...

DU MÊME AUTEUR :

- *Quel jour sommes-nous ? La maladie d'Alzheimer jour après jour* - Avril 2008 - Éditions Chiron.
- *Rendez-vous à Pristina* - Récit de l'intervention humanitaire Novembre 2001 - Éditions Chiron.

Le blog de l'auteur : www.firminlebourhis.fr

Cet ouvrage de pure fiction n'a d'autre ambition que de distraire le lecteur. Les événements relatés ainsi que les propos, les sentiments et les comportements des divers protagonistes n'ont aucun lien, ni de près ni de loin, avec la réalité et ont été imaginés de toutes pièces pour les besoins de l'intrigue. Toute ressemblance avec des personnes ou des situations existant ou ayant existé serait pure coïncidence.

Aux Éditions Alain Bargain

Dans la collection

ENQUÊTES ET SUSPENSE :

Firmin Le Bourhis
- La neige venait de l'Ouest *(épuisé)*
- Les Disparues de Quimperlé
- La Belle Scaëroise
- Étape à Plouay
- Lanterne rouge à Châteauneuf-du-Faou
- Coup de tabac à Morlaix
- Échec et tag à Clohars-Carnoët
- Peinture brûlante à Pontivy
- En Rade à Brest
- Drôle de chantier à Saint-Nazaire
- Poitiers, l'affaire du Parc
- Embrouilles briochines
- La Demoiselle du Guilvinec
- Jeu de quilles en Pays Guérandais
- Concarneau, affaire classée
- Faute de carre à Vannes

Françoise Le Mer
- Colin-maillard à Ouessant
- La Lame du Tarot
- Le Faucheur du Menez-Hom
- L'Oiseau noir de Plogonnec
- Blues Bigouden *à l'Île-Chevalier*
- Les Santons de Granite rose
- Les Ombres de Morgat
- Le Mulon rouge de Guérande
- L'Ange de Groix
- Buffet froid à Pouldreuzic

Michèle Corfdir
- Le Crabe
- Mortel Hiver sur le Trieux
- Chasse à corps à Bréhat
- Larmes de fond *(épuisé)*
- Vent contraire à Loguivy-de-la-Mer
- Herbes amères à Belle-Isle-en-Terre
- Il court, il court, le furet des Abers
- Fest-Noz sur le Nil

Martine Le Pensec
- Onde de choc sur Fermanville
- Angoisse sur Penmarc'h
- Lumière noire sur la Penfeld
- Printemps funeste à Brest
- Treizième lune à Concarneau
- 32 octobre à Roscoff

Chaix d'Est-Ange
- La filière d'Arradon
- La petite dame de Locminé
- Ratissage dans le golfe
- L'Écluse de Malestroit
- Copie conforme à Larmor-Baden
- Les Truands de Saint-Goustan
- Coup de barre à Étel
- Vilaine affaire à La Roche-Bernard
- Perfusion à Quiberon
- Le Passager de Lann-Bihoué

Gisèle Guillo
- Dernier rendez-vous à Vannes
- Du Léman au Morbihan *(épuisé)*
- Tempête à Quiberon
- La Belle de Carnac
- Le Saigneur de Quimper
- Vol de pigeons à Arradon
- Cash-cash au Crouesty
- Le Diable noir de Saint-Cado

Anne-Solen Kerbrat-Personnic
- "Mi Amor" à Rochefort
- Jour maudit à l'Île-Tudy
- Bordeaux voit rouge

Serge Le Gall
- La secte de l'Aven *(épuisé)*
- Sables mouvants à Bénodet
- La Douarneniste et le Commissaire
- Corps-mort à l'Île-de-Batz
- Traque noire à Audierne
- Fugue mortelle en RÉ
- Le moine rouge de Carantec
- La Sirène de Port Haliguen
- Coup fourré dans les Monts d'Arrée
- Vagues à lames à Noirmoutier

Philippe-Michel Dillies
- Meurtres à Monnaie
- Chasse à Tours
- Train d'enfer pour Saint-Pierre-des-Corps
- Les roses noires de Chartres
- Du raisiné à Vouvray
- Partie truquée à Descartes
- Embrouille à Amboise

Bernard David-Cavaz
- Traboules
- La Fille de Sein

Aux Éditions Alain Bargain

Dans la collection
ENQUÊTES ET SUSPENSE :

Annie Le Coz
- Les Maudits de Kérogan *(épuisé)*
- Plumes sèches à Beg-Meil
- Quimper sonne les cloches
- “Caval” à Saint-Guénolé
- “Clap” de fin à Langolen *(épuisé)*
- Mortelle Bigoudène
- Braquages en Corncuaille

Lise Tiffanneau-Midy
- Sortie de route en Anjou
- Vengeance sur la Corniche Angevine
- Un Justicier à Trélazé

Simone Ansquer
- Téviec, le Secret
- Aux tours de La Rochelle
- Grain de sable à Saint-Pierre-Quiberon

Solenn Colléter
- Lettres de sang sur la Côte Sauvage

Marie-Françoise Marchal
- Frissons en Morbihan *(épuisé)*

Anne-Soizic Loirat
- Lorient l’interdite

Christophe Chaplais
- Pâté de Corbeau aux amandes amères
- Le calisson jusqu’à la lie
- Farz aux herbes de Portsall
- Addition salée au Croisic
- Salade russe aux noix de Grenoble
- Fourchette mortelle à Chinon

Jean-Pierre Farines
- Brume sur la Presqu’île
- La route de Rocamadour

Patrick Bent
- Erquy profite le crime
- Le macchabée du Val-André
- Saint-Cast priez pour eux !
- Hécatombe à Saint-Malo
- Nuit noire à Dinard

Jean-Pierre Bathany
- Camaret au Vitriol
- Double Je Nantais
- Été show à La Baule
- La Veuve Noire de Pornic
- Maudit Blues à Nantes

Stéphane Jaffrézic
- Chili-Concarneau
- Ville bleue et beaux dégâts
- Disparitions en Pays Fouesnantais
- Tri Yann Tro Breizh

Jean-Pierre Le Marc
- Matin rouge au Guilvinec
- Soirées noires à Penmarc’h
- Double vie à Loctudy *(épuisé)*
- Signes de sang à Lesconil
- L’Héritier des Trépassés

Bernard Larhant
- Quimper sur le gril

Hervé Huguen
- Dernier concert à Vannes

Michel Courat
- Ça meurt sec à Locquirec
- Marée rouge à Plestin-Les-Grèves

Jacques Caouder
- L’Occise des Landes
- L’Évadée de Brennilis
- Le Mort de Brest-Les Abers *(épuisé)*
- La Troménie noire
- Rumeurs mortelles à St-Renan *(épuisé)*

Sylvain Pettinotti
- Manzini ou “L’art des choix”
- Réactions en chaîne en Isère

Christophe Gontard
- Dernière danse en Trièves

Jean-Jacques Gourvenec
- Chasse au congre à Lannilis
- Scénario macabre à Saint-Pabu
- Sortilèges au Conquet

Cédric Labb
- Les Démons du Midi
- Les Muses de Savoie

Alex Nicol
- Mystères en Finistère
- Ça bombarde chez les Bigoudens
- Mise en Bière à Sainte-Marine
- Le Tsar de Bénodet

Bruno Ségalotti
- Filouteries en Côtes-d’Armor *(épuisé)*
- La Phalange de l’Argoat
- Breizh Connection *(épuisé)*

Aux Éditions Alain Bargain

Dans la collection
ENQUÊTES ET SUSPENSE :

Yves Horeau
- Une retraite pas très spirituelle *(épuisé)*

Jérôme Lucereau
- Anévrisme *(épuisé)*
- Chef-d'œuvre meurtrier à Lorient *(épuisé)*
- L'affaire Callac *(épuisé)*

Jean-Luc Le Pache
- Bréhat-culpa *(épuisé)*

René Le Clech
- Baston chez les voileux *(épuisé)*

Michel Renouard
- La Java des voyous *(épuisé)*
- Les castrats de Bombay *(épuisé)*
- Requiem sur le campus *(épuisé)*
- Le bouillon de minuit *(épuisé)*
- La farine du Diable *(épuisé)*
- La Vénus de Malifeu *(épuisé)*

Bernard Morin
- Trahison à Guerlédan

Luc Calvez
- Le fils du Tigre *(épuisé)*
- Les Graffeurs du Ponant

Philippe Lepeuple
- Samba ni loi en pays nantais
- Poulets de Brest *La mauvaise farce* *(épuisé)*

Jean-Christophe Pinpin
- Qui voit Groix voit sa croix
- Qui voit Sein voit sa fin *(épuisé)*
- Qui voit Ouessant voit son sang
- Qui voit Belle-Ile voit son île *(épuisé)*
- Qui voit Molène voit sa peine
- Toulouse au bout du siècle *(épuisé)*
- Traque à Hoëdic *(épuisé)*

Patrice Rousseau
- Le faussaire de Pont-l'Abbé *(épuisé)*

Aux Éditions Alain Bargain

Dans la collection ***POL'ART :***

Serge Le Gall
- Sombre dessein à Pont-Aven
- Meurtres du côté de chez Proust
- Eaux-fortes à Sainte-Marine
- Ciel rouge au Pouldu

Loïc Gourvennec
- Le râle du basson

Yves Horeau
- Monsieur Butterfly *(épuisé)*

Renée Bonneau
- Nature morte à Giverny *(épuisé)*
- Séquence fatale à Dinard *(épuisé)*
- Sanguine sur la Butte *(épuisé)*

Stéphane Jaffrézic
- Toiles de fond à Concarneau
- Le Rubis de Châteauneuf-du-Faou

Firmin LE BOURHIS

Faute de Carre à Vannes

Collection

ENQUÊTES & SUSPENSE

Quadri Signe - Editions Alain Bargain
125, Vieille Route de Rosporden - 29000 Quimper
E-mail : editions.alain.bargain@orange.fr
Site Internet : http://pagesperso-orange.fr/editions.bargain

« *Pour bien mentir,*
Il faut beaucoup de sincérité ! »

Jean GIONO.

REMERCIEMENTS

- Au Commissariat de Police de Vannes, Boulevard de la Paix, ainsi qu'à la Gendarmerie Nationale, Place de la Libération à Vannes, pour leurs précieux conseils.
- À mon ami, Pascal Vacher, Officier de police judiciaire.
- À l'Office de Tourisme du pays de Vannes, 1, rue Thiers à Vannes, pour l'accueil qui m'a été réservé ainsi que pour toute la documentation qui m'a été remise.
- À Vincent, du restaurant "l'Éden".
- Au sympathique couple qui m'a évoqué "Vannes et sa femme" et à tous ceux que j'ai rencontrés pendant l'écriture de cet ouvrage, qui se reconnaîtront et qui m'ont gentiment apporté leur aide pour faire de mon intrigue réelle de départ l'affaire qu'elle est devenue.

I

Jeudi 14 mai 2009.

Le lieutenant Phil Bozzi et le capitaine François Le Duigou discutaient et méditaient dans la Mégane qui les conduisait à Vannes, sur la voie express. Ils se disaient que… si 2001… leur avait fait changer de siècle, en 2009, ils participaient, réellement, à la naissance d'un nouveau monde…

L'élection d'un Noir, même métis, à la tête de la plus grande puissance du globe, avait constitué un premier signe. La tenue d'un sommet véritablement international, le G20, pour faire face à la crise déclenchée en 2008, en était le deuxième. En effet, des pays comme la Chine, l'Inde, le Brésil ou encore la Russie étaient, jusqu'alors, absents de ces concertations. Si cette fameuse crise pouvait être considérée comme un raté de la mondialisation, elle permettait néanmoins de faire faire un pas de plus à l'universalisation de la société.

Ainsi, si le passage au nouveau siècle n'avait rien changé, cette fois, le monde bougeait. La France aussi… Phil et François en prenaient parfaitement conscience. Plus directement concernés dans leur quotidien, depuis le premier janvier 2009, les gendarmes étaient rattachés au ministère de l'Intérieur. La place Beauvau gérait donc désormais les budgets et les carrières de ces militaires… et, en mars dernier, une partie de la direction de la gendarmerie avait quitté l'administration de la Défense pour s'y installer.

Michèle Alliot-Marie, nouvelle patronne des "pandores", avait du pain sur la planche pour organiser la parité entre les cent mille gendarmes et les cent vingt mille policiers ; en effet, de nombreuses différences subsistaient entre les deux professions. Mais, à chaque jour suffirait sa peine…

En attendant, tout en poursuivant leurs échanges, Phil et François roulaient toujours en direction de Vannes où ils étaient attendus Boulevard de la Paix, au commissariat de police. Pour faire face à un problème crucial d'effectif, la direction départementale de la police du Morbihan et celle du Finistère s'étaient concertées afin d'équilibrer ponctuellement les moyens en affectant, notamment, pendant quelques semaines, deux officiers de police judiciaire de Quimper à Vannes… C'était tombé sur Phil et François. Ils avaient juste eu le temps de transmettre leurs affaires en cours aux collègues en début de semaine.

Par cette journée de ciel bleu de carte postale, ils passaient devant les éoliennes aux pales immobiles, leur offrant une vision étrange. Deux avions de l'armée, ultrarapides, aux formes élancées, volèrent à basse altitude... Un rugissement strident suivait à distance les appareils.

Cette nouvelle destination déclenchait chez eux une sorte d'excitation tranquille : curiosité de découvrir un endroit nouveau auquel s'ajoutait l'inconnu. Ils n'y allaient pas de gaieté de cœur ; cependant, ils considéraient que, pour autant, changer de cadre était parfois bénéfique pour casser la routine, ils se souvenaient avoir déjà été affectés de cette manière à Lorient et en avaient gardé un excellent souvenir.*

En quittant la voie express, à hauteur de la sortie Vannes centre, ils arrivèrent rapidement au giratoire du Palais des Arts qui desservait le boulevard de la Paix où se situait le commissariat. L'important bâtiment s'imposa aussitôt à eux avec l'écusson de la police nationale accroché au pignon. Ils remarquèrent immédiatement, sur leur droite, l'enseigne en drapeau fixée sur ce bâtiment et tournèrent dans la rue qui le longeait. Quelques places de parking en épi leur permirent de se garer. Munis de leur serviette et microportable, ils empruntèrent la rampe réservée aux handicapés qui donnait accès à la porte du bâtiment à partir du stationnement. Ils sonnèrent et poussèrent vigoureusement cette porte qui semblait vouloir empêcher les visiteurs d'entrer.

Ils se présentèrent aux deux femmes en faction à

---

*Voir : *Peinture brûlante à Pontivy* - même auteur - même collection.

l'accueil, presque dissimulées derrière un comptoir haut pour recevoir les personnes debout. Derrière elles et face à eux, une vitre sans tain masquait le bureau d'où leur parvenait une discussion animée. Le temps de prévenir le commissaire et ils grimpèrent deux par deux les marches du large escalier carrelé, situé sur leur droite, qui les conduisit à l'étage.

Leur nouveau patron, le commissaire Loïc Le Kervégan, les accueillit chaleureusement avec le sourire, poignée de main franche et le regard limpide. Il leur souhaita la bienvenue et était visiblement heureux d'avoir du renfort qualifié car des absences imprévues dans ses effectifs lui faisaient cruellement défaut depuis quelques semaines. Il n'y avait plus d'équipes fixes. Le commissariat s'était débrouillé en faisant travailler les hommes en solo, mais cette situation ne pouvait plus durer et devenait risquée dans les affaires importantes, missions dangereuses ou arrestations mouvementées. Les OPJ en poste ne comptaient plus leurs heures et se plaignaient sérieusement à tel point que le syndicat, pourtant habituellement discret, commençait à ruer dans les brancards.

La quarantaine bien entamée, énergique, grand brun d'un bon mètre quatre-vingts, allure athlétique, l'homme donnait l'apparence d'un réel dynamisme et son visage exprimait l'enthousiasme. Sans s'attarder sur les présentations, il les invita à le suivre et à s'installer face à lui dans son bureau. Les diplômes, coupes et autres trophées, indiquaient qu'il devait être un tireur émérite à l'arme de poing et à la carabine. Occupant le pan de mur de droite, un meuble en bois précieux, dont une vitrine laissait voir de nombreux ouvrages de droit et revues professionnelles. Sur le pan de gauche, deux immenses plans de la ville de Vannes, l'un du centre-ville et l'autre de la communauté urbaine avec l'index des rues et, à côté, la carte du Morbihan.

Son bureau reflétait une personnalité active mais sans ostentation. Il donnait sur le boulevard et les bruits de la circulation leur parvenaient de façon atténuée. Des messages radio de collègues sur le terrain résonnaient dans la pièce. Ils se trouvaient chez l'homme-orchestre du commissariat, à la fois meneur d'hommes et gestionnaire, interlocuteur privilégié du préfet et du procureur, mais aussi des élus, organismes sociaux, éducatifs et autres…

Il leur dévoila l'organigramme du commissariat, distinguant les hommes en tenue des autres, les résultats et la situation actuelle. Il se leva pour indiquer, sur la carte punaisée au mur, le secteur d'activité, celui de la gendarmerie et souligna, au passage, la bonne entente qui régnait entre les deux corps… Il leur remit une carte du département ainsi que le plan de la ville délivré par l'office de tourisme du Pays de Vannes. Il évoqua rapidement les moyens techniques et l'organisation fonctionnelle, puis les invita à le suivre pour les présenter dans tous les services.

Ceci se fit au pas de charge, brièvement interrompu,

ici ou là, par quelques questions de subordonnés qui profitaient de son passage pour régler tel ou tel petit problème. Détour par la salle de pause et les distributeurs de boissons et, moins d'une heure après, Phil et François se retrouvaient dans le bureau qui leur avait été affecté avec un épais dossier pour intégrer toutes les informations que le patron venait de survoler, quant à leur entrée dans l'organisation du commissariat.

Cette arrivée et cette prise de fonction leur avaient fait l'impression d'un tourbillon dans lequel ils n'avaient guère eu le temps de prendre connaissance de leur nouvel environnement. Dans l'exigu bureau voisin se tenait un jeune policier stagiaire, Stéphane Lagate. Celui-ci préparait le concours d'officier de police judiciaire et leur avait été affecté durant leur séjour à Vannes, dont personne ne connaissait la durée, à ce jour. Ils avaient le reste de la journée pour devenir opérationnels dans ce commissariat et, sauf imprévu, leur activité démarrerait concrètement dès le lendemain matin. Concernant leur hôtel, “Le Golfe Hôtel”, le jeune stagiaire leur précisa qu'ils y seraient remarquablement accueillis par son ami, Noël Bruneau et qu'ils pourraient dîner à la “Brasserie Bleue”.

II

Vendredi 15 mai 2009.

En arrivant au commissariat de police, ils éprouvèrent une curieuse sensation. Pour la première fois, ils attaquaient leur travail “sans affaire en cours”, “sans passé local”. Même le passage par la machine à café ne leur avait pas apporté ce coup de fouet et cet entrain qu’ils recevaient habituellement. Quelques échanges rapides avec des collègues, mais de pur principe. En rejoignant leur bureau, ils aperçurent Stéphane Lagate qui venait justement les chercher, essoufflé et nerveux ; il leur confia avec fébrilité :

— Je viens de recevoir l’appel d’un homme qui est inquiet pour sa voisine… Il faudrait aller sur place.

— De quoi s’agit-il exactement ?

— Ben… je ne sais pas trop ; il a seulement considéré que c’était anormal.

— En temps ordinaire, il faut toujours essayer d’en savoir un peu plus. Lui faire préciser les raisons de son inquiétude. A-t-il aussi appelé d’autres personnes, je ne sais pas, disons, les pompiers, la famille, vous voyez ce que je veux dire ?

— Oui, répondit-il, piteusement. Il se contenta de hausser les épaules d'impuissance et leur tendit un papier sur lequel il avait griffonné l'adresse de la personne et demanda : qu'est-ce que je lui réponds ?

— Pourquoi, il est toujours au téléphone ?

— Ben oui. Je lui ai demandé d'attendre, que… j'allais me renseigner…

— Bon, dites-lui que nous partons tout de suite. Qu'il nous attende sur place.

François et Phil accélérèrent le pas, consultèrent la carte dans leur bureau.

Le lieu se trouvait non loin de l'avenue du Maréchal Juin, dans une rue qui donnait sur la pointe des Émigrés et l'île de Conleau qu'ils situèrent rapidement.

Ils traversèrent le centre-ville selon les directives de la voix suave et féminine du GPS de la Mégane, par l'avenue de Tassigny.

Leurs regards glissèrent rapidement, sans attention particulière, sur le paysage et sur les nouveaux aménagements le long du port de plaisance. De la voiture, ils apercevaient parfaitement la multitude de mâts des bateaux dressés vers le ciel. Plus loin, la zone boisée, paradis des promeneurs et des joueurs de boules, puis le carrefour de Kérino avec son pont pivotant permettant aux bateaux de quitter le port de plaisance et de rejoindre immédiatement le fameux Golfe du Morbihan.

Parmi les nombreuses directions annoncées, la voix

leur demandait, à présent, de suivre celle de l'embarcadère vers l'île d'Arz. Passage par l'avenue du Maréchal Juin, le giratoire du Racker et ils poursuivirent cette avenue pour, enfin, découvrir le golfe. À proximité d'un restaurant avec vue panoramique, ils tournèrent à droite dans la rue Schweitzer, empruntèrent la rue Follereau et rejoignirent enfin l'impasse du Petit Conleau… Ils étaient arrivés.

Un homme attendait sur le trottoir, devant le numéro de la maison qui leur avait été indiqué. De taille moyenne, le dessus du crâne chauve, couvert de taches de rousseur, il portait les marques de ses négligences protectrices. Plutôt maigrichon dans des vêtements quelconques : un solide pantalon de travail, une chemise d'un rouge fané aux manches roulées, et de grosses chaussures… Le genre d'homme qu'on ne remarquait pas particulièrement si ce n'était par ses lunettes à monture d'écaille qui lui agrandissaient les yeux. Ils ne s'attardèrent guère en présentation et allèrent droit au but :

— Alors, que se passe-t-il ?

— Voilà… Ma voisine… madame Canéda, ouvre habituellement ses volets vers huit heures, comme moi, et ce matin tout est resté fermé. J'ai attendu un peu mais, inquiet, je voulais lui demander des nouvelles de son époux, alors j'ai sonné chez elle. Elle n'a pas répondu et pourtant sa voiture est là dans l'allée, depuis les problèmes de son mari, hier, je ne suis pas tranquille, vous comprenez…

— Bien sûr, vous avez bien fait d'appeler. Mais, vous venez de parler des "problèmes" de son mari, que s'est-il passé ?

— Il a fait une attaque cardiaque en fin d'après-midi, hier, et le SMUR est venu le chercher pour l'hospitaliser. Il s'y trouve toujours. Ça a certainement perturbé son épouse, j'espère qu'elle n'a pas fait une attaque, elle aussi…

— Nous allons voir cela.

Plus loin, dans la rue, des chiens hargneux aboyaient derrière les grilles de la clôture d'une propriété. Ils entrèrent dans le jardin par le portillon ; le grand portail, qui devait se commander électriquement, était fermé et une BMW série 3, récente, était garée devant l'entrée du garage. L'importante maison, de style néobreton des années soixante-dix, ravalement blanc, toit en ardoises naturelles, se présentait devant eux. Ils sonnèrent à la porte d'entrée. Pas de réponse. Phil enfila ses gants en latex et tenta d'ouvrir la porte. N'étant pas verrouillée, celle-ci s'ouvrit sans résistance, une clef était engagée dans la serrure, côté intérieur, et le trousseau qui y était attaché émit un petit cliquetis. François appela la dame à plusieurs reprises, sans recevoir le moindre écho. Phil entra dans la maison tandis que François restait à l'entrée avec le voisin, de plus en plus affolé. Un couloir desservait une cuisine en ordre, puis un grand séjour, tout paraissait tranquille et parfaitement rangé. Les volets étant fermés, seule la porte d'entrée offrait une clarté. Phil tenta de déceler une odeur de gaz ou autre, mais ne remarqua rien de particulier.

Au fond, une porte ; il l'ouvrit, elle donnait sur une chambre… Il aperçut un corps allongé dans le lit. Cette fois, il alluma pour éclairer la pièce, aucune réaction, mais en s'approchant, son sang se glaça. Il resta immobile, comme si quelque chose s'était arrêté en lui, les battements sourds de son cœur s'accéléraient et cognaient dans sa poitrine. Il venait de remarquer que la femme ne vivait plus et surtout que le cou portait des marques de strangulation : les yeux exorbités et le visage violacé présentaient les signes d'une mort violente. Le corps était déjà pratiquement froid et la peau de ses mains d'un gris cireux. À première vue, rien ne semblait avoir été dérangé dans la pièce… La position dans son lit laissait penser que cette femme avait été assassinée durant son sommeil.

Phil revint sur ses pas en refermant la porte derrière lui, pour ne pas nuire au travail des scientifiques. Il annonça qu'on ne pouvait désormais plus rien faire pour la femme, sans dire devant le voisin ce qu'il avait découvert. Phil demanda à François de s'éloigner de l'homme pour lui expliquer brièvement la situation. François se proposa alors d'appeler le patron de Vannes, Loïc Le Kervégan, et les services concernés : médecin légiste, équipe de la police technique et scientifique ; puis d'informer les pompiers afin qu'ils viennent plus tard, sur décision des spécialistes quand ceux-ci auraient terminé leur travail. Phil se proposait de recueillir le témoignage du voisin pendant ce temps-là.

Celui-ci était sous le choc. Phil lui proposa de se rendre chez lui afin qu'il puisse s'asseoir et être plus à l'aise pour parler. Chaque maison de ce quartier était indépendante dans son jardin clos et bien entretenu ; la sienne se trouvait immédiatement à côté. Une maison un peu de même style et, sans doute, de la même époque. Cependant, aucune n'était identique. En rentrant chez lui, l'homme informa son épouse du décès de leur voisine. Le moment d'affolement et de pleurs passé, ils s'installèrent dans le séjour et s'assirent autour d'une grande table en chêne verni. L'intérieur était coquet et confortable. La grande baie vitrée offrait une vue extraordinaire. Le regard de Phil, tourné vers l'extérieur, amena l'homme à préciser :

— Ici nous sommes dans un coin vraiment tranquille. Presque en face de vous, vous avez l'estuaire de la rivière, le Vincin ; en face, l'île de Conleau, rattachée au continent par la route que vous devinez, partiellement dissimulée par le camping en contrebas ; et, à gauche, le Golfe du Morbihan ! précisa-t-il assez fièrement, malgré les circonstances.

Phil engagea l'entretien :

— Parlez-moi de vos voisins…

— Que voulez-vous savoir ?

— Commençons par madame Canéda, par exemple… Qui est-elle ? Que fait-elle ? Depuis quand la connaissez-vous ? Enfin, vous voyez, tout ce que vous pouvez me dire…

— Monsieur et madame Canéda sont venus s'installer dans cette maison quand ils l'ont achetée, il y a une quinzaine d'années environ. Elle, s'appelle Jeanne et lui, Alexandre, mais se fait appeler Alex. C'est un couple discret, qui ne fait pas de bruit, d'une très grande politesse. Nous les voyons assez peu, mais comme je suis plutôt bon bricoleur et jardinier, à l'occasion, madame Canéda a pris l'habitude de me demander de m'occuper de leur jardin, de la taille de leurs haies et de toutes sortes de petites choses… mais je ne demande rien, c'est comme ça, dans le cadre d'un bon voisinage… se défendit-il aussitôt, réalisant sans doute qu'il parlait à la police.

— Ne vous en faites pas, ceci ne me regarde en rien !

— Mais madame Canéda sait se montrer généreuse envers moi, rajouta-t-il, rassuré.

— Quel âge ont-ils, que font-ils ?

— Madame est plus âgée, je dirais… vers la soixantaine. Mais, nous sommes incapables de vous donner précisément leur état civil, bien sûr… Il se tourna vers son épouse qui avait repris ses esprits. Celle-ci s'exprima alors :

— Moi, je dirais plus, mais comme elle est toujours très pimpante et bien habillée, il est difficile de lui donner un âge exact.

— Quant à son époux ? demanda Phil.

— La cinquantaine, je pense, précisa l'homme qui reprenait la main. Mais, autant Madame est mince et élégante, autant lui est carré et solide comme un joueur de rugby, vous voyez ? Faut dire que nous ne les rencontrons pas beaucoup, avec leur travail et leurs horaires… Ils tiennent un des bars de nuit du quartier de Saint-Patern, au centre de Vannes, mais ce sont des gens vraiment très bien, rajouta-t-il, comme si leur profession pouvait discréditer le couple.

— S'entendent-ils bien ?

— Oh oui ! Parfaitement bien, sans le moindre doute !

— Parlons de lui… Que s'est-il passé hier après-midi ?

— Vers dix-sept heures, nous avons vu arriver une ambulance du SMUR chez eux, je me suis précipité et j'ai trouvé madame Canéda affolée, son mari s'était subitement trouvé mal et l'ambulance l'emportait, il devait s'agir d'une attaque cardiaque, m'a-t-elle dit. Dans la précipitation, elle m'a demandé de rentrer la voiture de son mari au garage, une Mercedes C 200 CDI noire, toute neuve, de fermer les volets et la maison car elle partait à l'hôpital. Comme on était en fin de semaine, elle verrait si elle pourrait aller à son bar et, sans doute, comme d'habitude, elle ne rentrerait pas avant deux ou trois heures du matin…

— Si je comprends bien, vous êtes un peu son homme de confiance, lui demanda Phil.

L'homme rougit un peu, son épouse répondit d'abord :

— Je dois vous dire que mon époux est en admiration devant notre voisine ! Si son mari n'avait pas été aussi beau et aussi costaud, je crois que j'aurais fini par avoir des doutes ! dit-elle en se moquant de son époux qui n'avait rien d'un apollon et qui, sur le moment, ne savait plus très bien quelle attitude adopter.

— J'ai toute sa confiance et j'ai un double des clefs de la maison de façon à intervenir à sa demande, bredouilla-t-il. Nous ne les voyons pas beaucoup. En effet, lorsqu'ils ne travaillent pas, ils prennent leur bateau ancré dans l'estuaire là-bas, dit-il, en pointant du doigt en direction de quelques bateaux amarrés à un corps-mort, et ils se rendent dans une petite maison qu'ils possèdent sur l'île d'Arz.

— Reçoivent-ils beaucoup, ici ?

— Non, très rarement. Ils doivent plutôt inviter leurs amis sur leur bateau ou dans leur résidence secondaire.

— Certaines visites vous ont-elles semblé curieuses ?

— Curieuses ?

— Disons, des visiteurs inattendus ou plutôt louches… Par exemple, y aurait-il eu une altercation ou autre chez eux, ces derniers temps ?

— Non. Jamais. C'est un quartier tranquille ici, vous savez…

— Oui, je sais, vous me l'avez déjà dit, mais parfois, il arrive que, malgré tout, il se produise quelque chose d'anormal…

L'homme s'était renfrogné et ne comprenait pas du tout où Phil voulait en venir et, visiblement, ces dernières questions l'intriguaient. Interrogatif, il se tourna vers son épouse qui s'étonnait tout autant. Phil souhaita faire préciser certains points :

— Pouvons-nous reprendre le déroulement de la soirée d'hier. Donc, vers dix-sept heures, l'ambulance du SMUR arrive… et après ?

— Je vous l'ai dit. Je me suis rendu chez les voisins, l'épouse m'a donné quelques directives et est partie pratiquement après l'ambulance…

— Où ?

— À Chubert… enfin, on dit toujours ça ici, en réalité, le vrai nom actuel est Centre Hospitalier Bretagne Atlantique (CHBA). Il est situé complètement de l'autre côté de la ville, par rapport à ici, près de la gare SNCF. J'ai fait ce que je viens de vous dire et je suis rentré.

— Madame Canéda vous a-t-elle donné des nouvelles ensuite ?

— Non. Elle a dû rester avec son époux un certain temps et, sans doute, se rendre à son bar, car elle est rentrée vers deux heures et demie, comme d'habitude…

— Comment le savez-vous ?

— Parce que je ne dormais pas…

— Il faut dire que mon époux a le chic pour s'endormir dans le canapé au bout d'un quart d'heure devant la télé. Ensuite, quand il va se coucher vers minuit ou parfois plus, il ne dort plus avant trois ou quatre heures du matin et se lève vers sept ou huit heures ! lança son épouse qui n'hésitait pas à lui asséner quelques piques et remarques cavalières et à montrer son autorité.

L'homme approuva piteusement de la tête, comme par soumission à son épouse qui apparaissait réellement comme une maîtresse femme.

— Avez-vous entendu quelque chose de particulier à ce moment-là ?

— Nnnnon. Rien.

— Réfléchissez bien ? Était-elle seule ?

— Comment pourrais-je le savoir ?

— Au nombre de portes qui claquent, par exemple…

— Oui, effectivement. Elle était seule. Je réentends son arrivée.

— Et après ?

L'homme hésita longuement, comme s'il culpabilisait, regarda une nouvelle fois son épouse, il prit sur lui de répondre car cette dernière ne semblait pas savoir ce qu'il voulait dire :

— C'est… voilà, c'est que, vers trois heures et demie, une voiture s'est garée devant le portillon… Je ne dormais toujours pas, il faut dire aussi que ceci m'avait tracassé, vous comprenez… Je suis sorti pour prendre un verre d'eau dans la cuisine, sans allumer, car nous ne fermons pas les volets de cette fenêtre et j'ai vu quelqu'un sortir de la voiture…

— Un homme, une femme ?

— Je n'sais pas. Il ou elle portait un sweat avec capuche sur la tête, comme on en voit souvent sur les jeunes en ville, je veux dire certains jeunes… Vous les remarquez, été comme hiver, avec leur capuche sur la tête et souvent une casquette encore en plus, comme pour se dissimuler…

— La personne était-elle seule dans la voiture ?

— Oui.

— Quelle taille ?

— Je suis incapable de vous le dire, ça a duré une fraction de seconde. Elle avait fait demi-tour, sans doute au fond de l'impasse, et s'était garée prête pour repartir, je ne voyais donc que l'arrière de la voiture. Elle est sortie du véhicule sans claquer la porte, a ouvert le portillon et je n'ai plus pu l'apercevoir ensuite, venez, je vais vous montrer… À bien y réfléchir, au vu de sa corpulence, je dirais que c'était plutôt un homme qu'une femme.

Phil accompagna l'homme dans la cuisine dont la fenêtre donnait sur la rue. Il apercevait leur voiture devant le portillon mais, effectivement, dès que quelqu'un entrait dans le jardin, il échappait à la vue…

— Quel type de voiture ? Marque, modèle…

— Une petite voiture, je dirais genre Golf de chez WV ou une SEAT, enfin, vous voyez, très classique. Elles se ressemblent toutes plus ou moins dans cette gamme, que ce soit chez Renault, Peugeot ou Citroën, que sais-je encore, et moi, pour ce qui est des marques…

— Quelle couleur ?

— Rouge !

— L'immatriculation ?

— On ne la voit pas d'ici, regardez !

— Le véhicule portait-il un signe distinctif, genre autocollant ou autre ?

— Non. Je n'ai rien remarqué.

Le mur de clôture ne permettait pas de la voir et Phil reconnaissait en même temps qu'il n'était pas aisé de distinguer précisément les références d'une voiture de cet endroit, le rideau masquant partiellement la visibilité.

— La personne a-t-elle sonné ou frappé à la porte ?

— Aucune idée.

— Combien de temps est-elle restée ?

— Je serais tenté de dire une dizaine de minutes, tout au plus. J'ai bu un verre d'eau et je me suis recouché. J'ai entendu la voiture repartir sans faire grand bruit.

— Qu'avez-vous pensé à cet instant ?

— Que c'était peut-être un de leurs confrères qui travaillait aussi de nuit qui était passé rapidement prendre des nouvelles de l'époux…

— À trois heures du matin ?

— Comme les bars de nuit ferment vers deux heures, c'est ce que je me suis dit...

— Effectivement.

— Mais pourquoi toutes ces questions ? demanda l'épouse venue les rejoindre dans la cuisine.

— Dans tout décès découvert de cette manière, il y a lieu de faire une enquête de voisinage, tout simplement.

Cette réponse ne leur donna pas satisfaction, ni à l'un ni à l'autre, mais Phil ramassait déjà son carnet sur lequel il avait noté les réponses. Il leur laissa sa carte de visite en insistant bien sur le fait que, si le moindre détail leur revenait, ils devaient absolument l'appeler pour le lui signaler. En le raccompagnant, le couple resta, un peu sonné, près de la porte d'entrée. Phil rejoignit François qui venait d'introduire les spécialistes de la police technique et scientifique dans la maison.

— Alors ? lui demanda-t-il.

— Une visite étrange dans la nuit, vers trois heures du matin.

— Ah ? Et tu as obtenu un signalement quelconque ?

— Non. Rien de précis, pas plus que sur le couple, d'ailleurs... Peu de contacts avec le voisinage mais, apparemment, sans histoires. L'époux est à l'hôpital, on verra là-bas. Et de ton côté ?

— On attend le légiste. Ce dernier partage son temps avec son activité en profession libérale. Les spécialistes font leur boulot en ce moment, ils sont contents, car en dehors de ton intrusion dans la pièce, celle-ci n'a pas été polluée, fait assez rare, ils pensent pouvoir faire du bon travail…

Phil effectua ensuite le tour de toutes les maisons situées dans l'impasse. Personne n'avait vu ni entendu quoi que ce soit durant la nuit, ni remarqué cette voiture venue faire demi-tour pour s'arrêter devant chez monsieur et madame Canéda, prête à repartir. Pour chacun, il apparaissait que, seuls les voisins immédiats, déjà rencontrés, avaient un contact avec le couple, les autres les apercevaient seulement de loin, aller ou venir en voiture, sans plus.

La matinée écoulée, le légiste avait établi ses premières constatations et délivré un bref commentaire avant de quitter les lieux :

— Sous réserve de certaines vérifications, je dirais que la victime a été étranglée avec les mains… Le meurtrier a dû venir se bloquer sur elle et elle a vraisemblablement sombré dans l'inconscience avant de mourir d'une anoxie cérébrale.

— Ces circonstances sont-elles courantes ?

— Non, très rares. Le meurtrier devait bénéficier d'une grande force dans les mains et surtout être déterminé pour s'être dispensé de lien.

— Vous avez situé l'heure du décès ?

— Le corps perd généralement entre 0,5° et 0,8° C par heure en moyenne ; compte tenu du refroidissement cadavérique, je dirais donc entre trois et quatre heures du matin, au plus tard ! La datation précise de sa mort est possible en raison de la proximité du décès. Au-delà de douze heures, c'est plus difficile car le corps prend la température ambiante. Ici, il s'agit d'une personne âgée, elle s'est donc refroidie plus vite qu'une personne jeune ou obèse. Je ne dois pas me tromper en vous donnant cette fourchette horaire. Disons, pour être plus précis, vers trois heures et demie…

— Quel est votre premier sentiment ?

— Ça sent l'exécution préparée…

— Où se trouve l'institut médico-légal ?

— Vous n'êtes pas d'ici ?

— Non, nous sommes venus en renfort à Vannes pour quelques semaines.

— Alors, bienvenue ! Vous commencez bien ! C'est la morgue de Chubert qui nous sert d'I.M.L. Après l'autopsie, je vous en dirai un peu plus…

Avant de se séparer, ils échangèrent leur carte de visite afin de rester en contact.

Les pompiers arrivèrent en fin de matinée et emportèrent le corps, avec l'autorisation des spécialistes. Le responsable, toujours vêtu de sa combinaison, vint faire un point avec Phil et François :

— Nous terminerons tous nos relevés cet après-midi. Mais déjà, nous sommes sûrs que nous avons affaire à un pro ! Le meurtrier devait porter des gants sans fibre, type latex. Il a commencé par mettre une couverture, ou quelque chose de ce genre, sur la tête et le haut du corps de la victime, puis s'est vraisemblablement agenouillé dessus au niveau des épaules, bloquant les bras sous les draps pour l'immobiliser et il l'a étranglée avec les mains…

— Pourquoi dites-vous une couverture ou quelque chose de ce genre ?

— Car le meurtrier l'a emportée après son forfait ! Si bien qu'il ne nous laisse ni empreintes, ni poils ni cheveux… Pas de griffures de la victime qui n'a pas pu se débattre… Rien sous les ongles… Pas de cellules épithéliales, pas d'ADN, pas de salive. Nous n'avons encore jamais vu un travail aussi net, c'est de l'exécution pure et simple ! Nous risquons de ne pas avoir grand-chose à vous apprendre, si ce n'est ce qui concerne la victime et son conjoint.

— Eh bien, ça démarre très fort pour nous !

— Oui. Désolé, mais nous ne pouvons inventer des éléments ! Dans la réalité, cela ne se passe pas comme dans les séries télévisées, on ne va pas forcément trouver LA fibre unique ou LE petit élément rare, pour ne pas dire exceptionnel qui, une fois analysé, va immanquablement vous conduire à l'auteur du meurtre.

— Nous le savons trop bien, hélas, ce serait trop facile !

— Néanmoins, nous avons relevé un certain nombre de scellés qui, après examen, pourront, peut-être, vous être utiles. Je vous remets le téléphone portable, celui-ci était posé sur le chevet. Nous avons aussi découvert une boîte de somnifères, un seul comprimé a été utilisé, peut-être l'avait-elle déjà pris avant de s'endormir, à cause de la journée mouvementée de son époux... Je vous ai noté aussi le numéro de téléphone du fixe pour vos recherches d'appels.

— Avez-vous remarqué quelque chose de spécifique ?

— Pas de désordre apparent, nous ignorons donc si le meurtrier a également emporté quelque chose. Le sac à main ne contient pas d'argent, le voici sous scellés avec la carte bancaire, le chéquier, un poudrier, un tube de rouge à lèvres ; bref, un sac de femme. Aucune mise en scène particulière pour semer le trouble, comme on en voit parfois. Nous avons inspecté la garde-robe : que du haut de gamme. Nous avons récupéré aussi une pochette noire de marque, très chic, qui faisait office de sac à main, mais vide... Cet après-midi, nous passerons le tout aux crimélites dont les sources de lumière à haute intensité nous permettront de visualiser des éléments particuliers en fluorescence ou en luminescence : fluides corporels, liquides organiques, que sais-je encore ? Nous pulvériserons aussi notre produit habituel, le Bluestar... Celui-ci laisse intactes les empreintes ADN.

— Très bien, le moindre détail peut nous intéresser.

— Je le sais bien. Nous ouvrirons ensuite tout en grand pour laisser entrer le soleil et refaire un deuxième tour d'inspection.

— Avez-vous eu le temps de voir comment le meurtrier s'était introduit dans les lieux ?

— Oui, c'est mon collègue qui s'en est occupé. Jo ! Tu peux venir ?

L'homme, interpellé par son chef, s'approcha :

— Je n'ai pas relevé d'empreintes de chaussures, le temps est sec depuis plusieurs jours, isoler la moindre marque de pas est impossible. Quant à la porte d'entrée, son huisserie date de la maison, c'est-à-dire qu'elle est on ne peut plus classique avec les vieilles serrures des années soixante-dix. Très facile à ouvrir de l'extérieur même si la clef se trouve à l'intérieur… un vrai jeu d'enfant. Si elle avait été équipée d'un barillet et du système de sécurité avec trois points, cela aurait été différent. De ce fait, j'ignore si elle était verrouillée ou simplement poussée pour être fermée avec le pêne comme vous l'avez découvert en arrivant. Le meurtrier a pu s'introduire sans faire de bruit, se rendre à la chambre, surprendre la victime dans son sommeil, l'étrangler, puis repartir quelques minutes après en tirant la porte derrière lui, aussi discrètement qu'il était venu…

— Ce qui ne va pas nous faciliter la tâche non plus ! Décidément…

— Ce ne sera pas commode pour vous, car nous n'allons pas vous apporter beaucoup d'informations. Nous approfondirons encore nos recherches sur la scène de crime et vous ferons part de nos remarques.

Le chef de l'équipe reprit la parole :

— En principe, après consultation du service de cardiologie, voire d'un psy, un représentant du maire a dû se rendre à l'hôpital pour avertir l'époux. Vous pourrez donc aller le voir pour l'interroger dans l'après-midi.

D'entrée, cette nouvelle affaire leur laissait un goût amer. Ce meurtre ressemblait fort à une exécution sur ordre émanant de professionnels… et ceux-ci n'avaient pas pour habitude de laisser de traces ni leurs coordonnées sur place !

*

*   *

Ils passèrent au bureau pour rendre compte au patron de Vannes, Loïc Le Kervégan. Ils appelèrent également le jeune stagiaire, Stéphane Lagate, afin qu'il suive point par point l'évolution de cette affaire, ne serait-ce que pour sa formation. Le patron ne cacha pas son sentiment :

— Je suis plutôt content que vous soyez là. Nous manquons cruellement de moyens… Cette nouvelle affaire, en plus de tout ce que nous avons déjà sur les bras… nous étions MAL ! Ceci étant, il s'agit d'un bar de nuit, peut-être faudrait-il voir côté… règlement de comptes ou racket…

— Pourquoi, ce sont des faits courants sur Vannes ?

— Non ! Sûrement pas plus qu'ailleurs. De temps en temps, nous démantelons un petit réseau de stups, rien de bien méchant par rapport à Paris et sa région, mais tout de même… Dans ce milieu, certains types sont parfois un peu fêlés. Imaginons qu'ils soient sur le dos de ce bar depuis un certain temps, ils ont profité que le mari soit hors circuit pour frapper fort et montrer que ce sont eux qui commandent ! Dans le monde de la nuit, tout se sait très vite.

— Cet établissement avait déjà fait parler de lui avant ?

— Jamais ! Je dirais, même, au contraire, pour moi, ce serait le bar le plus tranquille et le mieux tenu de ce quartier qui en compte plusieurs. Madame Canéda est connue sur la place comme étant la plus ancienne tenancière de la ville, elle doit approcher des soixante-dix ans, au moins…

— Le voisin penchait pour la soixantaine…

— Sûrement pas, il faut ajouter dix de plus, à mon avis. Mais elle était de ce genre de femmes sur lesquelles le temps n'a pas de prise, toujours bien mise, bien maquillée. Longtemps célibataire, elle s'est mariée, il y a une vingtaine d'années peut-être… Son époux est, au moins, vingt ans plus jeune qu'elle. Un grand gaillard taillé pour faire videur, c'est d'ailleurs une des raisons de la bonne tenue de ce bar de nuit. J'ai eu le procureur, le parquet ouvre une information judiciaire, saisit un juge d'instruction, puis vous confie une commission rogatoire, vous pouvez donc y aller !

— C'est ce que nous allons faire, le temps d'avaler un sandwich et nous partons à l'hôpital voir l'époux.

— Très bien. J'ai tenu informé votre patron de Quimper. Sincèrement, je vous répète que je suis vraiment très content que vous soyez là pour prendre cette affaire en main. Quant à vous, Stéphane, ouvrez grand vos yeux et vos oreilles, vous n'aurez pas toujours la chance de tomber sur une telle affaire et d'en apprendre autant d'un coup !

Après une pause casse-croûte très rapide pour tous les trois, ils demandèrent au stagiaire de lancer les réquisitions sur les téléphones, appels reçus et donnés depuis une semaine ; de se renseigner sur les comptes bancaires à partir de la carte et d'interroger le fichier de la Banque de France sur tous les comptes détenus par le couple dans le réseau bancaire afin d'éplucher ensuite toutes les écritures.

Phil et François trouvaient ce jeune stagiaire un peu trop réservé, mais il semblait volontaire et heureux de participer…

Puis ils quittèrent le boulevard de la Paix pour se rendre au CHBA, l'hôpital Chubert. Ils dépassèrent la gare SNCF pour prendre le giratoire de l'hôpital. La jeune femme de l'accueil les orienta aussitôt vers le service de cardiologie. À défaut d'y rencontrer un médecin, ils consultèrent l'infirmière en chef. Elle confirma que, la veille, l'alerte cardiaque avait été chaude pour leur patient. Au vu de la fiche de nuit, son rythme cardiaque s'était bien stabilisé. Mais, par précaution, on le gardait en observation pour effectuer différents examens… doppler, scanner et autres.

Ils lui demandèrent s'ils pouvaient bien lui rendre visite pour l'interroger.

— Lorsqu'il a appris la nouvelle, ce matin, le choc a été très rude. Il était bouleversé d'apprendre que son épouse était morte dans des circonstances aussi abominables. On le serait tous, pour moins que cela, mais il a bien réagi et supporté le coup.

— Que lui est-il arrivé au juste ?

— Il a dû frôler l'infarctus, son cœur s'était véritablement emballé et c'est l'équipe du SMUR qui lui a donné les premiers soins et maîtrisé la situation. Maintenant, il voudrait rentrer, mais nous lui avons conseillé d'attendre encore un peu afin que nous puissions vérifier certains points.

— Comment va-t-il à présent ?

— Disons que son état s'est stabilisé, mais vous savez, avec le cœur, on peut sortir de chez son cardiologue qui vous a dit que "tout va bien" et décéder d'un arrêt cardiaque devant chez lui en sortant ! Mais, le concernant, il est de bonne constitution, vous pouvez y aller, c'est la troisième chambre sur la droite.

La pièce affichait la froide ordonnance d'une chambre d'hôpital. Quand ils entrèrent, l'homme somnolait, assis dans son lit devant une télévision qui fonctionnait en sourdine. Une perfusion reliait son bras à une poche accrochée sur un trépied. Difficile de lui donner un âge. Sa tête, plutôt carrée, et sa cage thoracique donnaient une idée de l'individu, visiblement très robuste. Blond aux cheveux courts, des traits banals, excepté des yeux bleus et un regard futé. Ils se présentèrent rapidement et François prit l'initiative de l'entretien :

— Nous sommes vraiment désolés de ce qui est arrivé à votre épouse.

Manifestement, il était bouleversé. L'homme baissa les yeux et la tête sans répondre pendant de longues secondes, immobile, perdu dans ses pensées, puis il considéra tour à tour les deux policiers et répondit en s'exprimant sans détour :

— Nous n'avons parfois pas d'autre choix que d'accueillir ce que le destin nous envoie, même s'il s'agit de la mort… Le tout est de pouvoir réagir aux événements qui nous affectent car, lorsque la mort vient frapper un proche… c'est beaucoup plus terrible que tous les faits que l'on peut lire dans les journaux ou voir à la télé, et qui touchent les autres…

Compatissants, Phil et François ressentaient douloureusement cette situation, ne sachant guère comment l'aider, mais ils devaient poursuivre.

— Bien sûr, nous comprenons. Malgré votre état de santé et les circonstances, acceptez-vous de répondre à nos questions ? Vous n'ignorez pas que, plus vite nous serons informés, plus tôt nous nous lancerons dans l'action.

— Demandez-moi ce que vous voulez et coffrez vite ce salaud qui a fait le coup ! Car, je vous le dis tout de suite, il vaut mieux qu'il se retrouve entre les mains de la justice qu'entre les miennes…

Ils firent mine de ne pas entendre le lourd sous-entendu lancé par monsieur Canéda, comprenant sa réaction de révolte et sa peine. La voix de cet homme traduisait l'assurance des gens qui savent ce qu'ils veulent dans la vie et ses yeux avaient un reflet métallique à cet instant. Phil installa son ordinateur sur la petite table de la chambre et s'apprêta à enregistrer les informations. Monsieur Canéda sortit du tiroir de son chevet sa carte d'identité ainsi que celle de son épouse qu'il remit aussitôt à Phil, en indiquant que ces éléments, ainsi que sa carte vitale, lui avaient été réclamés par l'hôpital à son entrée. Ils révélaient l'identité de madame Canéda, née Jeanne Le Rchic, en 1940, à Vannes, cette dernière était donc âgée de soixante-neuf ans ; monsieur Alexandre Canéda, né en 1965 à Sarlat, en avait donc vingt-cinq de moins. Monsieur Canéda précisa ensuite qu'ils s'étaient mariés en 1990 et n'avaient pas eu d'enfant.

Pour ne pas aller immédiatement, droit au but, François lui suggéra de leur parler de leur rencontre et de leur vie ensemble. L'homme hésita quelques secondes, ne sachant sans doute pas par où commencer, puis se décida :

— Nous nous sommes rencontrés en 1989 à Sarlat, dans le Périgord. J'étais videur pour une boîte de nuit réputée de la région. Jeanne y était en vacances pour la semaine et séjournait dans un hôtel du centre historique de Sarlat. Elle connaissait mon patron, propriétaire d'une boîte quelques années plutôt près de

Vannes et elle venait lui rendre visite. C'était un dimanche, il n'y avait pas grand monde ce soir-là et c'était très calme. Nous avons pris un verre ensemble et ça a été tout de suite le coup de foudre entre nous. Je dois vous dire que, malgré son âge, Jeanne savait s'entretenir et avait une excellente hygiène de vie. Nous avons décidé de nous revoir le lendemain, je lui ai proposé de lui faire visiter la ville et la région, ce qui ne me posait pas de problème car je ne retravaillais pas avant le jeudi soir suivant. Jusque-là, j'aimais me sentir libre et être libre, pour moi, c'était aussi accepter que les choses arrivent telles qu'elles arrivent…

D'évoquer ces souvenirs heureux atténuait la rage et la colère rentrées qu'ils avaient perçues chez cet homme à leur arrivée. Il commençait à émerger de son état de choc et tâchait maintenant de trouver des réponses à ses questions.

— Nous avons passé une semaine exceptionnelle comme je n'en ai jamais vécu de ma vie… Bref, nous ne nous sommes plus quittés ! Je l'ai suivie à Vannes où elle tenait ce bar de nuit dans le quartier de Saint-Patern et nous nous sommes mariés l'année suivante… À cet instant, je n'arrive toujours pas à réaliser que vingt ans se sont passés !

— À qui appartient l'affaire ?

— À Jeanne, à l'origine. Elle est fille unique d'importants commerçants de la ville, tous deux sont décédés il y a quelques années. Après ces disparitions, nous avons effectué quelques montages juridiques qui m'ont permis d'être à cinquante-cinquante avec elle dans une société civile immobilière pour les murs commerciaux ainsi que dans la SARL qui exploite le fonds de commerce. Notre maison d'habitation est à nos deux noms également, si bien que le contrat de mariage en séparation de biens n'a guère de conséquences.

— Et la maison de l'île d'Arz ?

Il releva brutalement la tête, son regard s'assombrit, cette question venait de le surprendre. Mais il se ressaisit rapidement et répondit calmement :

— Elle est à mon épouse, c'est un bien propre, nous avons signé une donation au dernier vivant et pris des dispositions testamentaires l'un pour l'autre…

— Et le bateau ?

— Eh bien, dites donc, vous n'avez pas perdu de temps, on dirait ! À nos deux noms également.

— C'est notre métier d'aller vite, bien et à l'essentiel. Notre seul objectif à présent est d'arrêter le meurtrier le plus vite possible, pour cela nous avons besoin d'informations… Nous avons besoin de vous, rajouta François en le regardant intensément.

— Le cours des choses ne nous appartient que rarement et vouloir le modifier c'est parfois tenter de se battre contre des moulins à vent.

Ils comprenaient sa tristesse, à cet instant, et acceptaient sa lassitude. Cet homme avait quelque chose d'indéfinissable dans le regard… peut-être quelque chose qui laissait penser que sa faiblesse pouvait être une puissance. Il s'efforça de respirer à pleins poumons, puis poursuivit :

— C'est très bien. Si vous voulez mon emploi du temps, depuis hier, dix-sept heures, c'est très simple… j'ai d'abord cru que j'allais claquer tellement j'ai eu mal à la cage thoracique et au bras gauche, puis quand le SMUR est intervenu, ça s'est calmé et depuis, je ne me sens pas trop mal, il faut dire que je suis au lit sans rien faire… Ils insistent pour me garder en observation au moins jusqu'à demain. De toute façon, quoi qu'il advienne, demain je sors… Pour nous, le samedi soir et le dimanche soir sont les meilleures recettes de la semaine.

— C'est vous qui voyez… Parlez-nous de votre travail au quotidien…

— Le bar est fermé le lundi et mardi, sinon il fonctionne tout le temps jusqu'à deux heures du matin. L'activité est bonne et nous avons une très bonne clientèle que nous avons su trier à la longue. Malgré tout, c'est comme dans tous les bars, les clients s'acharnent à refaire le monde entre eux sans y participer vraiment, mais toujours à la poursuite de quelque chose qu'ils possèdent déjà ou qu'ils ne posséderont jamais !

— Qui tenait les comptes ?

— Jeanne ! L'argent c'était elle… et moi, le reste, achats, entretien, fournisseurs…

— Savez-vous si votre épouse disposait d'argent dans son sac à main ?

— Hier soir ?

— Oui.

— En principe, la recette, à moins qu'elle ne l'ait mise dans l'armoire de la chambre, toujours à la même place. Nous versons les chèques et les espèces une fois par semaine, le mardi, à la banque.

Monsieur Canéda indiqua l'endroit réservé au dépôt de la recette et Phil appela aussitôt les collègues de la scientifique afin de savoir s'ils étaient toujours sur les lieux. Le chef répondit aussitôt, ils s'apprêtaient à terminer leurs investigations. Il se rendit à l'emplacement indiqué, pas le moindre argent dans cette armoire. Tout avait disparu sans laisser de traces… Ou le meurtrier avait fouillé méticuleusement ou il était informé et était allé droit au but sans déranger quoi que ce soit par ailleurs. Du coup, les spécialistes allaient vérifier la planque de la cagnotte, à la recherche d'un indice quelconque.

— Avez-vous une idée du montant qui a disparu ?

— C'est-à-dire que nous gardions toujours une certaine somme en liquide pour les sorties et les vacances… disons, de l'ordre de cinq à dix mille euros, vous savez ce que c'est dans ce métier…

Son regard trahissait son inquiétude. Lorsqu'il ne parlait pas, il poussait de pesants soupirs, visiblement écrasé par la mort tragique de son épouse. Il était apparemment sincère.

— Oui, ne vous inquiétez pas, nous ne sommes pas du fisc ! répondit aussitôt François avec un léger sourire.

— La recette d'hier comprise, je dirais qu'il devait y avoir, entre sept et dix mille euros... On travaille bien le jeudi soir en général.

— Quelqu'un d'autre que vous deux connaissait vos habitudes en la matière ?

Il se montra hésitant, mal à l'aise. Cette attitude n'échappa pas aux OPJ. Tout en réfléchissant, il ne cessait de regarder autour de lui dans la chambre et ils perçurent qu'il faisait de son mieux pour cacher une certaine agitation.

— Alors ? demanda François.

— Nnnon. Non. Je ne pense pas.

Cette réponse et le regard indécis ne leur parurent pas très francs. Ils se demandèrent ce que signifiait ce comportement.

Puis François poursuivit :

— Avez-vous une couverture, une toile ou un tissu plié dans votre chambre ?

— Oui, mon épouse avait retiré une couverture du lit depuis ces dernières journées de chaleur et elle l'avait laissée pliée en carré sur une chaise dans le coin de la chambre, pour la reprendre si toutefois le temps refroidissait. Pourquoi ?

— Nous devons vérifier certaines choses.

Phil rappela le collègue à la maison. Pas de traces de la couverture, elle avait également disparu si bien que les fibres éventuelles, recueillies sur le visage de la victime et sur le lit, ne seraient d'aucune utilité car appartenant au couple.

— À quel moment votre épouse vous a-t-elle quitté hier soir ?

— Vers vingt et une heures, nous avons partagé le repas qui m'avait été servi ici, nous n'avions pas très faim, ni l'un ni l'autre… Ensuite, je lui ai dit de ne pas s'inquiéter pour moi, qu'elle pouvait rejoindre le bar comme d'habitude car notre barman serait seul pour ouvrir et nous n'aimons pas qu'il n'y ait qu'une seule personne. Nous n'avons qu'un seul et même employé depuis de longues années.

— Vous a-t-elle paru inquiète ?

— Non. Pas en dehors de ce qui la préoccupait, c'est-à-dire mon état de santé. Elle n'a jamais été malade de sa vie, alors cette alerte cardiaque l'a beaucoup choquée. Je me suis efforcé de la rassurer comme j'ai pu.

— Prend-elle des somnifères ?

— Non. Pas de façon régulière, mais elle s'angoisse toujours dès la moindre contrariété, même anodine, alors lorsque quelque chose la tracasse vraiment, il lui arrive de prendre un cachet, sans plus. Question de passer une bonne nuit.

— Avez-vous été victimes de menaces ou de chantage, ces derniers temps ?

— Vous vous doutez bien que, dans notre métier, il faut être d'une vigilance extrême. Il y a toujours des individus ou des groupes plus ou moins organisés qui tentent de s'infiltrer dans votre clientèle pour fourguer leur saloperie, voire pour tenter le racket…

— Et alors ?

— Jusqu'à présent, je les ai toujours repérés tout de suite et me suis toujours montré plus menaçant qu'eux !

— Et ces derniers temps ?

— Ce n'est pas pire que d'habitude… mais tout de même, il y a deux ou trois types qui rôdent, à l'affût. Ne me demandez pas leur nom, ils viennent de débarquer depuis peu, sans doute de la région parisienne… Toujours est-il qu'ils me semblent plus dangereux que les autres jusque-là. Malgré tout, je dois vous dire qu'il y a moins d'un mois, mon épouse les a croisés en ville et ils l'auraient agressée…

— Agressée ?

— Non, le mot exact qu'elle avait utilisé était "malmenée", ils s'étaient montrés menaçants, sans la toucher physiquement… Depuis, je sais qu'elle avait peur… J'ai toujours eu le sentiment qu'elle ne me disait pas tout. Pour ne pas m'inquiéter sans doute ou m'éviter de m'emporter…

— Vous avez leur signalement ?

— Trop vague pour vous aider, mais demandez à mes confrères du quartier, ils vous en diront peut-être un peu plus. Pour ma part, j'ai l'impression que ces deux ou trois types encadrent quelques délinquants de Vannes…

— Malgré tout, vous pouvez tout de même nous en dire deux mots, non ?

Il garda le silence quelques instants, sans doute afin de se concentrer sur ce qu'il allait dire, à moins que ce ne soit pour mieux faire appel à sa mémoire. Puis il soutint le regard de François sans ciller et commenta :

— Disons, vingt-cinq à trente ans, taille moyenne, bruns, je vais dire, de type méditerranéen, pour ne pas être taxé de xénophobie, circulant en voiture allemande plutôt haut de gamme, récente, n'exerçant sans doute aucune profession… Vous voyez, c'est une chose qui m'énerve plus que tout et que je ne comprendrai jamais en France. Ces types ne sont jamais inquiétés et roulent carrosse alors que nous qui travaillons tous les jours, c'est contrôle de toutes sortes : URSSAF, sécurité, hygiène et j'en passe !

— Nous sortons du sujet qui nous préoccupe, coupa François tout net. Avez-vous une immatriculation à nous fournir, puisque vous parlez de voiture ?

— Non. Aucune.

— Et vous pensez qu'ils auraient pu agir aussi vite, vous sachant immobilisé ?

— Depuis ce matin, je n'arrête pas de tourner le problème dans ma tête et, en dehors de ce genre de petite ordure, je ne trouve aucune explication…

— Est-ce qu'une Golf ou une voiture du même type, quelle qu'en soit la marque, vous dit quelque chose ?

Il marqua un nouveau temps d'hésitation, fuyant le regard des OPJ, avant de répondre à nouveau :

— Dans ce cas, je pencherais plutôt pour les hommes de main de ces deux ou trois truands. Ces petites frappes du coin, prêtes à faire n'importe quoi pour quelques biffetons et des doses de poudre et surtout pour être reconnues par les caïds au-dessus.

— Vous semblez plutôt bien renseigné, malgré tout…

— Quand on travaille dans le monde de la nuit, on voit et entend beaucoup de choses, mais vous devez en connaître plus que moi dans ce domaine…

— Auriez-vous des renseignements sur ceux que vous venez d'appeler les petites frappes ?

— Aucun ! C'est vous qui êtes de la police…

Ils poursuivirent leur entretien encore un peu, mais sans en apprendre davantage. Visiblement, monsieur Canéda se contrôlait pour ne pas trop parler. En regagnant leur bureau, Phil et François éprouvaient le sentiment que ce dernier avait une petite idée des personnes qui auraient pu faire le coup mais préférait ne pas pratiquer la délation à moins qu'il ne préférât conserver l'information pour lui et faire justice tout seul…

Toutefois, malgré le contexte et son attaque, ils considéraient qu'il réagissait plutôt bien. Peut-être faudrait-il envisager de le suivre à distance, dans un double but d'ailleurs : l'un pour le protéger, l'autre pour vérifier qu'il ne tente rien contre les “supposés” agresseurs. Pour eux, un meurtre perpétré de cette manière, dans ce milieu particulier, signifiait que cette enquête allait les plonger dans les planques et les filatures de personnes sur le terrain, ce qui ne leur était pas arrivé depuis longtemps. Nul doute que Stéphane Lagate serait réquisitionné pour y participer et servir de relais entre eux. Pour commencer, il serait "volontaire désigné d'office" pour assister le légiste lors de l'autopsie. Ils échangèrent peu de mots sur le chemin du retour, chacun s'efforçant de mettre de l'ordre dans ce qu'il avait appris et d'organiser ses idées.

Néanmoins, François ne put s'empêcher de penser tout haut :

— Tu as entendu, Phil, à un moment, il a évoqué le destin…

— Le destin… n'existe pas dans ce milieu, trancha froidement Phil.

— Ah ? C'est ton avis ?

— Pour moi, la vérité, c'est qu'on ne récolte que ce que l'on a semé !

— Eh bien !

— Oui, c'est la règle, poursuivit-il avec conviction. Personnellement, je pense que les choses sont claires : les actions vertueuses mènent au bonheur, les actions malveillantes entraînent des souffrances, voilà tout.

— Qui te dit qu'il aurait effectué des actions malveillantes ?

— Ça, il nous appartient de creuser autour de lui et de son épouse et, plus largement, de son bar et de son quartier…

En fin de journée, ils récapitulèrent les renseignements recueillis. Stéphane, de son côté, avait lancé toutes les réquisitions demandées – téléphone, banque et fichiers de renseignements divers – de façon méthodique, ce qui leur fit plaisir. C'était de bon augure pour leur travail en trio sur cette enquête. De son côté, le patron se disait dubitatif sur les déclarations de François :

— Des petits trafics de drogue, sans grande envergure, il y en a et il y en aura malheureusement toujours, mais que quelques personnes descendent de la région parisienne pour encadrer le marché, je ne l'ai pas encore entendu. Les dernières affaires, nous les avons bouclées avec nos collègues de la gendarmerie, maintenant que nous avons le même grand patron… Il faut dire que le plus souvent, dans les affaires de stups, les types se répartissent en dehors de la zone urbaine, d'où l'intérêt de concilier nos actions. Je vous invite donc à appeler le capitaine que nous connaissons bien, tenez, voici ses coordonnées et voyez avec lui, qui, chez lui, pourrait être votre interlocuteur. Ils sont installés en ville, Place de la Libération.

— D'accord. Ce soir, nous allons commencer par mettre de l'ordre dans tout ce que nous avons récupéré durant la journée et demain nous verrons avec eux. Dans l'intervalle, vos hommes en tenue pourraient peut-être laisser traîner leurs oreilles en ville. Et, plus discrètement, ceux en civil, se balader du côté du quartier des bars de Saint-Patern où ils doivent bien connaître un peu de monde, j'imagine…

— Bon, je vais voir avec eux… Ah, le légiste m'a informé qu'il pratiquera l'autopsie demain, qui d'entre vous sera présent ?

Les regards se tournèrent vers Stéphane qui, surpris, rougit sur le moment, puis comprit aussitôt le message. Il reprit son souffle un instant dans l'attente d'une force qui lui manquait soudain, puis considéra qu'il était de son intérêt, pour son expérience, de faire ce sale boulot. Il avait déjà eu l'occasion d'y assister par deux fois et savait que cette partie de son travail ne deviendrait jamais de la routine, au contraire, il craignait même qu'à chaque fois cela ne lui soit plus difficile…

Si, ce matin même, en venant travailler, Phil et François ressentaient un peu un sentiment de désœuvrement, ce soir, ils se sentaient déjà submergés par cette foule d'informations de la journée, par tout ce qui les attendait et ce qu'ils devinaient.

Quant à Stéphane Lagate, il ne pouvait espérer meilleur stage pratique pour préparer son examen d'officier de police judiciaire. Il se montra volontaire pour participer à certaines planques avec Phil ou François, dans les nuits et jours à venir, en fonction des renseignements de la gendarmerie. Tous les trois devraient s'organiser pour assurer, par deux, certaines planques ou filatures, afin de permettre au troisième de se reposer. D'ores et déjà, ils savaient que leur week-end était grillé. Ils n'ignoraient pas que c'était le moment le plus propice pour les dealers, grossistes et consommateurs en tout genre, pour exercer leur job…

François proposa de dîner ensemble, question de faire connaissance.

— Tu nous en diras un peu plus sur Vannes ! lui suggéra Phil.

— "Vannes et sa femme", répondit-il, créant la perplexité chez ses deux collègues.

— Qu'est-ce que ça signifie ?

— Disons que c'est une expression locale dont on ignore l'origine exacte. En fait, c'est une enseigne emblématique, la mascotte de la ville. Il s'agit de deux personnages sculptés en granit polychrome, à l'angle d'une maison à pans de bois datant de la fin du XVe et du début du XVIe siècle, à la croisée des rues Noé et Pierre-René Rogue, ayant appartenu à Gilles de Bretagne et donnant sur la place Valencia. Tenez, comme ce bâtiment abrite aujourd'hui le restaurant "Villa Valencia" et que c'est une très bonne table, allons-y, c'est ouvert sept jours sur sept !

Peu de temps après, ils marchaient dans la rue pavée menant à la petite place. Quelques promeneurs photographiaient les deux personnages et le petit panneau enseigne fixé par une chaîne et situé juste dessous indiquant "Vannes et sa femme".

— Ce n'est pas aussi connu que le petit Manneken-Pis de Bruxelles, mais quand même... se contenta de préciser Stéphane.

Ils apprécièrent le quartier historique et les quelques commentaires de Stéphane ainsi que la plus discrète statue de saint François décorant le poteau de la maison d'en face. Puis ils ne tardèrent pas à gravir les quelques marches menant au restaurant...

III

Samedi 16 mai 2009.

En arrivant le matin, près de la machine à café, les collègues de Vannes vinrent spontanément vers eux. Les uns, pour demander quelques nouvelles de cette affaire dont tout le monde parlait. Les autres, pour proposer leurs services au cas où ils auraient besoin de renseignements, notamment sur les lieux. Pour tous, le couple Canéda était sans histoires, soudé dans sa vie privée, très professionnel dans son travail et il semblait n'y avoir jamais eu le moindre fait trouble dans son affaire. Madame avait la réputation d'être une remarquable tenancière et, monsieur, de parer au moindre débordement de sa clientèle ou d'intrus.

Aucun d'entre eux ne comprenait cet acharnement sur la victime, au moment même où son époux s'était retrouvé accidentellement indisponible. Ceci laissait cependant supposer que, dans l'ombre, certains pouvaient attendre leur heure… Pourtant, ils ignoraient qu'il puisse exister du racket dans le milieu de la nuit à Vannes. Tous se montraient surpris et s'interrogeaient sur le mobile de ce meurtre. Quant aux deux ou trois individus descendus de Paris, personne ne les situait ni n'en avait eu connaissance.

Après un entretien rapide avec le patron, ils se retrouvèrent tous les trois à leur bureau. François appela le capitaine de la compagnie de gendarmerie. Ce dernier les dirigea vers un de ses subalternes en charge des problèmes de stups et autres débordements sur la région, l'adjudant Le Bourgeois.

— C'est une jeune femme très dynamique. Elle travaille avec moi depuis maintenant plus d'un an.

— Ne s'agirait-il pas de Nathalie Le Bourgeois, en poste à Guérande, précédemment ?

— Effectivement !

— Nous la connaissons, nous avons déjà eu l'occasion de travailler avec elle !*

— C'est parfait. Dans ce cas, je vous la passe…

— Nathalie ?

— Oui ?

— C'est François et Phil !

— Hey ! Les Quimpérois ! Comment ça va en Cornouaille ? Ça me fait plaisir de vous entendre ! Qu'est-ce qui vous amène ?

— En réalité, nous sommes vannetais depuis peu et pour quelque temps !

— C'est pas vrai !

---

*Voir *Jeu de Quilles en pays Guérandais* - même auteur - même collection.

— Nous avons été détachés pour faire face à un problème d'effectif et nous sommes sur une affaire au sujet de laquelle nous aimerions t'entretenir.

— Ah, et laquelle ?

— Le meurtre de Jeanne Canéda.

— Oui, j'ai appris ça et c'est vous qui... ça c'est pas mal alors !

— On peut se voir ?

— Bien sûr ! Mais c'est vous qui vous déplacez !

— Bien entendu, pas de problème, nous sommes demandeurs !

— Non, ce n'est pas pour ça, vous verrez ! À tout à l'heure !

Cette dernière réflexion avait surpris François et Phil, mais ils n'y pensèrent plus, ravis de retrouver leur collègue et de travailler une nouvelle fois avec elle.

Peu de temps après, ils quittèrent le commissariat. Le boulevard de la Paix débouchait directement sur la place de la Libération qu'ils contournèrent complètement pour se présenter au numéro 2, à l'entrée de l'imposante gendarmerie. Ils franchirent le portail pour stationner dans la cour entourée d'immenses bâtiments relativement anciens, disposés en carré.

Ils furent conduits au bureau de l'adjudant, Nathalie Le Bourgeois, qu'ils retrouvèrent avec un plaisir partagé, mais comprirent aussitôt la réflexion précédente. Nathalie était enceinte et nul doute qu'elle n'irait plus très loin avant d'accoucher !

Les effusions de joie passées, Phil intervint le premier :

— Alors, cet heureux événement, c'est pour quand ?

— Dans un mois, mi-juin en principe…

— Et tu n'es pas arrêtée ?

— Non, comme je vais superbien, j'ai préféré rester le plus longtemps possible au travail pour en profiter davantage après ! Tu sais, nous connaissons tous une ministre qui ne s'est guère arrêtée…

— Oui, mais ce n'est pas une raison !

Les échanges habituels entre le jeune papa d'une petite fille et la future maman passés, ils en vinrent à l'objet de leur enquête et aux fonctions de Nathalie dans ces vastes bâtiments.

— C'est sûr que cela change de Guérande ! Mais c'est vraiment intéressant de travailler ici. Je ne pouvais pas rêver mieux en terme de carrière. Dans ces locaux sont installés le groupement départemental, la compagnie et diverses brigades dont une de recherche très performante.

— Mais les bâtiments ont l'air anciens, non ?

— Jusqu'à la Révolution, la gendarmerie était située dans l'ancien bâtiment des dominicains dans le quartier de Saint-Patern et après, comme ce n'était guère fonctionnel et qu'elle manquait de place, on a construit ces bâtiments sur la place appelée du “Champ de Foire” à l'époque et devenue, depuis, place de la Libération !

— Très bien… Nous venons te voir pour le meurtre de Jeanne Canéda qui tenait, avec son époux, un bar de nuit, justement dans le quartier de Saint-Patern.

— Oui, je vois très bien. Et vous avez quelque chose ?

— Non. Pas vraiment. Le mari a eu une attaque cardiaque la veille et se trouvait hospitalisé à Chubert…

— Lui au moins, il est tranquille, il ne sera pas inquiété…

— Oui. Il nous a parlé de stups et de racket et, notamment, de types venus de Paris qui tenteraient de mettre un peu le milieu sous leur coupe, est-ce que ça te dit quelque chose ?

— Avec vos collègues, nous avons démantelé plusieurs petits groupes, mais rien d'extraordinaire, une partie habitait sur Ménimur, Kercado et Cliscouët, donc dans votre champ d'action ; les ramifications se situaient sur Saint-Avé, Séné et Arradon, donc notre terrain… d'où la nécessité de conjuguer notre action. Mais, à ma connaissance, je n'ai rien sur des types venus de l'extérieur… On en a coffré pas mal, si bien que c'est plutôt calme dans le moment. Si ce n'est un petit groupe que nous surveillons, ainsi que vos collègues, mais le fruit n'est pas mûr. Cependant, je serais tentée de dire que ceci n'a rien à voir avec votre affaire…

— Quel type de voiture utilisent-ils ?

— Toute la gamme moyenne, surtout des coupés Golf WV et des 206, 307 ou Clio un peu rembourrées, enfin, tu vois le type de véhicule…

— Tu en connais, susceptibles de passer au meurtre sur ordre ?

Nathalie hésita longuement et finit par secouer négativement la tête.

— Non. Aucun. Mais, parfois, ils ont vite fait de basculer. Pour ma part, je penserais que ceux qui nous paraissaient les plus dangereux dans ce domaine sont actuellement en prison…

— Nous avons obtenu le profil d'un individu aperçu dans les environs du meurtre : taille moyenne à grande, vêtu d'un sweat, avec capuche sur la tête, circulant en Golf, Seat ou véhicule de cette gamme, est-ce que ça peut te dire quelque chose ?

— Oui et non. Oui, car c'est le profil type de ces loulous. Et non, car je n'ai aucun nom à te donner. Ce que tu peux faire c'est reprendre les dernières affaires et examiner dans ces dossiers ceux qui sont sortis de taule en ce moment, cela devrait se recouper avec ceux que suivent vos collègues… Sinon, vous avez trouvé un mobile ?

— Non.

— Et dans l'entourage de la victime, quelqu'un a-t-il intérêt à voir disparaître cette femme ?

— Nous attendons les résultats des réquisitions : comptes, banques, téléphones et autres pour mieux cerner la personnalité du couple.

— Ils s'entendaient bien tous les deux ?

— A priori oui, pour ce que nous en savons.

— Je suis vraiment désolée, mais je n'ai pas de billes pour vous, par contre, restons en relation sur cette affaire. Je prends en compte tout ce que vous avez et je vous balance ce que je trouve dès que j'ai quelque chose susceptible de vous aider.

— D'accord, on se tient informés…

Ils quittèrent la gendarmerie, à la fois heureux d'avoir retrouvé Nathalie Le Bourgeois et déçus de ne pas ramener de renseignements intéressants permettant de faire avancer leur enquête.

Ils décidèrent de se rendre dans le quartier du bar de monsieur et madame Canéda, question de sentir l'ambiance. De nombreux bars se succédaient dans cette rue étroite du vieux Vannes, située juste à côté des anciennes fortifications et de la rue de la Porte Prison. Ils firent quelques pas dans les deux sens de la rue. La vie suivait sont cours dans les bars et restaurants. Ils hésitèrent pour interroger quelques tenanciers, mais finalement, préférèrent attendre de revoir les collègues de Vannes et conserver leur anonymat dans ce quartier car personne ne les connaissait encore sur la ville.

Ils regagnèrent ensuite la rue Francis Decker, question de découvrir les jardins et lavoirs, au pied des remparts de l'ancienne ville fortifiée aux fameuses tour du Connétable et tour Trompette. La place Gambetta connaissait une certaine animation et les terrasses des cafés donnaient un avant-goût de l'été par cette belle journée ensoleillée de mai, face à la tranquillité du port de plaisance. Ils remontèrent toute la rue Thiers et celles à suivre jusqu'au giratoire du Palais des Arts, puis revinrent au commissariat.

Ils retrouvèrent Stéphane, occupé à compulser des listes sur papier reçues par fax, a priori. Il releva la tête en les voyant arriver.

— J'examine les appels téléphoniques entrants et sortants. Sur le fixe de la maison, rien d'anormal, ce numéro est inscrit en liste rouge. Sur le portable de Madame, pour l'instant, rien non plus, sous réserve de vérifier l'origine de certains d'entre eux. Il me restera à étudier ceux du bar et ceux du portable de Monsieur. Quant aux relevés de comptes bancaires et tout ce que j'ai demandé, nous ne devrions pas les recevoir avant lundi matin…

François appela l'hôpital pour connaître la date de départ de monsieur Canéda. Il sortait dans l'après-midi, ils convinrent avec lui de le retrouver pour se rendre à la morgue afin de reconnaître le corps, comme le prévoyait la loi. L'autopsie ne serait finalement pratiquée que le lendemain matin, car c'était malheureusement le dimanche matin que le légiste arrivait à dégager le plus de temps pour le faire, il avait été débordé par d'autres urgences.

À quatorze heures, ils attendaient dans le hall d'accueil de l'hôpital. François resta attendre monsieur Canéda tandis que Phil se rendait à la morgue pour prévenir le gardien de préparer la présentation du corps. Monsieur Canéda apparut peu après, un sac de sport à la main, marchant d'un pas assuré. Il portait un blouson en velours côtelé marron. En apercevant François, il sourit et lui fit signe.

Ce type était une publicité ambulante pour les stéroïdes et les UV. Ses vêtements peinaient à contenir toute sa musculation et il arborait un véritable bronzage carotte, que François n'avait pas autant remarqué quand l'homme se trouvait dans son lit d'hôpital. Sous son blouson, il portait un polo beige clair qui épousait son torse puissant. Nul ne pouvait imaginer que cet homme, quelques jours plus tôt, avait failli disparaître, terrassé par une crise cardiaque, tant il semblait avoir bonne mine. François se rendit mieux compte de sa stature de pilier de rugby quand il arriva à sa hauteur.

— Comment vous sentez-vous physiquement ? lui précisa François.

— Tant que j'étais au lit ou assis dans ma chambre, je me trouvais en pleine forme, mais après avoir fait quelques pas, je dois dire que je me sens plus fébrile ! Il y a, aussi, s'ajoutant à mon état physique, tout ce qui fait l'objet de mes préoccupations…

Sur le chemin, François s'efforça de fournir à Alex Canéda quelques bribes d'informations susceptibles de l'apaiser un peu, sans rien inventer pour autant.

Ils retrouvèrent Phil à l'entrée de ce qui servait d'institut médico-légal. Ils pénétrèrent dans une pièce où métal et carrelage luisaient. Pas de gros tiroirs ni quoi que ce soit de ce genre. Dans un coin, tous les instruments et autres ustensiles étaient dissimulés sous un drap en nylon blanc, comme l'était la table se trouvant au centre. Il vit immédiatement le corps qui y gisait.

Espérait-il encore, durant un bref instant, qu'il y ait eu, peut-être une erreur, que ce ne soit pas elle ? Espoir infime, basé sur rien, comme tant d'autres personnes passées ici avant, venant identifier un proche. Un dernier fantasme, l'espoir d'une merveilleuse erreur. Rien de plus naturel…

Le gardien souleva le drap… Monsieur Canéda posa son sac à l'entrée de la pièce et serra des poings. Son visage se ferma, les muscles de ses maxillaires jouant sous la peau, ce fut une véritable statue de béton qui se présenta devant la table où reposait son épouse. Hébété, il regarda d'abord, sans comprendre, l'image de son épouse qui s'imposait à lui, lui causant un nouveau choc et… un mélange de haine et de douleur apparut sur son visage quand il s'inclina vers elle avec componction. Le gardien, à côté, lui jeta un regard d'une infinie sagesse, de ceux que procure l'expérience de la souffrance. Assister à l'identification d'un cadavre par un proche est toujours un moment difficile. Cela devait être fait, il savait cependant que nombreux étaient ceux qui repartaient avec, dans la tête, une image qui les hanterait jusqu'à la fin de leurs jours.

Monsieur Canéda ferma les yeux, sans doute revoyait-il son visage d'avant, la douceur de ses traits, la flamme de son regard, les mèches de cheveux rebelles qui s'échappaient de son chignon… puisque toutes les photos d'elle la montraient ainsi. Ressentait-il l'odeur de sa peau, entendait-il son rire, sa voix ?

Malgré son imposante stature, Phil et François avaient devant eux un homme faible et seul désormais. Un homme brisé par le chagrin, engagé dans une lutte contre lui-même, presque vulnérable. Comme si un barrage avait cédé à l'intérieur de son corps, laissant libre cours au flux de ses émotions, des larmes coulèrent. Il s'exprima d'une voix sourde, presque rageuse, détournant la tête pour regarder vers François :

— C'est bien elle, dit-il. Sa mort représente une douleur inexprimable, vous ne pouvez pas comprendre.

L'obstination donnait aux traits à présent fatigués de l'homme une expression presque cruelle.

— Si… nous comprenons, se contenta de souffler François.

— Ce ne sera plus jamais pareil, répétait-il sans conviction.

François savait trop que l'être qui reste aurait donné n'importe quoi pour revenir en arrière. « C'est toujours ainsi après ce genre de drame, tout le monde voudrait une deuxième chance pour retrouver son passé, songea François. Parfois, son attrait est plus fort que celui de l'avenir. Malheureusement, personne ne peut encore revenir sur le passé, il n'y a qu'au cinéma que cela est possible… »

Le moment était venu de quitter les lieux, François et monsieur Canéda se regardèrent intensément. François chercha dans les yeux de l'autre la vraie nature de son âme. Il ne put savoir si ce qu'il y avait décelé était une infinie lassitude ou une indicible terreur qui le hantait. Il réagissait comme tout être frappé par une perte cruelle. Il tentait de se raccrocher à n'importe quel détail pour ne pas perdre complètement pied. Presque toute vie humaine comporte son lot d'immenses chagrins qui plongent l'âme dans une telle détresse que toute possibilité de retrouver le bonheur semble s'évanouir.

La majorité des gens croient en quelques principes qui structurent leur existence… Cet homme, en quoi croyait-il ? En Dieu ? La providence ? La fatalité ? L'amour ? La famille ? Impossible de le dire à cet instant.

Il était important d'en savoir plus sur sa vie privée ; pour cela, il lui proposa simplement de le ramener à son domicile. L'homme accepta volontiers, d'autant qu'il devait récupérer sa voiture pour revenir ouvrir son bar, le soir même. Sa tentation était forte de replonger dans la vie et de s'abrutir de travail, précisa-t-il.

Ils quittèrent le centre hospitalier, traversèrent la

ville pour rejoindre le port de plaisance qu'ils longèrent. En dehors de quelques propos monosyllabiques, ils n'avaient rien dit de tout le trajet. À destination, ils s'arrêtèrent devant la maison qu'ils connaissaient. Le voisin sortit précipitamment de son jardin et vint exprimer sa peine à monsieur Canéda, puis retourna chez lui.

Tous les volets de la maison étaient restés ouverts depuis le passage des spécialistes. Il regagna sa demeure, le lieu du crime. Un retour qui ne semblait pas l'angoisser de trop. Devant la porte d'entrée, il respira à pleins poumons pendant plusieurs longues secondes, se plaisant peut-être à croire aux vertus régénératrices du soleil et de l'air salé, ou simplement pour se donner la force de revenir dans un lieu qui lui était, sans doute, si cher… Au fond, une maison… n'était qu'un bien matériel, y entrer suffirait-il à l'émouvoir ? Ou alors, luttait-il intérieurement avec force pour ne rien laisser paraître ?

Il invita les deux OPJ à le suivre jusqu'au séjour, leur proposant de rester quelques instants seuls, le temps pour lui de poser ses affaires et de relever le courrier. Un peu partout, ils purent examiner de nombreuses photos de cette femme. Le temps avait été doux avec elle, même s'il y avait imprimé sa marque. Elle avait conservé une certaine beauté tonique, seules quelques rides d'inquiétude apparaissaient sur son visage et au coin de ses yeux. Sur des clichés très anciens, elle était très belle au sens conventionnel :

des traits fins, bien dessinés ; un enfant se tenait près d'elle, puis sur d'autres, un jeune homme au teint mat et aux cheveux noirs. À chaque fois, ils posaient tous les deux devant une maison de la région située près de la mer. Mais jamais de trace d'homme à ses côtés. D'une photo à l'autre, le jeune homme grandissait. De quand dataient ces photos ? Quinze, vingt ans ? Peut-être plus, difficile à dire…

François et Phil se sentirent gênés de les regarder, elles avaient dû compter pour la victime. La dernière photo que Phil examina avant le retour de monsieur Canéda dont ils entendaient le bruit de pas dans l'entrée, montrait le jeune homme adulte, très souriant ; son visage exprimait une joie véritable tandis qu'un sourire mutin creusait les joues de la femme et semait dans ses pupilles des paillettes de lumière… Brefs moments de toute une vie.

Pendant ce temps, François laissait son regard errer sur le reste de la pièce. Une pendulette égrenait son chuchotis de grillon. Dans son métier, il apprenait énormément de choses sur les gens en observant l'endroit où ils habitaient. Parfois, certains n'étaient plus là pour s'expliquer, alors il tirait des conclusions de ses observations et il pensait avoir un certain talent dans ce domaine. Quoi qu'il en soit, cette maison ne connaîtrait plus le retour de la maîtresse de céans.

Puis Phil et François se portèrent rapidement devant la porte-fenêtre qui donnait sur un balcon afin de profiter du paysage sublime qui s'offrait à leurs yeux et ne pas donner l'impression qu'ils faisaient les curieux. Phil le connaissait déjà pour en avoir profité de chez le voisin. À cette heure, la surface de la mer se teintait de reflets argentés alors que le soleil commençait à décliner. Tout en appréciant la beauté et l'immensité du paysage, François constata que ses méninges tournaient à plein rendement. Il tentait de repasser en revue tous les éléments de cette affaire, essayant d'y trouver des messages ou des signaux cachés.

Ils se retournèrent quand l'homme se présenta et posa du courrier sur la table de la salle à manger. François reconnut que celui-ci avait un certain charme, même s'il ne s'était pas rasé depuis plusieurs jours, avec ses larges épaules et une certaine élégance dans le mouvement.

Leurs regards se croisèrent et la détresse que François crut déceler dans les yeux d'Alex Canéda le troubla.

— C'est superbe, n'est-ce pas ? leur dit ce dernier d'une voix lointaine, à la frontière du rêve et de la dérision.

— Oui, vraiment.

— Elle adorait cette vue et appréciait de pouvoir se rendre à pied jusqu'à la pointe de l'île de Conleau ou d'aller marcher le long de la promenade de la pointe des Émigrés, là sur la gauche, celle-ci donne sur le Golfe du Morbihan…

— C'est effectivement majestueux.

Monsieur Canéda les invita à s'asseoir au salon tout en précisant :

— En dehors de cette vue, mon épouse aimait particulièrement notre chambre. Le papier ainsi que tout le mobilier avaient longuement été choisis par elle. Tout est solide, chaud, confortable, comme le sont les tapis qui recouvrent le plancher. C'était une femme de goût qui ne supportait pas la médiocrité et refusait une maison sans charme.

Le séjour avait été, récemment, entièrement meublé à neuf. Côté salle à manger : meubles en bois laqué de très grande qualité et de grand standing avec, au mur, un grand miroir qui leur renvoyait leur image. Dans un coin, un guéridon supportait un échiquier, laqué également, flanqué de deux chaises en vis-à-vis. Côté salon : des canapés de cuir noir, un tapis blanc pure laine, disposés devant la cheminée à encadrement en inox. De chaque côté, un meuble contenant une quantité importante de romans policiers de différents formats. Au pied, sur le sol, quelques piles de magazines.

— Vous êtes de grands lecteurs ? demanda François en désignant du doigt les livres rangés.

— Moi seulement. Mon épouse ne lisait que des revues et magazines. Pour ma part, je suis un passionné de romans policiers : français, anglo-saxons, ou d'Europe du nord… Là, vous ne voyez que ceux que j'ai vraiment préférés. Sinon, j'en ai encore des centaines, peut-être même un ou deux milliers, dans des cartons dans le garage. À raison de deux en moyenne par semaine, depuis plus de vingt ans, vous voyez ce que cela peut représenter !

— En effet.

Aux murs, nombre de ces tableaux modernes dont François se plaignait souvent de ne rien comprendre. Table en verre à piétement d'acier sur laquelle trônait une boîte de mouchoirs jetables. Sur un petit meuble bas, une photo récente du couple, la seule. Elle, coiffée d'un chignon avec une mèche rebelle sur le front ; lui, tel qu'il se trouvait devant eux, mais sans sourire affiché et un comportement qui laissait penser à deux personnes étrangères, placées là, côte à côte... Impossible de situer le lieu derrière eux.

Phil et François refusèrent toute consommation. François souhaita lui poser quelques questions à nouveau.

— Désolé de revenir vers vous avec nos questions, mais avez-vous réfléchi depuis notre entretien ?

— Je n'ai fait que ça.

— Et alors ?

— Je reste sur ce que je vous ai dit... À moins que... non... je préfère ne rien vous dire... c'est trop délicat pour moi et surtout vis-à-vis d'elle...

Ils virent à son regard qu'il pensait à quelque chose. Quelle était donc cette hypothèse si effrayante ? Il sembla ensuite absent, absorbé. Son visage affichait une sinistre grimace. Il comprenait l'attitude des OPJ et tenta de les rassurer... Toutefois, ses yeux trahissaient une certaine tristesse et il gardait pour lui son mal-être. Le silence se fit un instant, comme lorsqu'on attend le tonnerre après avoir vu l'éclair. Ils patientèrent, deux, trois, quatre, cinq secondes… mais rien ne vint. François voyait désormais les ravages de la journée graver leur empreinte sur ses traits et lui peser sur les épaules comme un vêtement trop lourd à porter. Cependant, il tenta à nouveau de le faire parler :

— Monsieur Canéda, là, vous nous en avez trop dit ou pas assez, à quoi pensez-vous ?

— Non. À rien. Excusez-moi. Rien d'autre, répéta-t-il.

— Vous savez, monsieur Canéda, dit François doucement, nous sommes ici pour trouver celui qui a tué votre épouse. Il est possible que vous sachiez quelque chose qui nous mettrait sur la piste du meurtrier, même si cela vous paraît sans rapport avec les faits. Si c'est le cas, je vous conjure de nous le dire, même si c'est gênant pour vous.

— Si ce à quoi je pense est en rapport avec ce qui est arrivé, murmura-t-il, je ne pourrai pas le supporter. Puis il secoua la tête négativement : non, je ne sais rien de plus… Il se perdit dans les méandres de ses doutes, le regard impassible et vide. Un vide apaisant dans lequel il laissait ses pensées vagabonder.

— Vous devriez parler. Si vous ne le faites pas, je pense que ce n'est pas une bonne idée… pour vous…

Il se contenta de hausser les épaules dans un signe

d'impuissance, de fatigue, de malaise et de détresse. Cette fois, ils surent qu'il mentait. Monsieur Canéda ne souhaita pas revenir sur ce qu'il avait failli exprimer quelques minutes plus tôt. Il semblait inquiet, comme un animal poursuivi, avec un regard étrangement fuyant. Son attitude obstinément intransigeante proclamait qu'il ne serait pas facile de le faire parler.

— Vous savez, dit-il, j'ai connu une vie heureuse avec elle. C'est ma première tragédie…

Il se mit à sangloter durant quelques instants, dans le silence de cette pièce.

Après quelques échanges sans intérêt, Phil et François le quittèrent avec, une nouvelle fois, le sentiment précis que cet homme pensait à quelqu'un de particulier mais ne voulait pas le désigner.

Ils décidèrent de s'en aller, sans pouvoir recueillir plus d'informations. En les raccompagnant à la porte, monsieur Canéda insista une nouvelle fois :

— Il faut que vous arrêtiez celui ou ceux qui ont fait le coup et qu'ils payent…

— Nous nous y employons. Nous faisons tout pour découvrir la vérité, aussi vous comprendrez bien que le moindre détail que vous puissiez posséder pourrait nous être utile…

Ils restèrent silencieux quelques instants sur le pas de la porte. Mais l'homme ne rajouta rien de plus et se contenta de baisser la tête. Ils regagnèrent le commissariat.

En route, François se tourna vers Phil :

— Que nous cache-t-il, à ton avis ?

— Je ne sais pas, mais c'est ce à quoi je songeais aussi…

— J'espère qu'un jour, on ne retrouvera pas un type dans le port de plaisance ou dans le Golfe du Morbihan, vêtu d'un sweat à capuche et d'une casquette encore vissée sur la tête, le corps lesté d'un parpaing dans une Golf rouge transformée en sous-marin…

— Je me souviens qu'un formateur de l'école des officiers de police expliquait toujours que l'élément le plus important d'une enquête n'était par forcément les faits eux-mêmes, mais le lieu et la manière permettant de les fixer ensemble. Car ce lieu est le plus souvent le produit d'instinct, d'un peu de conjectures et d'imagination. Il le comparait à une roue de bicyclette dont tous les rayons pointent vers le milieu, tous désignant le meurtrier. Finalement, c'est très simple, il nous suffit juste de chercher le moyeu !

— J'aurais pu être formateur à ce prix-là ! Car, dans notre cas, trouver le moyeu, rien de plus facile ni de plus simple ! Au fait, que penses-tu des photos les plus anciennes de cette femme et de l'enfant… jeune, puis adulte ?

— Je n'ai pas voulu lui poser la question, mais je l'ai noté pour le lui demander la prochaine fois. Dans l'immédiat, il a déjà assez souffert. Peut-être s'agit-il d'un enfant proche d'elle ou du sien, né avant leur rencontre et leur mariage, d'après l'âge des photos…

— Oui, c'est aussi mon avis. Pourvu qu'il ne fasse pas de connerie, la frontière est très mince entre l'obstination et la stupidité, ce serait bien qu'il reste du bon côté…

— Un type amer, en colère, qui perd sa femme de façon violente, représente un vrai risque. Pour l'instant, il tient à se protéger. Mais il est capable de tout faire pour dénicher le type qui a foutu sa vie en l'air. Nous sommes bien placés, toi et moi, pour savoir que certaines familles de victimes en ressentent fortement le besoin.* Selon moi, ne serait-ce qu'au vu du milieu dans lequel il évolue, la Bible n'est pas son livre de chevet, je crois plutôt que la loi du talion, « œil pour œil, dent pour dent », doit lui parler davantage !

Ruminant leurs pensées, ils gardèrent le silence jusqu'à leur retour au bureau, indifférents au paysage et à la ville qu'ils traversaient. Telle la taupe, ils avançaient à l'aveugle dans un monde aux contours incertains.

Le patron décida d'une réunion générale avec tous les OPJ disponibles afin de faire le point sur l'enquête pour tenter de recouper les idées ou informations des uns ou des autres et aider, au mieux, Phil, François et Stéphane…

Ils n'étaient pas très nombreux finalement autour de la grande table de la salle de réunion, une dizaine

*Voir *Affaire classée à Concarneau* - même auteur - même collection.

tout au plus. Le patron reprit les faits et formula l'état des connaissances sur ce dossier. Il interrogea les collègues sur ce qu'ils pouvaient savoir sur le couple, le bar et ce qui se disait en ville…

Il n'en ressortit pas grand-chose. Pour tous, cette affaire sentait le règlement de comptes ou une façon de mettre la pression sur ce bar ou, peut-être, sur les bars de nuit de la ville pour aboutir à un racket organisé… plus tard… en ayant montré leur détermination, en commençant par toucher pour l'exemple, une affaire bien en vue sur la place et la plus ancienne tenancière de bar de nuit de la ville. Pour autant, nul ne voyait qui avait pu accomplir cet acte sordide. Personne non plus n'avait vu ni entendu parler de types douteux qui auraient traîné dans le quartier ou dans la ville, dans une puissante voiture allemande récente. Il y avait bien quelques gens de la communauté du voyage, mais de façon épisodique. Aucun confrère tenancier de la ville n'abondait dans ce sens. C'est le jeune Stéphane qui réagit le premier des trois :

— À moins qu'ils aient la trouille et qu'aucun d'entre eux ne veuille parler…

— C'est une hypothèse, reprit le patron, mais sur le nombre, il est impossible qu'il n'y en ait pas au moins un qui puisse s'exprimer ou laisser entendre certaines choses de façon confidentielle, sous couvert de l'anonymat.

— C'est aussi mon avis, reprit François. Dans ce genre de situation, nous arrivons toujours à apprendre quelque chose d'une manière ou d'une autre, sans jamais mettre en cause ni exposer celui qui nous a informés.

La réunion ne déboucha sur rien de concret. Pour ne pas perdre de temps, François proposa que tous les trois commencent à tourner dans le quartier toute la nuit, au moins pour ce samedi soir et le lendemain soir, dimanche. Un binôme qui devait travailler de nuit se proposa de venir les rejoindre, s'il n'y avait pas de contretemps, lors de la fermeture des bars vers deux heures, si toutefois il fallait suivre plusieurs pistes… Le patron leva la séance sur ce maigre résultat.

Ils se retrouvèrent tous les trois au bureau, sachant désormais que l'avenir de cette enquête reposait essentiellement entre leurs mains, ce que précisa François :

— Il est clair, au travers de cette réunion, que nous ne pouvons compter que sur nous-mêmes. Nous devons réussir à dénouer cette affaire ; pour nous deux, parce que nous sommes parachutés ici et, pour toi, Stéphane, qui prépares l'examen d'OPJ ; inscrire une réussite à ton palmarès ne peut être qu'un plus dans ton dossier… Les deux nuits à venir vont être longues, alors je propose, dès que nous aurons terminé nos paperasses, d'aller nous restaurer. Stéphane, tu es de la ville, que nous suggères-tu ?

— Ch'ais pas, tout dépend ce que vous aimez…

— Quelque chose de bien dans un bon rapport qualité-prix !

— L'autre soir, je suis allé dîner avec mon amie à "l'Éden" et c'était très bien... Je connais les deux responsables. Vincent, dans la salle, a servi les plus grands de ce monde, dans des affaires prestigieuses, chez nos étoilés du Michelin, que ce soit en France ou en Australie. Nicolas, en cuisine, a exercé une quinzaine d'années dans le traiteur haut de gamme. Vraiment, vous ne serez pas déçus !

— Eh bien, c'est d'accord pour l'Éden !

Deux heures après, ils garaient leur voiture dans une rue étroite, presque en face du restaurant, 3, Rue Pasteur. Un bon accueil leur fut immédiatement réservé par Vincent, le maître des lieux, dans une salle en longueur où se mariaient harmonieusement des murs anciens et un aménagement moderne. Les tons bruns se mélangeaient au blanc cassé. Des cheminées à éthanol se répartissaient dans la salle, offrant vie et chaleur à chaque espace par la magie de leurs flammes. En passant, Stéphane salua Nicolas, le chef, par l'ouverture qui donnait directement sur les cuisines. Ils prirent place et Phil resta admiratif devant les cheminées à éthanol :

— C'est super, je trouve, pas de cendres, pas de suie et, en plus, c'est très déco...

— C'est le nouveau produit à la mode, répondit François.

Stéphane commenta la carte qui présentait un grand choix, décliné en trois catégories : hebdomadaire, mensuel et enfin trimestriel, démontrant que le chef ne se reposait pas sur une proposition figée. La suggestion du maître d'hôtel emporta tous les suffrages. Ce grand moment de convivialité était l'occasion d'intégrer Stéphane au binôme de François et Phil. Ils parlèrent très peu de l'enquête, préférant mieux se connaître pour mieux travailler ensemble car ils sentaient bien qu'il ne s'agissait pas de se lancer dans un sprint, mais plutôt de se préparer pour une course de fond.

Phil en profita pour demander au stagiaire où il en était de son cursus de formation pour devenir officier de police judiciaire.

— J'ai eu beaucoup de chance, le patron m'a pistonné pour me rendre à l'INPS (L'Institut National de Police Scientifique) à Lyon-Écully. Ceci m'a permis de découvrir la “Mecque” de la police scientifique, certainement un des instituts les plus modernes d'Europe. Accompagné d'un expert, j'y ai découvert les huit unités. C'était extraordinaire, ce sera mon meilleur souvenir de carrière pour longtemps. Au menu, je me suis payé : génotypage, biologie, balistique, physique-chimie, stupéfiants, toxicologie, documents et empreintes digitales, incendies et explosions… bref, la totale !

— C'est vrai que c'est intéressant, je dirais même passionnant…

— On a beau s'y attendre, on est toujours surpris, comme par exemple, par cette incroyable collection d'armes de l'INPS, un véritable musée de près de deux mille cinq cents spécimens de référence permettant d'identifier, de reconstituer et de tracer une arme très rapidement…

— Oui, c'est impressionnant… Tu vas pouvoir jouer dans la série *R.I.S.* maintenant, alors ?

— Non ! Car ici, nous ne sommes pas à la TV, ni dans une fiction, ni dans un spectacle médiatique, mais dans la réalité avec tous les impondérables qui peuvent se présenter…

— Et Dieu sait qu'il y en a toujours sur notre route ! rajouta François.

Stéphane poursuivit en se laissant aller à commenter tout ce qu'il avait découvert. Le fait de s'exprimer lui permettait de se sentir plus en phase avec ses deux collègues avec lesquels il voulait absolument faire équipe pour profiter de leur expérience. Une sorte de liberté vive les portait, l'insouciance d'une conversation délivrée du poids des réalités.

Le repas avait été parfait à tout point de vue : de qualité, de finesse et de saveur. François félicita Stéphane pour ce choix et plaisanta :

— Je m'attendais à dîner dans un jardin !

— Oui, je vois l'allusion ! En fait, ce quartier est très connu des Vannetais pour son ancien cinéma appelé l'Éden, situé juste à côté… Aussi ont-ils utilisé ce nom pour permettre de mieux le situer.

— En tous les cas, c'était très bien, tu vas pouvoir féliciter Vincent et Nicolas !

Chacun resta sur cette dernière bonne impression

tout en dégustant son café, mais il fallait songer au travail...

— Nous allons devoir entrer en scène à présent et, comme nous te l'avons dit tout au long du repas, si tu as besoin de quoi que ce soit pour préparer ton examen, nous sommes là, enfin, surtout Phil... car sa formation théorique est plus récente que la mienne !

Ils traversèrent le centre-ville pour aller se garer dans la rue de la Fontaine. Ils décidèrent de se séparer et de communiquer par SMS. Voitures et piétons circulaient dans la rue Saint-Patern, l'ambiance y semblait plutôt joyeuse, d'autant qu'après cette belle journée ensoleillée, la température se montrait encore très agréable. Stéphane, n'étant pas connu de monsieur Canéda, se rendrait dans son bar. François et Phil en choisirent un autre dans le même quartier.

Stéphane entra, traversa l'espace bar situé à l'entrée, puis se plaça près d'un grand rideau noir qui, semblable à la robe d'un magistrat, pensa-t-il, masquait partiellement la salle du fond. Cet espace était rempli de toute une population visiblement très bigarrée, enfoncée dans le confort et l'ivresse des lieux. Cette salle se divisait en de nombreux boxes où des groupes entretenaient des discussions animées. Il les observa et considéra qu'il devait surtout s'agir d'habitués qui se connaissaient. Il décida de venir prendre un verre au bar et se hissa sur un tabouret haut. Quelques désœuvrés y étaient déjà accoudés, il ne reconnut personne.

Monsieur Canéda jouait l'homme-orchestre, préparant les consommations à son barman qui courait dans tous les sens pour servir et desservir les tables. Le patron était visiblement bien connu et tout le monde l'appelait Alex. Stéphane apprécia l'interdiction de fumer dans ces établissements et imagina l'enfer que cela devait être auparavant. Il s'approcha de son voisin pour lui demander s'il était de la région et s'il savait ce que pouvait faire un célibataire, récemment arrivé à Vannes.

François s'était également installé au comptoir d'un autre bar, non loin de là. L'endroit lui offrait une bonne visibilité sur l'ensemble de l'établissement car aucune séparation n'existait et l'immense miroir, installé derrière les bouteilles du bar, lui permettait également d'observer la salle. Près de lui, un homme de taille moyenne, plutôt costaud, vêtu d'une parka, d'un pantalon treillis et chaussé de rangers, portait une longue cicatrice qui lui traversait le côté droit de la barbe. François se demanda aussitôt s'il cherchait à renforcer son image avec cette cicatrice qu'il semblait exhiber comme une médaille… Il lui adressa la parole en lui demandant s'il était de la ville. L'homme se tourna vers lui, surpris, sa joue paraissait plus sombre tout à coup, comme si elle avait changé de couleur en même temps que l'humeur de son propriétaire. Il lui répondit, d'un signe de tête entendu :

— Deux ans que j'suis revenu ! Après quinze ans de légion… mais Vannes n'est plus ce qu'elle était…

— Ah bon ? Vous l'avez bien connue avant ?

— Oh que oui ! C'était autre chose ! Aujourd'hui, il n'y a plus que des petits branleurs qui ne savent pas rigoler sans se shooter à l'alcool et avec toutes leurs saloperies…

Il caressa aussitôt sa cicatrice comme si François ne l'avait pas encore remarquée.

— Que vous est-il arrivé ? lui demanda François, comprenant bien que c'était le principal centre d'intérêt de son interlocuteur.

— Coup de couteau… Un type qui m'a eu par surprise… Pas eu le temps de le neutraliser. L'hôpital était nul dans ce fin fond de l'Afrique, le chirurgien a salopé le boulot et voilà, marqué à vie. C'est emmerdant car je suis trop reconnaissable…

Cet individu se plaisait certainement à raconter cette histoire, un peu comme s'il débordait de fierté, car, déjà, il poursuivait :

— C'est la seule fois que j'ai frôlé la mort…

François sentait que l'homme attendait qu'il lui pose la question, il le fit donc :

— Et le type qui vous a fait ça ?

— Je l'ai nettoyé, il ne recommencera plus jamais.

François acquiesça d'un air plein de respect et lui proposa un verre en constatant que le sien s'était déjà vidé.

Il accepta, fier d'avoir trouvé un type digne de l'écouter.

— Sinon, vous bossez ?

— Ouais. Gardiennage de nuit, j'y vais dans deux heures et il faut pas que des trous du cul viennent me chercher ni tenter quoi que ce soit où je bosse…

— C'est sûr, avec votre expérience… Je traîne un peu en ce moment dans le quartier car j'ai mon petit-neveu qui file un mauvais coton. Ma sœur est dans tous ses états, car il vient dans le quartier s'approvisionner et j'aimerais bien mettre la main sur un de ces petits dealers… Vous en connaissez ?

Il baissa les yeux sur le verre posé devant lui ; il semblait ordonner ses pensées, mais finit par hausser les épaules, évasif.

— Non. C'est pas mon truc, mais si vous avez besoin d'un coup de main pour en neutraliser un, vous pouvez me faire signe. Mais, pourtant, le quartier est plutôt calme en ce moment, la police a mis de l'ordre ces derniers temps et on ne voit plus traîner les rigolos qui venaient fourguer leur came…

— Est-ce qu'il y en a ce soir dans le bar ?

L'homme se retourna, fit le tour de la salle du regard et affirma de façon catégorique :

— Non. Y en a aucun…

François termina son verre, paya l'addition. Son voisin lui proposa de remettre, mais François lui demanda de reporter cela à l'occasion de leur prochaine rencontre.

— Eh bien, d'accord ! Je suis là presque tous les soirs… Moi, c'est Max, tout le monde me connaît comme ça par ici. On peut se tutoyer…

— D'accord ! Moi, c'est François, allez, à plus et bon courage pour tout à l'heure ! Si tu entends quelque chose, tu penses à moi et tu m'en parles quand on se reverra !

— OK. Bonne chance à toi ! Et tu m'appelles si t'as besoin !

François parcourut un bout de la rue à pied, transmit son SMS à Phil et Stéphane pour leur indiquer qu'il sortait du bar, « *RAS* » (Rien A Signaler) terminait le message. Tout en marchant, il se demandait combien de fois ce type raconterait l'histoire du combat au couteau, dans la soirée…

De son côté, Phil non plus n'avait pas recueilli la moindre information. Curieusement, les petits dealers étaient absents ou se faisaient discrets dans le quartier. François s'introduisit dans un autre établissement pour renouveler son scénario.

Dans tous les bars, le sujet qui revenait le plus dans les discussions semblait être l'excellente performance de l'équipe de football de Vannes, le VOC (Vannes Olympic Club). Chacun des policiers, dont ce sport n'était pas la préoccupation principale, s'était informé pour ne pas paraître ridicule… Ils savaient donc que, non seulement le VOC venait d'effectuer sa montée, cette saison, en ligue deux, mais se situait parfaitement en milieu de tableau durant toute la saison, évitant tout risque de relégation. Après une fantastique épopée en coupe de la ligue, le "fameux" samedi 25 avril dernier, le VOC s'était retrouvé en finale au Stade de France contre le FC Girondins de Bordeaux.

Toute la Bretagne s'était liguée derrière Vannes, ce qui avait entretenu la liesse sur la ville dans cette période de morosité… Hélas, le résultat n'avait pas été à la hauteur des espoirs suscités et, une défaite, par quatre à zéro, avait refroidi les plus enthousiastes dont l'affection était restée, cependant, intacte vis-à-vis de leur club fétiche. Chacun concevait bien qu'il fût préférable pour toute la population de se faire remarquer par des résultats qui forçaient l'admiration que par des faits divers sordides ou des narcotrafics douteux…

Et l'euphorie persistait car, en terme de football, la Bretagne était à l'honneur cette année, avec Guingamp et Rennes en finale de la coupe… Et, bien avant le coup d'envoi, les paroles de *Tri martolod* d'Alan Stivell et surtout l'hymne breton, *Bro gozh ma zadoù,* avaient résonné pour la première fois au cœur du Stade de France, devenu pour un temps le Stade de Bretagne. Guingamp, club de ligue deux, avait gagné par deux à un, le match sur Rennes, club de ligue un de la capitale bretonne ! Les trois OPJ s'étaient parfaitement imprégnés des résultats et pouvaient même, presque, se comporter en connaisseurs, voire en supporters de ce sport.

Stéphane avait sympathisé avec son voisin, mais il n'apprit rien de particulier, malgré les yeux sombres, le regard intense et l'étrange sourire concupiscent que ce dernier affichait parfois, comme pour dire qu'il savait certaines choses. Sans doute avait-il succombé à une petite dose de drogue avant de venir au bar. Stéphane dut admettre finalement qu'il ne connaissait rien ou pas grand-chose, tout au plus était-il capable, pensa-t-il, de colporter des rumeurs fondées ou non, mais jamais vérifiées et dont il convenait de se méfier… Celles-ci n'entraînaient, bien souvent, que vers de mauvaises pistes. Quant à monsieur Canéda, ou plutôt Alex, il faisait son travail, rien que son travail, collé au bar et absorbé par sa tâche… pas d'appel téléphonique, pas de discussion particulière en aparté, ni de sortie des lieux avec un client pour s'isoler et entretenir une conversation confidentielle.

Vers minuit à une heure, l'ambiance avait monté d'un ton, au rythme de l'animation dans les bars, les jeunes se retrouvaient nombreux et par groupes après avoir dîné. Mais rien ne permettait pour l'instant de repérer des petits dealers ni des individus suspects. Un homme d'une soixantaine d'années, maigre, aux cheveux gris, buvait au comptoir, perdu dans des pensées troubles.

Vers une heure quinze, Stéphane regagnait la voiture où venait de s'installer Phil ; François avait souhaité se rendre dans un bar supplémentaire. Ils échangèrent rapidement leurs informations, sans intérêt hélas ! Il restait à attendre le retour de François. Phil commençait à apprécier Stéphane qui lui paraissait un jeune homme sain, volontaire et courageux, soucieux d'évoluer dans la hiérarchie policière.

— Ce n'est pas trop dur, les cours ?

— Non, ça va. Je m'accroche car il faut absolument que je décroche mon exam…

— Sur quoi travailles-tu en ce moment ?

— Les étapes de la procédure pénale. De l'enquête au procès.

— Intéressant, tu te retrouves en plein cas pratique dans l'immédiat !

— Oui, je ne pouvais pas mieux tomber !

— Malheureusement, tout sera bientôt à revoir, car Nicolas Sarkozy s'est donné jusqu'à la fin de l'année pour réformer la procédure pénale et cet ensemble de règles va s'appliquer depuis l'enquête sur un crime ou un délit jusqu'à l'exécution de la peine.

— Oui, je sais. Pour l'instant, je me contente de faire comme si rien ne devait changer.

— C'est clair, tu n'as pas le choix. Tu sais que l'actuelle procédure française s'inspire du système inquisitoire qui confie à un juge indépendant le soin de rechercher la vérité en enquêtant à charge et à décharge. À différencier du système accusatoire appliqué aux États-Unis où l'enquête est menée à charge par un procureur ou par la police et vise à apporter les preuves de la culpabilité d'un suspect. Le président de la République voudrait se rapprocher du système américain. Il propose que les enquêtes soient désormais menées sous la seule autorité du procureur de la République qui, lui, dépend hiérarchiquement du ministère de la Justice. En pratique, quatre-vingt-quinze pour cent des affaires sont déjà traitées par le parquet…

— Je t'avoue ne pas bien maîtriser tout cela et, si tu le veux bien, je voudrais que nous reprenions cette discussion tranquillement quand on aura un moment de libre, j'aurais besoin d'être éclairé…

— Pas d'problème, ce sera avec plaisir. J'ai toujours été très à l'aise sur ce sujet comme sur celui de tous les acteurs du système pénal, tu sais : le parquet, le juge d'instruction, le juge des libertés et de la détention, la chambre d'instruction, la cour d'assises…

— C'est super ! C'est une chance pour moi.

— As-tu fait des fiches pour mieux mémoriser les étapes de la procédure, par exemple ?

— Nnnon. Pas encore. Que proposes-tu dans ce domaine ?

— Je me souviens que j'avais établi huit fiches qui me permettaient de tout couvrir, du point de départ, c'est-à-dire de l'enquête… jusqu'au procès. Comme cela, tu n'oublies rien…

— Effectivement, tu as raison.

— Je dois pouvoir les retrouver à la maison. De mémoire, les fiches reprenaient l'enquête, la garde à vue, l'information judiciaire ou l'instruction, la mise en examen, la mise en détention, le contrôle de l'instruction, la clôture de l'instruction et terminaient par le procès.

Le cours de procédure pénale s'arrêta là, car François revint à son tour.

— Alors, on s'repose ? demanda-t-il.

— On t'attendait !

— Je vois ! Pour ma part, rien. Que dalle ! Et vous ?

— Même chose ! répondit Phil. J'ignore s'il y a des groupes organisés en ville, en tous les cas, ils ne sont pas de sortie ce soir, mais ce qui m'inquiète le plus, c'est que personne ne semble très informé sur le sujet. Pourtant, dans ce domaine, quand ça existe, tout se sait !

Une voiture s'arrêta à leur hauteur. Il s'agissait des deux collègues qui venaient les rejoindre pour la fermeture des bars à deux heures. Ils avaient fréquenté d'autres quartiers, sans plus de succès. Pas la moindre info. Ils étaient aussi passés du côté de la gare : rien. Ils attendaient la fermeture des bars pour se rendre en discothèque. Les deux voitures allèrent stationner dans la rue Saint-Patern où les jeunes s'en allaient par groupes. Les collègues de nuit décidèrent de suivre une Golf noire occupée par trois jeunes hommes tandis que Phil, François et Stéphane patientaient afin de suivre, le moment venu, monsieur Canéda quand il quitterait son bar. Ils avaient repéré sa Mercedes garée dans la rue du Recteur ; au vu du sens de circulation, ils le verraient passer et le suivraient…

Vers deux heures et demie, le barman quitta les lieux le premier, puis, quelques minutes plus tard, monsieur Canéda suivit, seul. Il disparut de leur vue, le temps de rejoindre sa voiture et, quelques instants après, la Mercedes noire toute rutilante passa. Ils le suivirent. L'homme se rendit directement à son domicile, déclencha l'ouverture du portail électrique et entra dans son jardin où il se gara. La voiture de son épouse devait occuper le garage. La maison s'éclaira. Ils décidèrent de venir se placer près de l'entrée du camping de Conleau situé en contrebas de l'impasse et d'où ils apercevaient la maison. Un sentier côtier s'en allait et remontait le cours de la rivière. Une demi-heure après, toutes les lumières s'étaient éteintes. Phil, François et Stéphane regagnèrent leurs pénates.

La nuit serait courte pour Stéphane qui devait assister le légiste, le lendemain matin, à la morgue de Chubert, pour l'autopsie de madame Canéda…

Ils tentèrent d'analyser les événements de la nuit et de donner un sens à ce qui se passait et surtout d'envisager des hypothèses. Les mêmes questions lancinantes restaient posées : pourquoi avait-on assassiné madame Canéda ? Appât du gain, vengeance, chantage ? Qui l'avait tuée ? Phil et François avaient beau avoir résolu des centaines d'homicides, cette affaire les affectait par sa lâcheté. Pourquoi avoir profité de l'attaque cardiaque de l'époux pour supprimer son épouse ?

Ils se demandaient : sa mort profitait-elle à quelqu'un ? Non, se dirent-ils, sauf à son époux peut-être, mais ceci restait à prouver.

Un crime gratuit ? Si on éliminait l'argent, l'amour ou la haine comme mobiles éventuels, que restait-il ? Cette éventuelle conspiration à caractère mafieux, dans le monde de la nuit ?

Si tel était le cas, il ne serait pas facile de le prouver. Ces types-là n'étaient pas du genre à laisser des traces… Tout dans cette affaire leur posait problème.

IV

Dimanche 17 mai 2009.

Au petit matin, en retrouvant les collègues de nuit au commissariat, Phil et François n'apprirent rien de très particulier.

— Vous avez vu qu'en partant, nous avons suivi une Golf noire, hier soir ?

— Oui. C'était intéressant ?

— Oui et non. Oui, en ce sens que ces jeunes sont en train de s'improviser dans un petit business d'herbe sur la ville, mais rien d'extraordinaire, je dirais de l'ampleur des lycées, des établissements d'enseignement supérieur et des discothèques… On les suit à distance car l'appât du gain s'installe, on va donc les laisser faire encore un peu et, à un certain moment, on va circonscrire brutalement le sinistre en lançant un coup de filet élargi avant qu'ils ne décident de passer à d'autres drogues plus dures et d'établir un trafic à grande échelle. Par contre, non en ce qui vous concerne, rien à voir avec votre affaire, ce n'est pas du tout du même niveau.

— Autrement, avez-vous récupéré d'autres infos ?

— Pour vous ? Non. Rien. On suit aussi quelques jeunes de mouvements gothiques… Vous savez, ces étranges créatures, ces silhouettes toutes vêtues de noir. On attend, là aussi, le bon moment pour les prendre la main dans le sac sur une dérive. Sinon, dans votre affaire, y a quelque chose qui ne colle pas entre la réalité sur le terrain et les déclarations, voire les suspicions de votre Canéda…

— Trop tôt pour le dire. Une telle affaire ne se dévoile pas en quarante-huit heures !

— Non. C'est vrai ! De toute façon, on vous informe si nous nous apercevons qu'il peut y avoir corrélation entre nos deux petits trafics et votre enquête.

Phil et François reprirent le chemin de leur bureau pour poursuivre leurs réquisitions et lancer leur enquête sur certains logiciels comme ANACRIM, mais surtout sur le SALVAC (Système d'analyse des liens de la violence associée aux crimes). Ceci pour comparer, sur le territoire français, si un autre meurtre avait été perpétré selon le même mode opératoire. Une de leurs récentes affaires avait ainsi pu être élucidée*. Il s'agissait, dans chaque cas, de bien rentrer précisément toutes les informations et c'était ce que Phil s'efforçait de faire car François n'aimait guère l'informatique et toutes ces données par logiciel. Pour détendre l'atmosphère, François évoqua sa rencontre de la veille :

---

*Voir *La demoiselle du Guilvinec* - même auteur - même collection.

— Tiens, j'y pense, je ne t'ai pas dit ! Hier soir, je m'suis fait un pote ! Un ancien de la légion qui travaille comme gardien de nuit.

— Ah ? Et alors ?

— Rien ! Une gueule de baroudeur tout de même, mais de là à ce qu'il puisse nous être utile pour notre enquête, c'est autre chose…

En fin de matinée, Stéphane revenait de l'autopsie pratiquée à la morgue de Chubert. Le teint livide. Nul doute que la courte nuit et cette expérience étaient pour quelque chose à son état. François s'inquiéta en le voyant arriver :

— Ça va, Stéphane ? Ça n'a pas été trop dur ?

— Je crois que je ne m'y ferai jamais !

— Rassure-toi, ce n'est une partie de plaisir pour personne et on ne se blinde jamais ! Et, au fond, heureusement. Comment pourrait-on rationaliser ce qui n'est pas rationalisable ?

— Oui, bien sûr. Mais j'ai éprouvé un drôle de sentiment, un peu comme si on imposait à cette femme une souffrance supplémentaire, vraiment, je me suis senti très mal à l'aise…

— C'est une des raisons qui fait que nous devons nous montrer à la hauteur pour expliquer sa mort.

— C'est vrai, mais ce genre de situation est tellement à l'encontre de la vie ! J'ai eu l'impression que, pour oublier la chair meurtrie, le légiste s'accrochait au protocole, à ma présence salvatrice tandis que je prenais des notes à ses côtés, il s'est même permis de faire de l'humour lorsqu'il a réalisé mon mal-être…

— Il évacue comme il peut, lui aussi !

— Je lui ai demandé pourquoi il pratiquait de préférence le dimanche matin, et tu sais ce qu'il m'a répondu ?

— Non…

— Qu'il exerçait en tant que médecin généraliste, en profession libérale, par ailleurs, car vivre de la médecine légale était mission impossible en dehors de grosses agglomérations et qu'après une autopsie, il était incapable de retourner travailler dans son cabinet pour être à l'écoute d'un patient qui viendrait se plaindre d'un petit bobo…

— On peut le comprendre…

— Je crois que c'est Lao Tseu qui disait : « Les êtres humains sont tous différents dans la vie mais semblables dans la mort… » Pourtant, moi je ne trouve vraiment pas que les morts se ressemblent.

L'attitude de Stéphane rassura François, tout autant que Phil qui avait écouté, sans participer à la conversation. Cet homme avait un cœur, éprouvait des sentiments, il ferait donc son futur métier avec humanité et, au fond, c'était rassurant pour eux et la profession. Tous deux savaient que le plus dur pour un débutant était de garder la bonne distance malgré l'émotion éprouvée, mais qu'il existait un temps incompressible qui s'appelle l'expérience et que, par définition, “on n'a pas”, quand on démarre son métier. Plus tard, la maturité et le temps deviennent incontestablement des atouts. François se tourna vers Phil.

— On fait un break ? Je vous offre un café !

Dans l'immédiat, François ne voulut rien demander de plus à Stéphane quant au compte rendu de l'autopsie. Il avait certainement besoin de regagner le quotidien et de laisser un peu derrière lui les images récentes du cauchemar qu'il venait certainement de vivre. Ce serait à lui de parler quand il en aurait le courage.

Ils retrouvèrent d'autres collègues en tenue dans le coin pause. L'un d'entre eux racontait une anecdote de la nuit précédente qui fit rire tout le monde, y compris les trois nouveaux arrivants. Quelques blagues fusèrent encore avant que le groupe ne se sépare et que Phil, François et Stéphane ne regagnent leur bureau. Stéphane avait retrouvé ses couleurs, la présence de ses deux collègues devait le rassurer. Le courant passait bien entre eux, François était persuadé qu'ils allaient faire du bon travail ensemble, mais pour cela, il fallait que la chance soit un peu de leur côté, car pour l'instant…

En effet, en retrouvant leur place, Stéphane reprit ses notes et, de lui-même, égrena quelques points :

— Le décès est bien dû à la pression exercée par les mains du meurtrier provoquant l'anoxie cérébrale. Des mains puissantes qui ont fracturé le larynx ; le cou portait de gros hématomes, mais selon le légiste, rien de surprenant sur une victime de cet âge, plutôt maigre de surcroît. Peu de choses à dire par ailleurs, elle a bien ingurgité un cachet de somnifère peu de temps avant le meurtre et a dû être surprise dans son sommeil. Elle avait digéré son dernier repas. Si elle avait dîné, elle n'avait pas pris grand-chose, la mort est intervenue quelques heures après.

Stéphane tourna sa feuille, reprit sa respiration avant de poursuivre :

— Rien d'anormal par ailleurs, pas de viol, pas de rapport sexuel récent… Impossible de dire, de façon certaine, si la victime a été tuée par surprise durant son sommeil, si elle a tenté de lutter pour se défendre, en l'absence de signes de violence ailleurs sur le corps ; ni matière étrangère sous les ongles ni, surtout, de téguments de son agresseur. Il semblerait qu'elle n'ait offert que peu ou pas de résistance. Une strangulation très rapide… Le légiste émet l'hypothèse que le meurtrier s'est vraisemblablement positionné à califourchon sur elle, mais la literie, la lingerie portée par la femme ne permettent pas de retrouver de traces exploitables.

L'horreur de la mort de cette femme n'avait pas, jusqu'alors, frappé les deux OPJ. À l'instant seulement, l'ignoble façon dont le meurtre avait été perpétré se déroulait dans leur tête. Ils la replaçaient dans les lieux, comme un film en boucle. Ils revoyaient une femme fatiguée, épuisée après cette terrible journée d'angoisse pour son époux et son travail au bar. Elle rentre chez elle, ne se doute de rien… Un meurtrier arrive, pénètre dans la maison sans bruit, elle dort… Stéphane poursuivit de sa voix monocorde :

— Pour le légiste, c'est un pro qui a fait le coup, au vu de la détermination dans l'exécution et l'absence d'indices. C'est la première fois qu'il examine le corps d'une victime assassinée de cette manière, sans traces…

Un silence suivit, durant lequel chacun tentait de réfléchir à cet acte. Mais aucun des trois ne put émettre d'hypothèse. Ils se remirent donc au travail.

La journée se déroula sans que rien de nouveau ne vienne apporter un peu d'eau à leur moulin. Pour faire oublier l'autopsie à Stéphane et le léger casse-croûte qu'ils s'étaient contentés d'ingurgiter vers treize heures, François proposa avec enthousiasme de retourner dîner à l'Éden.

Le repas fut délicieux à souhait et ils prirent le temps de l'apprécier. Puis, refusant de penser aux calories, ils succombèrent à un dessert qu'ils dégustèrent avec plaisir avant le café.

Le soir, ils reprirent les mêmes dispositions que la veille, sans obtenir plus d'informations. Dans le quartier, il y avait plus de monde, mais une population moins jeune que la veille, dont le profil leur semblait plus en adéquation avec leur préoccupation. Beaucoup venaient boire, sans faire d'histoires, comme si leur vie en dépendait. Lieux pour oublier, s'oublier, se pardonner peut-être, fuyant quelque chose, souvent une part de leur existence… Quelques voitures en maraude passaient lentement.

Phil avait subitement décidé d'aller traîner un peu à la gare. Il emprunta le rond-point des Anciens Combattants en Afrique du Nord et passa devant le square éponyme où les lampadaires éclairaient quelques sans-abri, des individus qui dormaient sur des cartons dans les buissons de l'espace vert. Il pensa qu'ils ressemblaient, d'une certaine manière, à des martyrs sur un champ de bataille, victimes de la guerre économique et de la crise.

Le hall de la gare était encombré de gens qui entraient et sortaient avec, sur le visage, l'expression hébétée du citoyen qui vient de vivre une aventure, déboulant dans un monde grouillant qui dégage une odeur d'haleine fétide… Un mendiant, visiblement assez jeune, un chien à ses côtés, faisait la manche, profitant des nombreux passages à cette heure. Il lui déposa une pièce et lui demanda s'il ne connaissait pas quelqu'un dans le hall qui pouvait le dépanner car il cherchait un peu de “remontant” :

— Le mec appuyé contre la caisse noire, là-bas, au fond… Ne le regarde pas et ensuite casse-toi, poulet !

Phil n'en revenait pas de s'être fait remarquer de la sorte et aussi bêtement. Il entra dans la gare, consulta le tableau des départs et des arrivées, sans le voir, puis ressortit et, en se dirigeant vers sa voiture, remarqua sur la droite un type en sweat avec capuche sur la tête et une casquette fixée dessous, appuyé contre une Golf noire customisée, les mains dans les poches de son baggy. Son adrénaline venait de monter d'un cran. Il regagna sa voiture et s'installa au volant en faisant mine d'attendre. Il appela aussitôt les collègues d'un des binômes de nuit qui répondit aussitôt :

— Phil ? Mais où es-tu ?

— À la gare…

— Mais qu'est-ce tu fous là, on est sur le grand parking un peu plus loin, j'espère que le gars qu'on surveille ne t'a pas repéré !

— Non, il s'en va justement…

La Golf noire aux vitres teintées venait de passer à sa hauteur. Au volant, une silhouette sombre, totalement indéfinissable. Rien pour accrocher le regard ni l'ombre d'une interrogation.

— Vous allez le suivre ?

— Non. Il va faire un tour du pâté de maisons, va repasser et embarquer un ou plusieurs types, en une ou deux secondes et, ensuite seulement, il filera… c'est son rituel.

Effectivement, quelques dizaines de secondes plus tard, la voiture repassait, s'arrêtait un peu plus loin devant le grand parking où devaient se trouver les collègues. Un homme, avec un sac de sport, s'engouffra rapidement à bord et la voiture disparut.

— Vous aviez raison, les gars, et là maintenant…

— Il doit filer à Ménimur où nos deux collègues sont en planque. Car le type qui vient d'embarquer est d'ailleurs, il passe juste pour ramasser le fric. Nous allons partir à Kercado, car ce sera sans doute sa prochaine destination…

— D'où vient-il ? De Paris ?

— Pas sûr ! Il peut très bien avoir pris le train à Rennes, Redon ou Nantes… Ses collègues suivent dès qu'il a donné le feu vert pour distribuer la came. Pendant ce temps-là, selon un scénario bien rôdé, le "caissier" va être déposé par notre petit gars de Vannes, à Rennes ou à Nantes où, demain, les autres le retrouveront à l'endroit convenu et disparaîtront… Le plus souvent, ils se retrouvent dans un hôtel où ils ont réservé et payé une chambre quelques heures plus tôt, lorsque l'établissement est ouvert et, ensuite, avec le code d'accès, ils reviennent quand ils veulent, ni vu ni connu. Dans les jours suivants, ils vont procéder de la même manière dans une autre ville, Lorient, Nantes, Rennes ou je ne sais où encore… Le fric ne circule que rarement avec la came, si bien que, si tu arrêtes seulement le petit con qui sert de chauffeur, il n'aura rien sur lui. Ses papiers sont en règle et il fera celui qui ne comprend pas l'acharnement que la police exerce sur lui, voire n'hésitera pas à inverser les rôles et à t'attaquer pour délit de faciès.

— Ce sont vraiment des pourris !

— C'est le moins qu'on puisse dire. Demain et durant toute la semaine, des dizaines et des dizaines de petits gars vont distribuer cette merde dans les lycées, les établissements d'enseignement supérieur et les discothèques. Nous sommes dessus depuis trois mois et n'arrivons pas à remonter au-delà du type avec la Golf, le "caissier" et celui qui arrive avec la marchandise. Tu nous excuses, mais on doit te laisser, on doit filer à Kercado, bonne chance, mais évite de venir du côté de la gare ou alors, mettons-nous d'accord, allez, à demain !

Phil restait abasourdi. Il s'en voulait d'avoir eu la mauvaise idée de venir à la gare. Il regrettait d'avoir pris cette initiative, elle aurait pu fiche en l'air tout le travail des collègues. Contrarié, il repartit vers le quartier Saint-Patern.

Stéphane aimait particulièrement sa ville la nuit, car elle dissimulait la plupart des choses. Elle étouffait les bruits, mais faisait remonter à la surface des courants obscurs dans lesquels, à cet instant, il avait le sentiment de se mouvoir librement. Sous le couvert de la nuit. Comme le chauffeur de ce 4x4 aux vitres teintées qui venait de le doubler et voyait au dehors, sans être vu. L'obscurité sentait le hasard, les caprices de la chance aux néons rouges, verts ou bleus des enseignes… Un groupe de sans-abri quittait un lieu pour un autre avec leurs chiens et leur barda. Stéphane était installé au bar de monsieur Canéda et discutait avec deux habitués de la veille, tout en ayant l'œil sur tout ce qui se passait et surtout sur ce que faisait Alex, le patron…

François retrouva son "pote", mais ce dernier n'avait rien appris de particulier, d'ailleurs, le pouvait-il, avec son activité de gardien de nuit ? se demanda

François. Il devait faire partie de ces anciens baroudeurs qui avaient connu la violence pour l'avoir vue sous toutes ses formes. Il l'avait sans doute aussi pratiquée et subie. Mais à présent, il avait l'air de se fiche éperdument de ce qui se passait autour de lui et dans la société, et ne serait probablement d'aucune utilité pour François.

Quand ils se retrouvèrent, plus tard dans la nuit, les trois OPJ redoutaient de devenir incollables en terme de football, apprenant, malgré eux, tout sur la coupe de la ligue et les résultats des clubs de la ligue deux ! Phil raconta aussi sa mésaventure. Ils avaient, par ailleurs, constaté que, selon un rituel, le barman quittait le premier les lieux, suivi de monsieur Canéda qui parlait avec un téléphone portable collé à l'oreille. Stéphane nota l'heure. Qui appelait-il ? Il faudrait le vérifier... Puis ils suivirent à distance, une nouvelle fois, monsieur Canéda jusqu'à son domicile... Extinction des feux de la maison peu de temps après. Retour au bercail pour les trois policiers.

*

*   *

Lundi 18 mai 2009.

Le commissariat connaissait un peu plus d'animation que la veille au matin. Les équipes de jour arrivaient tandis que celles de nuit s'en allaient. Les collègues vinrent échanger quelques mots avec Phil, lui précisant qu'ils n'avaient toujours pas progressé sur la découverte des ramifications du petit trafic de drogue sur lequel ils avaient encore veillé toute la nuit.

Le patron, Loïc Le Kervégan, convoqua les trois hommes en charge de "l'affaire Canéda", puisque c'était ainsi qu'elle avait été nommée. À peine étaient-ils installés dans son bureau qu'il déposa devant eux toute une liasse de documents.

— Nous avons reçu les réquisitions, le rapport du légiste et celui des scientifiques. J'y ai jeté un coup d'œil, même les scientifiques n'ont pas grand-chose, le meurtrier savait ce qu'il faisait, il portait des gants donc aucune zone de son corps n'a frotté contre la peau de la victime. De plus, il a pris soin de poser une couverture qui appartenait au couple et il l'a emportée, si bien qu'il n'a pas laissé d'endroits où on aurait pu recueillir de la sueur, de la salive ou d'autres sécrétions corporelles. Le légiste et les spécialistes sont d'accord quant à la méthode ou au mode opératoire utilisé par le meurtrier, homme ou femme. Vous verrez... Mais je trouve cette affaire bien compliquée. Ne laisser aucune trace, c'est de la grande classe, du grand professionnalisme !

Ils récupérèrent les documents et, à leur bureau, se répartirent les rôles. François prit les rapports, Phil les comptes bancaires et Stéphane les listes téléphoniques. Ce dernier appela aussitôt le service concerné pour demander le correspondant de l'appel émis ou reçu sur le portable de monsieur Canéda, la nuit précédente, à l'heure qu'il avait notée…

Assez rapidement, Phil constata que de nombreux virements étaient effectués vers un autre compte bancaire dans le même établissement.

Il appela aussitôt le responsable de l'agence en charge des comptes.

— Oui, effectivement. Madame Canéda nous demande souvent de virer de l'argent sur le compte de son fils, Guillaume Le Rohic…

— Son fils ?

— Oui ! Pourquoi ? Vous ne saviez pas que madame Canéda avait un fils ? Elle l'a eu très jeune, elle devait avoir une vingtaine d'années… Attendez, je vais vous dire exactement quand. Phil entendit son interlocuteur pianoter sur un clavier avant de préciser : il est né en 1960, il a donc quarante-neuf ans.

— Il est finalement plus âgé que son époux !

— Eh oui, ça arrive !

— Et quelles étaient les relations mère-fils ?

— Ils s'entendaient bien. Madame Canéda a toujours surprotégé son fils qui n'a jamais rien fait de bon dans la vie. Il est resté célibataire. Elle lui avait donné, clef en main, une petite affaire de bar-tabac, mais il était devenu le premier client du bar ! L'affaire a été vendue avant la catastrophe. Elle lui a ensuite acheté un petit magasin de presse et jeux, mais il n'était pas assidu à son poste et ne gérait pas les invendus. Une fois de plus, elle a procédé à la vente de cette affaire. Après, il a fait des petits boulots…

— Et actuellement ?

— Rien ! Depuis quelques années, il ne travaille plus et traîne en ville, à pied quand il n'a pas son permis, sinon dans une vieille voiture, quand celle-ci n'est pas en panne. Il perçoit des loyers. Madame Canéda avait le sens des affaires et de l'immobilier surtout. À chaque fois qu'elle installait son fils dans un commerce, elle achetait les murs commerciaux des différents établissements, sous forme de SCI, en partage avec son fils et, parfois même, l'appartement situé au-dessus.

— Cela lui permet-il de vivre ?

— Il n'a plus de crédit en cours. Son revenu est supérieur à celui de beaucoup de personnes qui travaillent tous les jours. Disons qu'il doit bien se faire deux ou trois mille euros tous les mois, qu'il dépense sans compter. Les virements de sa mère servent généralement à payer les impôts, les charges et, parfois, quelques travaux de réparation ou d'entretien, car de ce côté-là, impossible de compter sur lui…

— Oui, je vois, l'assisté total. Où habite-t-il ?

— Au rez-de-chaussée d'une vieille maison rénovée, dans le quartier de la Halle aux poissons. Bien immobilier qui lui a été légué par sa grand-mère car il était le seul petit-fils. Le logement doit donner sur la place de la Poissonnerie, il me semble, voici l'adresse exacte…

— C'est assez terrible comme situation, si je comprends bien : ce type a tout eu sans rien faire et il n'en a jamais tiré profit.

— Oui, c'est tout à fait ça !

— J'ai vu qu'une somme de cinq mille euros a été retirée peu de temps avant la disparition de madame Canéda, savez-vous de quoi il s'agissait ?

— Je vérifie le type d'opération... Nouveau bruit de clavier. Ah non, désolé, je ne peux pas vous répondre, c'est un retrait en espèces au guichet, si bien que l'usage qu'elle en a fait...

— C'était dans ses habitudes ?

— Non. Pas à ma connaissance.

— L'aviez-vous vue ces derniers temps ?

— Oui, nous la voyions le mardi pour le versement de la recette de la semaine et, de temps en temps, nous faisions un petit point ensemble : sur ses comptes, ses placements et ses crédits... Non, pour ces derniers... c'est terminé, il n'y en avait plus !

— Et quant à monsieur Canéda ?

— Je ne le voyais jamais, c'était le domaine de Madame.

— Quelles étaient les relations entre monsieur Canéda et le fils de son épouse ?

— Je dirais, la coexistence pacifique ! Je pense que le fils a dû en vouloir à sa mère un jour de s'être mariée, mais c'en est resté là et, finalement, avec le temps, le fils l'avait bien accepté, même s'il existait entre eux une certaine indifférence.

— Vous connaissez le notaire chargé de la succession ?

— Oui, bien sûr, je vais vous donner ses coordonnées, nous attendons d'ailleurs la dévolution successorale pour gérer notre dossier…

Les échanges se poursuivirent sans qu'ils n'apportent quoi que ce soit à l'affaire. Cependant, cet entretien venait de se révéler d'une importante richesse…

Fort de ces renseignements, après avoir raccroché, il se tourna vers François.

— Tu te souviens de la photo de madame Canéda prise avec un jeune enfant à son domicile ?

— Oui !

— Eh bien, c'est son fils !

La surprise passée, Phil lui raconta tout ce que venait de lui apprendre le responsable de l'agence bancaire.

— Que proposes-tu, à présent ? Avant de revoir monsieur Canéda, on commence par le notaire ou par le fils ?

— Je serais partant pour le notaire, puis monsieur Canéda pour qu'il nous en dise un peu plus et pourquoi il ne nous a pas évoqué l'existence de Guillaume… Après, nous verrons le fils…

— D'accord, je prends les rendez-vous.

Avant de partir, chacun fit un commentaire de ses recherches. François avait parcouru le rapport du légiste et celui des spécialistes ; outre le fait qu'ils se rejoignaient, ils n'apportaient rien d'exceptionnel, rien en tous les cas qui puisse les informer sur le meurtrier. Stéphane n'avait rien remarqué non plus quant aux communications téléphoniques, il vérifiait patiemment chacune d'elles. En dehors des relations avec les fournisseurs, la banque, les assurances ou l'expert-comptable, rien ne l'interpellait… Il attendait toujours l'information sur l'appel du portable de monsieur Canéda de la veille car, à cette heure-là, il ne pouvait s'agir de relations professionnelles.

Phil et François se présentèrent, quelques instants après, à l'étude du notaire de la famille Canéda. Située en centre-ville, celle-ci occupait une grande maison bourgeoise. L'hôtesse d'accueil s'affairait à transcrire le texte qu'un dictaphone lui déversait dans l'oreille. Elle ne remarqua pas tout de suite la présence des deux OPJ et sursauta presque quand elle s'aperçut de la proximité des deux visages penchés vers elle. Elle interrompit son travail et annonça au notaire l'arrivée de son rendez-vous.

Il se présenta à eux en ajustant son nœud de cravate, plus par tic que par nécessité, et en tapotant ses cheveux blancs. De taille moyenne, plutôt svelte, sourire chaleureux, barbe argentée, yeux plissés derrière une paire de lunettes discrète et légère, élégant dans son costume gris trois pièces, avec sa cravate sobre sur une chemise blanche immaculée, l'homme aurait pu figurer dans un dépliant publicitaire pour magasin de prêt-à-porter classique. Il les invita à le suivre à l'étage en empruntant un large escalier en pierre recouvert d'une épaisse moquette rouge fixée à chaque marche par une barre en laiton. Une double porte capitonnée assurait toute la discrétion nécessaire aux entretiens qui se tenaient dans son bureau.

Les plafonds hauts donnaient à ce bureau une dimension particulière. Les boiseries, l'énorme lustre en cristal, l'immense bibliothèque chargée d'une quantité incroyable de volumes, le bureau de style Louis XIII… tout faisait de cette pièce un lieu intemporel. Il les invita à s'asseoir sur des chaises du même style que le bureau tandis qu'il se laissait glisser dans un grand fauteuil en cuir aux accoudoirs en bois précieux. Un fois assis derrière son bureau, il s'empara immédiatement de sa règle en bois verni et se mit à jouer avec.

— Alors Messieurs, que puis-je faire pour vous ?

— Nous travaillons, sur commission rogatoire, sur l'affaire de madame Canéda qui devait être de vos clientes…

Il posa la règle sur son sous-main en cuir. Se pencha pour prendre un dossier placé sur la droite du plateau de son bureau, vraisemblablement préparé pour l'entretien. Il l'ouvrit. Sa posture indiquait la prudence de sa part.

— En effet, voici le dossier. Triste fin… souffla-t-il avant de se lancer. Nous sommes notaires de père en fils depuis de nombreuses générations et cette famille Le Rohic est cliente de cette étude de la même manière. Grande famille de commerçants de la ville, tout au long du siècle dernier, mais j'ai bien peur que l'avenir… avec ce bon à rien de fils… ne soit définitivement compromis et que l'épopée commerciale ne s'arrête là…

Il annonça qu'il préparait justement la dévolution successorale et qu'il avait récapitulé tous les éléments à faire valoir aux yeux du fisc. Compte tenu des dispositions testamentaires de la personne disparue, il apparaissait que monsieur Canéda devenait propriétaire, de fait, d'un patrimoine estimé à plus d'un million d'euros et aussi, à part quasiment égale avec le fils, propriétaire indivis d'un patrimoine immobilier estimé également à huit cent mille euros. Le fils, par ailleurs, restait propriétaire de biens hérités des grands-parents par donation, à hauteur de trois cent mille euros environ.

— Comme je vous le disais, c'était une grande famille de commerçants sur la ville, à l'époque où les affaires étaient plus florissantes qu'aujourd'hui. Cette famille a toujours su investir dans l'immobilier et, quand on sait comment les prix ont flambé sur Vannes, vous avez le résultat…

— En effet, en dehors de l'immobilier et des baux commerciaux, y avait-il autre chose ?

— Oui. Il y a un an environ, madame Canéda a souhaité rassembler tous ses avoirs disponibles pour souscrire une importante assurance-vie dont le bénéficiaire était son époux, ou à défaut, son fils, alors que précédemment et jusque-là, c'était le contraire… Mais ceci ne nous a pas surpris, en effet, elle n'a cessé d'être déçue par le comportement de son fils. Néanmoins, un petit contrat de quinze mille euros, doit subsister sous son ancienne forme.

— Quel montant représente celui dont monsieur Canéda est bénéficiaire ?

— Cinq cent mille euros !

— C'est donc ce qu'il va percevoir ?

— Absolument. Une partie lui servira à payer les frais liés à la transmission successorale patrimoniale…

— Selon vous, quelles étaient les relations entre madame et monsieur Canéda ?

— Bonnes, très bonnes même, je crois. Ils s'entendaient bien, c'est du moins ce que nous pouvions percevoir de l'extérieur et, surtout, ils étaient très complémentaires…

— Et monsieur Canéda avec son beau-fils ?

— Je ne vous l'ai pas caché, ce dernier est un bon à rien. Désormais, on peut penser qu'il va croquer tout ce qu'il possède jusqu'au dernier sou, sauf si une cirrhose l'emporte avant, car l'alcool fort, il connaît ! À moins que ce ne soit la drogue… Car monsieur Canéda ne va certainement pas le prendre en charge, comme le faisait sa mère jusque-là… Alors, livré à lui-même, sans garde-fou, quand il va plonger, ça ira vite…

Ils approuvèrent de la tête, comprenant parfaitement la situation.

— Savez-vous si le fils connaissait son père ? demanda Phil.

— Vous voulez parler du père putatif ? Non, je ne le crois pas. À l'époque de la naissance, celle qui s'appelait encore Jeanne Le Rohic était une superbe femme. Elle collectionnait un peu les amants, y compris certains hommes bien en vue, voire mariés, sur la ville. Alors, jamais rien de sérieux n'a filtré. Vous voyez, rajouta le notaire sur le ton de la plaisanterie, il n'y a pas que pour les femmes, fussent-elles ministre ou présentatrice de télévision, que le secret est bien gardé ! Toujours est-il qu'en ce qui me concerne, je ne l'ai jamais su.

— Ce fils serait-il capable de violence ?

— Non, je ne le crois pas, c'est une chiffe molle, incapable de prendre une décision ou d'agir…

La secrétaire entra alors dans le bureau avec une liasse de documents. Le notaire leur remit les éléments qu'il venait de faire photocopier à leur intention. La situation y apparaissait très clairement. L'entretien se prolongea sans qu'il n'apportât d'informations cruciales à l'enquête.

En reprenant leur voiture, Phil et François s'interrogeaient :

— Beau pactole ! Et si le fils avait des intentions malveillantes afin de tout récupérer et d'être libre de faire ce qu'il veut ?

— C'est aussi ce que je me suis dit en écoutant le notaire tout à l'heure.

— Il est trop tôt pour pousser dans telle ou telle voie, mais cet entretien et celui avec le banquier me font un effet bizarre. J'ai comme l'impression que notre cercle de suspects risque fort de se resserrer… évoqua Phil, comme s'il pensait tout haut.

Il était l'heure de déjeuner, ils n'avaient pas rendez-vous avant quatorze heures avec monsieur Canéda, ils regagnèrent le bureau en s'arrêtant en route pour acheter des casse-croûte pour tous les trois.

Stéphane n'avait rien obtenu de nouveau ni d'intéressant depuis leur départ. Il écouta les commentaires de Phil et François. Après un silence, il proposa :

— Pour mes cours, je lisais l'autre jour une statistique, américaine certes, mais intéressante tout de même sur la criminalité. Elle indiquait que l'immense majorité des personnes assassinées connaissaient, auparavant, leur meurtrier. Dans la plupart des cas, elles mangeaient, buvaient avec lui et, parfois même, couchaient avec lui ou vivaient dans son entourage… Éloquent, non ?

— Peut-être, mais ce n'est pas toujours le cas, tout de même !

— Non, bien sûr, les autres situations concernaient la déviance, l'aberration où des inconnus tuaient d'autres inconnus, des cas où le mobile n'était pas nécessaire et où on retrouvait les victimes dans une ruelle, sur le bas-côté d'une route, dans un fourré… Ainsi ce monstre circulait tranquillement au milieu du flot humain, juste une voiture mêlée à la circulation. Certains se faisaient prendre, les disparus ne laissaient aucune trace permettant de les identifier…

— Je suis de plus en plus persuadé qu'il pourrait s'agir de la première hypothèse à laquelle il faudrait ajouter que le meurtrier n'a laissé aucune trace ! soupira Phil.

— Courbes et graphiques des vies sacrifiées, statistiques annuelles, tout cela c'est bien joli, commenta François à son tour, la seule chose qui compte c'est que, de toute façon, il nous faut nous taper le boulot et arrêter le meurtrier, car cela personne ne le fera à notre place !

Cette conclusion de François ne laissa plus guère de place à la réflexion ni à la divagation… Ils prirent leur sandwich et se dirigèrent vers la salle de pause où ils retrouvèrent quelques collègues, bousculés comme eux, qui n'avaient pas le temps d'aller déjeuner à l'extérieur. Aucun ne voulait parler de ses dossiers en cours. Ils cherchaient tous à penser à autre chose pendant quelques instants, à sortir, ne serait-ce que quelques minutes, de l'affaire ou des rapports qui prenaient leur esprit en permanence le reste de la journée, quand ce n'était pas une partie de leur nuit.

Vers quatorze heures, la Mégane banalisée de service se garait une nouvelle fois devant le domicile de monsieur Canéda. La porte s'ouvrit au moment où ils allaient sonner à la porte. Il les accueillit et les invita à regagner le salon qu'ils connaissaient déjà.

— Vous avancez ? Vous avez du nouveau ? questionna-t-il.

Mais cette façon de poser des questions, sans attendre réellement de réponses, ressemblait plus à un comportement de circonstance qu'à une intime conviction ou à une sincère motivation. François présenta la situation de manière directe :

— Vous nous aviez caché que votre épouse avait un fils avant votre mariage…

Cette question lui coupa la respiration et le figea. Il baissa les yeux, rassembla quelque chose, ses pensées, son courage ou Dieu sait quoi, puis releva à nouveau la tête pour faire face à ses interlocuteurs.

— Je savais qu'à un moment ou à un autre, vous finiriez par le découvrir. Mais, pour elle, je ne voulais pas qu'il soit suspecté et surtout pas par moi. Cette question me mine depuis que j'ai appris le drame. J'ai longtemps hésité à vous en parler et j'ai même eu, plus de dix fois, l'intention de vous avouer mes préoccupations… mais je ne le pouvais pas, j'avais l'impression de la trahir. Elle a tout fait pour lui, toute sa vie, vous comprenez ?

— Quelles étaient vos relations avec lui ?

— Avec son fils ? À ses yeux, c'est comme si j'avais détruit ou bouleversé sa vie tranquille, en épousant sa mère, voilà vingt ans. D'une certaine manière, je l'ai privé de sa plus chère possession… Je l'ai toujours compris et respecté. J'adorais ma femme, il adorait sa mère. Néanmoins, j'ai toujours tout fait pour qu'elle s'occupe de lui, sans jamais rien lui reprocher, sans que je lui demande le moindre compte à ce sujet, même si ce n'était qu'un raté, pour ne pas dire, un bon à rien… Nous n'avons jamais éprouvé de sentiments l'un pour l'autre, mais nous ne nous sommes jamais affrontés, ce qui a toujours comblé mon épouse qui appréciait ma façon de le respecter.

— Pouvez-vous nous parler de lui ?

— Il a suivi de bonnes études dans une école privée de la ville… On peut accomplir une très bonne scolarité et rater sa vie ! Elle ne lui a jamais rien refusé. C'était sans doute une de ses erreurs… J'ai tenté parfois de le lui dire, sans jamais insister cependant, car je crois qu'elle en était consciente, mais c'était son fils… Après, dans la vie professionnelle, il n'a jamais rien réussi, pas très courageux, faible vis-à-vis des autres, il fume, boit et a trempé dans la drogue et dans toutes sortes de petites combines, promettant toujours de s'arrêter…

— Est-il agressif ?

— Non ! Pas du tout. Tout à l'heure, je vous ai dit faible, on peut rajouter trouillard, vous voyez le genre ! Mais deux choses m'inquiètent dans sa situation et c'est pour cette raison que je vous disais que ceci me minait…

Il garda le silence quelques instants, comme s'il hésitait toujours à se dévoiler. Puis se lança :

— L'autre jour, je sais bien que vous m'avez vu indécis, comme si je vous cachais quelque chose, sachez que je n'en avais pas la moindre intention. Je vous disais donc que deux choses me perturbent : la première, c'est qu'il est souvent le plus mou et le plus insignifiant des hommes, sauf… sauf, quand il est en manque, manque d'argent notamment pour s'approvisionner, et là, il est capable de tout… de tout…

— Même de supprimer sa mère pour lui prendre ses économies, c'est à cela que vous pensez ?

Il ne répondit pas, préférant approuver de la tête, comme si le fait de le dire dans la maison où il avait vécu avec son épouse serait une offense à celle qu'il avait aimée. François l'invita à poursuivre :

— Et la deuxième ?

— C'est que, lorsqu'il a de l'argent, il le craque n'importe comment et a toutes sortes de copains, pas toujours très bien intentionnés, pas la crème de la société, si vous voyez ce que je veux dire ! Je redoute qu'il se soit un peu trop dévoilé auprès de certains et que ces derniers aient ensuite décidé de passer à l'acte sur information de sa part… Voilà ce qui m'empêche de dormir depuis le drame et pourquoi vous avez dû ressentir que je pouvais vous cacher quelque chose… Ne me dites pas le contraire, n'est-ce pas ?

— C'est exact, répondit François en approuvant de la tête. Comment est-il en ce moment ?

— Il détestait déjà tout le monde. Il était brûlé de l'intérieur par l'amertume, avec juste cette petite flamme d'amour pour sa mère quand elle était vivante. Maintenant, il se traîne comme une loque. Il passe de temps en temps au bar, sans doute pour revivre des moments où sa mère était encore là. Alors, je lui sers à boire, sans jamais le faire payer et, quand il est trop bourré pour rentrer, je le ramène en vitesse chez lui avant la fermeture, ce n'est pas très loin. Un jour, vous verrez, on le découvrira mort d'un coma éthylique, chez lui ou n'importe où, car si je le ramène, c'est parce que je suis bien le seul à éprouver encore un peu de pitié pour lui… Mais, bien entendu, si je le fais, c'est pour elle.

— Je comprends.

— Je suis désolé. Mais, je ne vois pas ce que je peux vous dire de plus. Tant mieux si cela peut vous aider, mais j'espère que ce n'est pas lui qui a fait le coup…

— Savait-il où vous mettiez votre argent dans la chambre ?

— Je le pense, car il est venu plusieurs fois demander de l'argent à sa mère et je suis certain qu'il a dû s'en apercevoir. Je n'étais jamais là quand il venait quémander. Avant de venir sonner, il devait sans doute vérifier si ma voiture était présente ou pas. Pour ma part, j'essaye d'entretenir ma forme en faisant beaucoup de marche ou de sport, surtout le lundi et le mardi, mais aussi en journée, en semaine. Mon épouse n'aimait pas le sport et préférait rester à la maison ou aller se promener en ville. J'ai également une très bonne hygiène de vie, je ne fume pas et ne bois pas d'alcool et je peux vous dire que je suis très content de la suppression du tabac dans les bars, même si, comme la plupart des tenanciers, je fais semblant de pleurer et de crier au scandale !

— En dehors de son logement, où vit-il et que fait-il ?

— Que fait-il ? La réponse est simple : rien ! Il n'a jamais vraiment bossé. Quant à vivre, en dehors de chez lui, il est toujours fourré sur l'île d'Arz. C'est là-bas qu'il retrouve, le plus souvent, toute la faune qui gravite autour de lui ou profite de lui ; à mon avis, ces pseudo-copains doivent aussi l'utiliser pour leurs petits trafics. Il y a passé toute sa jeunesse avec sa mère, d'ailleurs, la plupart des photos auxquelles sa mère tenait tant sont prises là-bas, vous en avez d'ailleurs plusieurs ici dans la pièce…

Phil et François firent mine de regarder en direction de différents cadres que monsieur Canéda désignait du doigt, car ils les connaissaient déjà. Pour une fois, dans cette enquête, tout venait s'éclairer d'un jour nouveau. Ils avaient bien pressenti tout ceci, mais sans avoir pu mesurer la réalité de la situation. Monsieur Canéda rajouta :

— Quand je pense que ce type avait tout pour être heureux et qu'il n'a rien fait de bon dans sa vie, c'est triste, c'est comme si on donnait de la confiture aux cochons ! Ça me désole ! Ah, autre chose qui n'a rien à voir avec ce que nous évoquons. Cet après-midi, je rencontre mes assureurs et des amis agents immobiliers et, sans doute, verrai-je aussi le notaire… En effet, je veux mettre tout ce que je possède en vente. J'en profiterai aussi pour donner la voiture de mon épouse à son fils, je sais qu'elle aurait apprécié ce geste de ma part… Je ne le fais pas pour lui, mais ça le dépannera et remplacera sa vieille carriole !

— C'est tout à votre honneur… C'est une belle voiture, une BMW série trois, récente, il me semble…

— Oui, c'est exact. J'espère qu'il ne se fichera pas en l'air avec…

— Et pourquoi vouloir tout vendre ?

— J'en ai marre de vivre la nuit et dans ce milieu. Je voudrais rentrer au pays, dans le Périgord. Sarlat me manque. Maintenant que je n'ai plus mon épouse, plus rien ne me retient à Vannes…

— Nous le comprenons parfaitement. Que comptez-vous faire là-bas ?

— D'abord, prendre un peu de vacances, car rien ne presse et, ensuite, peut-être, mais je ne le sais pas encore, tout dépendra de ce que je trouverai… reprendre une petite affaire, genre bar-tabac avec, au moins, deux employés pour ne pas me tuer au boulot et n'avoir que des horaires de jour et davantage de repos.

— Bien sûr…

— Mais je préfère vous en informer d'abord pour que vous ne l'appreniez pas par la rumeur en ville. J'attendais de savoir quand je pouvais récupérer le corps… L'enterrement aura lieu demain après-midi ; elle souhaitait être incinérée. Quand j'aurai tout vendu ce qui m'appartient, je n'aurai plus rien à faire ici. Il me restera encore quelques biens indivis avec son fils, mais ça, je m'en fiche, advienne que pourra ! Je ne veux plus rester sur Vannes et risquer de découvrir un jour le meurtrier de mon épouse... Pour l'instant, cela me hante et, si je le trouve un jour, cela pourrait me gâcher la vie...

— En effet, il vaut mieux laisser la justice agir plutôt que de s'en charger soi-même.

— Maintenant que vous savez tout, je suis soulagé et j'aimerais tant vous aider à trouver le meurtrier, car celui qui a fait le coup, il faut le coincer...

— Nous allons tout faire pour cela, soyez rassuré, nous le coincerons...

— Merci de ce que vous faites pour elle, je compte sur vous...

Pour Phil et François, leur affaire allait s'orienter différemment. Ils comprenaient parfaitement l'attitude de monsieur Canéda. Ils le découvraient sous un jour nouveau et le trouvaient très différent de leur première rencontre, voire soudainement plus sympathique, plus humain avec ce comportement de celui qui a tout dit et n'a désormais plus rien à cacher.

En quittant son domicile, ils décidèrent de traverser le parc du Golfe qui s'étendait sur leur droite pour rejoindre l'allée Loïc Caradec afin de longer l'embarcadère et admirer tous les ferries et bacs ainsi que les vedettes qui font découvrir aux vacanciers le Golfe du Morbihan ou assurent les navettes vers les îles. Cet endroit offrait toujours une part de rêve et de voyage. De l'autre côté de l'embarcadère, ils côtoyèrent les ateliers de construction de catamarans haut de gamme ou de course, dont l'un d'entre eux, particulièrement imposant, somnolait sur la terre ferme avant de rejoindre son élément. Une belle lumière se posait sur le plumetis des tamaris, très présents un peu partout.

À partir de la maison de madame Canéda, François repensa à l'île d'Arz dont il gardait un excellent souvenir d'un week-end passé.

— J'adore les îles du Golfe du Morbihan, tu connais celle d'Arz ?

— Non. Je n'en connais aucune, il faudra que j'y vienne avec ma famille… Ce n'est pas si loin !

— C'est un dépaysement assuré. Hors saison, il doit y avoir un peu plus de deux cent cinquante habitants, c'est tout… Es-tu allé à l'île de Bréhat, sur les côtes de la Manche, vers Paimpol ?

— Pas plus !

— Il y a, là-bas, un superbe moulin à marée motrice rénové qui servait autrefois pour l'île, c'est le moulin de Birlot… Eh bien, pour en revenir à l'île d'Arz, elle possède également un moulin, celui de Berno, au pied de la presqu'île de Berno. Il a été remis en état et est même en mesure de produire de la farine comme autrefois, c'est dire ! Il existe encore de nombreux vestiges de ces moulins à marée motrice, que ce soit du côté de Concarneau ou de Pont-Aven, mais ce sont certainement ces deux-là les mieux entretenus et rénovés.

Remarquant que Phil s'intéressait à ces évocations, François en profita pour lui raconter brièvement la fameuse légende du Golfe du Morbihan :

— Des fées auraient été chassées de la forêt de Brocéliande. Elles versèrent tant de larmes que se créa le Golfe du Morbihan. Elles y jetèrent leurs couronnes de fleurs qui donnèrent le jour aux trois cent soixante-cinq îles. Trois d'entre elles s'aventurèrent jusqu'à l'océan pour donner Houat, Hoëdic et celle de la reine des fées, Belle-Île !

— Belle légende ! Toutes ces îles sont-elles habitées ?

— Non, une trentaine seulement…

En arrivant au port de plaisance pour rejoindre le centre-ville, Phil et François se sentaient mieux, plus détendus. Ils espéraient désormais que le fils ou ceux qui gravitaient autour de lui, les conduiraient, immanquablement, vers l'issue de cette affaire. Ceci leur apporta une plus grande sérénité, au point qu'ils décidèrent de s'arrêter prendre un café Place Gambetta. Après avoir tourné dans le quartier, impossible de se garer à proximité, ils descendirent donc dans le nouveau parking souterrain du port de plaisance.

C'était une de ces journées chaudes et lumineuses où les terrasses étaient prises d'assaut. Ils s'installèrent à une petite table qui se libérait dans l'un des bars situés sur la place. Ils aimaient cet endroit qui donnait sur la porte Saint-Vincent. Les jeunes femmes commençaient à se dénuder, excitées par les beaux jours et l'envie de parader. Ce lieu, véritable théâtre, avait quelque chose de magique, entre terre et mer, avec d'un côté une partie médiévale, ce caractère forteresse de la ville, et, de l'autre, un espace totalement ouvert sur la plaisance et l'évasion maritime. De cette place en amphithéâtre, ils appréciaient ce soleil de mai après un hiver maussade, parfois humide, froid, tempétueux, il leur offrait enfin un avant-goût de l'été. Après ce week-end agité et sans résultat, ils se trouvaient bien et apprécièrent leur pause-café. L'air frais chatouillait leurs poumons. Ils offraient leur visage à la caresse apaisante du soleil, ce qui les déstressa.

Ils en profitèrent pour examiner le plan de Vannes afin de découvrir où habitait le fils de madame Canéda et s'aperçurent qu'ils se trouvaient précisément à proximité de chez lui. Ils pourraient aller lui rendre visite à pied. Ils parcoururent quelques documents joints à la carte. Ceux-ci informaient le touriste que Vannes, ville romaine fondée à la fin du premier siècle avant Jésus-Christ, s'appelait *Darioritum*. À cette époque, la cité des Vénètes et le quartier Saint-Patern formaient un vaste et puissant territoire de commerce. À la fin du IIIe siècle, la menace saxonne imposa la construction d'un castrum qui devint la base de la ville fortifiée médiévale. De nos jours, les vestiges font une partie du charme de cette ville.

Vannes fut la demeure de nombreux princes bretons et c'est ici que François 1er, roi de France, rencontra en août 1532, les états de Bretagne afin de conclure un traité rattachant la province au royaume. Mais, une des premières grandes périodes d'urbanisation de Vannes, avec d'imposantes constructions en pierre, débutera surtout à partir de 1675, avec l'exil du parlement de Bretagne, obligé de quitter Rennes pour Vannes…

Après avoir parcouru deux mille ans d'histoire de la ville, en quelques lignes, ils décidèrent de franchir à pied la porte Saint-Vincent pour rejoindre la place de la Poissonnerie. Ils n'éprouvèrent aucune difficulté pour se rendre à l'adresse de Guillaume Le Rohic. Son nom figurait de façon très lisible sur la boîte aux lettres et sur la sonnette de la porte d'entrée. Cependant, le logement semblait déserté car personne ne vint ouvrir. Un voisin, s'inquiétant de la visite, leur apprit que Guillaume était parti depuis le matin.

Ils hésitèrent à lui laisser leur carte et à l'inviter à se rendre au commissariat. Finalement, ils préférèrent ne pas le mettre sur ses gardes. Ils reviendraient demain durant la matinée. Ils souhaitaient le surprendre chez lui, voir dans quel cadre il vivait et tenter de le faire parler sans donner l'impression qu'il puisse être suspecté de quoi que ce soit…

Ils regagnèrent leur bureau et firent un rapport détaillé au patron, Loïc Le Kervégan, en présence de Stéphane. Chacun considéra que l'enquête allait prendre un nouveau tournant et qu'enfin ils pouvaient espérer découvrir le meurtrier ou la piste qui les y conduirait.

D'autre part, Stéphane les informa que le service des télécommunications n'avait rien relevé quant à un appel émis ou reçu sur un portable en possession de monsieur Canéda au jour et à l'heure indiqués. Ce qui ne manqua pas de surprendre l'assistance. François se montra rassurant, nul doute que monsieur Canéda leur fournirait une explication, le moment venu… Mais ceci ne constituait pas le plus important dans l'immédiat. La soirée fut consacrée ensuite à la rédaction de leurs rapports tandis qu'ils avaient prié Stéphane de rentrer chez lui et de se reposer car les jours à venir risquaient d'être plus sportifs…

V

Mardi 19 mai 2009.

Le lendemain matin, il pleuvait et la température avait sérieusement chuté. La circulation, plus dense que la veille, leur paraissait un peu anarchique dans la ville. Phil et François regagnèrent l'hôtel de police plus difficilement que les jours précédents.

En arrivant, ils sentirent qu'ils s'intégraient progressivement dans l'équipe du commissariat de Vannes, ce qui leur fit plaisir. Ils retrouvaient, avec bonheur, la convivialité des retrouvailles du matin et les habitudes du café avec des échanges de toutes sortes entre collègues.

Le patron étant absent ce matin, ils s'attaquèrent rapidement à l'organisation de leur journée avec Stéphane. Puis ils s'accordèrent un peu de temps pour examiner les informations reçues et les dernières circulaires, question de ne pas se laisser dépasser par les évolutions en cours.

Vers dix heures, Phil et François quittèrent leur bureau pour se rendre chez Guillaume Le Rohic. En traversant la ville de part en part, ils réalisèrent davantage le contraste entre les bâtiments imposants en pierre et la grâce saisissante des maisons à colombages, à leurs yeux, ces vestiges du passé faisaient tout le charme de la ville. La place Gambetta était déserte, les sièges appuyés aux tables ruisselaient encore de la dernière averse et l'ambiance estivale de la veille leur parut lointaine. Ils franchirent la porte Saint-Vincent et stationnèrent aussitôt après sur le petit parking de la place de la Poissonnerie. Si la pluie avait cessé, l'atmosphère restait humide et fraîche, les sols luisants et le ciel toujours menaçant.

Ils sonnèrent à la porte de chez Guillaume et patientèrent. Le voisin, rencontré la veille, leur signala qu'il était chez lui, mais qu'il fallait insister car, bien souvent, il confondait le jour et la nuit, leur dit-il en riant, livrant ainsi la piètre opinion qu'il avait de son voisin. En plus de la sonnerie, ils frappèrent énergiquement à la porte et entendirent enfin un peu de bruit à l'intérieur. Un homme de taille moyenne ouvrit la porte, l'air endormi, les cheveux grisonnants en bataille, le visage émacié et mal rasé, le corps plutôt maigre, vêtu d'un pyjama trop grand pour lui et d'un aspect douteux, usagé en tous les cas, et d'une robe de chambre du même acabit, enfilée à la hâte, à peine fermée par une ceinture du même tissu et dans laquelle il flottait véritablement ; l'avait-il occupée pleinement un jour ?

— Qu'est-ce que vous voulez ? Ça ne va pas de frapper comme ça ?

François sortit sa carte de police et se présenta, ainsi que Phil.

— Pouvons-nous entrer ? Nous souhaitons avoir un entretien avec vous…

Guillaume Le Rohic se figea et blêmit. Il resta hésitant puis maugréa quelque chose d'incompréhensible, se tourna vers l'intérieur du logement et leur fit signe de rentrer. Il referma la porte, ils se retrouvèrent dans la pénombre. Il ouvrit les volets des fenêtres qui donnaient sur la place qu'ils venaient de quitter, laissant ainsi entrer le grand jour. Puis il les invita à s'asseoir dans le canapé tandis que lui prenait place dans un vieux fauteuil en cuir élimé, aux ressorts cassés, si vieux et si usé qu'Emmaüs n'en aurait même pas voulu. Ceci semblait être sa place préférée dans cette pièce principale, face à un téléviseur éteint.

Selon ses habitudes, François s'imprégna de l'atmosphère du logement comme s'il venait d'arriver sur une scène de crime. Celui-ci sentait le tabac froid et le manque d'aération. La pièce possédait tout le charme d'une vieille demeure, avec son plafond haut et ses murs aux angles biscornus, elle était meublée de façon hétérogène, mais non sans recherche. Elle paraissait, à première vue, fondamentalement masculine mais François soupçonna une forte intervention de sa mère, au vu de certains éléments typiquement féminins. Aucun objet ne semblait être là tout à fait par hasard, même s'il n'y avait pas de meubles de valeur.

Le mélange de fonctionnalité et de désordre le frappa. Peu de bibelots mais quelques objets de prix, dont le plus précieux semblait être une superbe maquette de bateau en bois rare, d'une excellente qualité de finition, probablement l'œuvre d'un maître. Héritage ? Cadeau de sa mère ou de sa famille ? Elle était posée sur un meuble bas, près d'un amoncellement de papiers, courriers et documents administratifs. À l'autre bout de ce meuble, une superbe lampe de style et, un peu partout, des photos le représentant avec sa mère, comme dans la maison où celle-ci vivait. Un sol recouvert de tomettes anciennes, sans le moindre tapis.

L'homme paraissait dix ans de plus que son âge et affichait un air ahuri. Quand ils étaient passés à sa hauteur pour prendre place, ils avaient ressenti son haleine encore fortement alcoolisée et fétide, elle s'ajoutait à une odeur de transpiration corporelle et de tabac. L'homme avait une véritable allure de loque humaine avec son air crevé et désabusé…

Phil entreprit l'entretien et lui demanda de décliner son identité, ce qu'il fit avec une élocution névrotique et une peur fébrile. Puis l'enquêteur entra dans le vif du sujet :

— Nous voulions vous rencontrer au sujet de la disparition dramatique de votre maman…

Il resta silencieux, quelques instants, avant de se mettre à pleurer, doucement, presque sans bruit, à la seule évocation de sa mère, comme s'il n'avait pas réalisé, jusque-là, l'objet de leur visite. Phil lui demanda, doucement, en respectant sa peine :

— Pourquoi pleurez-vous ?

Il renifla plusieurs fois avant de reprendre son calme. Il se moucha énergiquement, puis tenta de répondre :

— Ma mère… ma mère était quelqu'un de formidable, elle était dotée d'une bonté peu commune… et, je crois que c'était la seule personne sur cette terre qui m'aimait vraiment…

— Nous sommes désolés de venir vous ennuyer avec nos questions dans ces moments pénibles, mais dans un cas de mort violente, nous sommes tenus de mener une enquête qui passe obligatoirement par l'entourage. Vous comprenez ?

— Oui, se contenta-t-il de répondre en baladant ses yeux mélancoliques qui collaient au décor de la pièce.

— Quand l'avez-vous vue pour la dernière fois ?

— La veille… la veille de sa disparition.

— Pour quelle raison ?

— Pour… pour rien… pour la voir…

La réponse sonnait parfaitement faux.

— Vous en êtes sûr ?

Il baissa la tête pour regarder le sol tandis que ses mains trituraient le bout de la ceinture de sa robe de chambre.

Il cherchait désespérément une réplique convenable, mais pétri d'angoisse, toutes ses craintes se lisaient sur son visage quand il releva la tête pour tenter de formuler une réponse crédible :

— Je suis passé et nous avons parlé de tout et de rien…

— Monsieur Canéda était-il présent ?

— Non !

— Quels sont vos rapports avec lui ?

— Bons… enfin, nous n'en avons pas vraiment… Mais il ne m'a jamais embêté et s'est toujours montré correct avec moi… D'ailleurs, il vient de me proposer de me donner la voiture de ma mère…

Il pleura à nouveau quelques minutes silencieusement.

— Est-ce que cela vous fait plaisir ?

— Oui… cela me touche énormément, je ne m'y attendais pas… C'est une très belle voiture. Sur un autre plan, je respecte l'époux de ma mère, c'est un homme droit et solide, tout ce que je ne suis pas et, en me proposant la voiture de ma mère, il me montre une nouvelle fois qu'il a du cœur…

François regardait Guillaume Le Rohic, essayant de se faire une opinion de cet individu. Il éprouvait la réelle sensation que Phil s'adressait à un individu au QI à peine supérieur à celui d'un radis noir ! Et cette idée le fit sourire intérieurement. De là à le voir en meurtrier, de sa mère de surcroît, cela paraissait peu probable, avec ses mains maigres et visiblement peu vigoureuses, son visage marqué, ses yeux craintifs. Il fallait continuer à le faire parler puis l'amener à se dévoiler sur son environnement. Son entourage pouvait peut-être se montrer plus dangereux que lui-même.

Phil poursuivait son idée :

— Vous arrivait-il souvent d'aller voir votre mère ?

— Oui, mais le plus souvent, c'est elle qui passait ici, généralement le mardi quand elle allait à la banque ou faire ses courses, une fois par mois peut-être, parfois plus, et sans me prévenir.

— Et pourquoi n'alliez-vous pas plus souvent à son domicile ?

— J'sais pas !

— Une des raisons de votre visite pouvait-elle être pour lui demander de l'argent ? En d'autres termes, y alliez-vous pour lui demander de l'argent, uniquement ?

Il ne répondit pas, mais il n'était pas nécessaire d'être un brillant psychologue pour comprendre que Phil touchait au cœur du sujet. Celui-ci continua :

— Nous savons qu'elle vous en donnait de temps en temps, la banque nous l'a confirmé. Donc, vous lui aviez rendu visite pour lui demander de l'argent, c'est bien ça ?

— Oui, répondit-il sans relever la tête pour éviter le regard de son interlocuteur, sur un ton presque servile.

— Et elle vous en a donné ?

— Oui.

— Combien ?

— Jjj'm'en souviens plus !

— La banque nous a signalé un retrait en espèces de cinq mille euros ! Qu'en dites-vous ?

— Oui, ça doit être ça…

L'homme enfouit son visage dans ses mains. Un geste que François détestait voir faire par un individu dont il se méfiait. C'est le moyen de cacher ce que l'on pense. Phil revint à la charge :

— Vous devez bien savoir, tout de même, ce que vous en avez fait ?

— J'sais plus… j'les ai donnés !

Cette réponse sembla le soulager.

— À qui ?

— J'sais pas leurs noms !

— Mais vous les connaissez ?

— Comme ça…

— Pour quelle raison leur avez-vous donné de l'argent ?

— J'vous dis que j'sais plus, après ce qui est arrivé à ma mère, j'ai pris beaucoup de cachets et j'ai des problèmes de mémoire, j'suis désolé…

Il s'apitoya sur lui-même ensuite, s'obstinant à se justifier à ses propres yeux. L'inexprimable s'était glissé dans sa tête et, aussi délirante que soit l'hypothèse, elle refusait d'en sortir. Phil et François revinrent à l'attaque par différentes approches, sans succès. À cet instant, il releva la tête, son visage livide semblait dénué d'expression, voire d'émotion, mais ils remarquèrent une sorte d'éclat d'acier dans ses yeux.

— Savez-vous si monsieur Canéda est au courant des fonds que votre mère vous a donnés ?

— Nnnon… je ne crois pas.

Ses yeux regardaient dans le vide à nouveau.

— Pourquoi ?

— Par… par… parce que c'était entre elle et moi.

— Mais c'est tout de même de l'argent gagné par le travail du couple, non ?

Il souleva ses épaules dans un signe d'impuissance, sans répondre.

— Savez-vous où votre mère déposait son argent dans sa maison ?

Sa méfiance se transforma en interrogation. Il parut ne pas comprendre la question. Ses yeux étaient devenus deux trous noirs, remplis de haine envers Phil, comme si celui-ci venait de l'agresser.

— Alors ? Ne me dite pas que vous l'ignorez !

— Dans sa chambre… dans l'armoire, répondit-il avec morgue.

Phil et François se regardèrent. Que devaient-ils faire ? L'emmener immédiatement pour le mettre en garde à vue ? Ils hésitèrent. Comme l'enterrement de sa mère devait avoir lieu dans l'après-midi, ils décidèrent de surseoir. Tacitement, ils en restèrent là pour l'instant et, pour ne pas l'affoler, François reprit la parole en lui parlant d'une voix lente et articulée, sans tomber pour autant dans la condescendance :

— Nous vous avons pris au saut du lit, vous ne vous y attendiez pas et c'est toujours surprenant de se retrouver devant deux policiers. Aussi, comme cet après-midi a lieu la cérémonie funéraire de votre maman, nous vous proposons de venir nous voir demain matin, à dix heures précises, pour signer votre déposition.

Cette solution et le ton employé par François le soulagèrent visiblement. Il approuva de la tête.

— Ah, une dernière chose, quel est votre numéro de téléphone fixe et possédez-vous un portable ?

— Oui, voici les deux numéros.

— Vous disposez de ces numéros depuis longtemps ?

— Le fixe oui, le portable depuis un peu plus d'un an…

— Très bien. Autre chose, possédez-vous une clef d'entrée de la maison de votre maman ?

— Oui. Elle m'en avait donné une, il y a très longtemps, quand ils étaient partis en vacances durant plusieurs semaines, comme cela, je pouvais relever le courrier et l'informer s'il y avait quelque chose de particulier, voire d'important.

— Vous êtes-vous séparé de cette clef, parfois ?

— Non, jamais ! Elle est attachée au trousseau de clefs de ma voiture que je porte toujours sur moi.

— Bon. À propos de vacances, est-ce que vous vouliez dire qu'à présent, votre maman ne partait plus ?

— Depuis deux ans, non. Elle prétendait qu'elle était fatiguée et préférait se rendre dans sa maison de l'île d'Arz. Il n'y avait plus que là-bas qu'elle se sentait vraiment bien. Vous savez, c'est un vrai paradis.

— Pourquoi ne s'arrêtait-elle pas de travailler ?

— Son affaire et ses clients étaient toute sa vie, elle ne voulait pas s'arrêter totalement. Mais, depuis un an ou deux, en période calme, il lui arrivait de ne pas venir travailler, un jour ou deux par semaine, pour se reposer davantage. Son mari assumait parfaitement la charge et l'assurait efficacement d'ailleurs.

François lui remit ensuite sa carte en y notant le jour et l'heure du rendez-vous.

— Nous sommes bien d'accord ?

— Oui, oui, se contenta-t-il de répondre avec un air désemparé.

— Juste une chose encore, quelle voiture possédez-vous ?

— Une Golf rouge.

— Où est-elle ?

— Garée, juste devant.

— Bon, très bien, à demain.

Guillaume Le Rohic était visiblement heureux de les voir partir. Son regard vint adoucir son expression. Il esquissa une mimique, sorte de sourire désabusé de l'homme qui vient de passer un mauvais moment sans perdre sa dignité. Phil et François sortirent ; la porte se ferma aussitôt derrière eux avec une vigueur qui ne s'imposait pas.

Ils remarquèrent la Golf rouge garée à proximité. François décida de prendre une photo de l'arrière de celle-ci et proposa à Phil de se rendre chez le voisin de monsieur Canéda pour vérifier si ce profil de véhicule correspondait à celui qu'il avait vu la nuit du drame.

En route, ils discutèrent de l'entretien et de l'impression faite par Guillaume Le Rohic.

— Il y a quelque chose qui cloche chez lui, émit Phil.

— Pire que ça même, approuva François.

— Mais peut-être était-il seulement mal réveillé et encore un peu à côté de ses pompes, le cerveau embué dans l'alcool et la drogue…

— Peut-être… Car, que sait-on de lui ? Qu'il est allé voir sa mère avant le drame pour lui demander de l'argent et qu'elle lui en a donné. Ce qui corrobore les inquiétudes de monsieur Canéda. Qu'il sait où est la planque à la maison.

— Oui. Même s'il veut jouer l'amnésique, demain, il va se retrouver en garde à vue et on ne va pas lui faire de cadeau ! Il ne s'imagine pas ce qui l'attend.

— Tout de même, je ne le vois pas supprimer sa mère…

— Moi non plus. Bien que… comme le pense monsieur Canéda, dans un coup de folie, pour avoir de l'argent tout de suite, sous l'emprise de l'alcool et de la drogue, pourquoi pas ? Il a très bien pu péter les plombs. Ce qui expliquerait le coup de la couverture pour ne pas voir le visage de sa mère et qu'elle ne le reconnaisse pas…

— Ça se tient… mais, malgré tout, je ne le vois pas taillé pour accomplir ce meurtre. De toute façon, nous avons bien affaire à un comportement anormal.

— En fait, comme disait un de mes formateurs, on est très calé pour déterminer les constantes du comportement humain, mais nul pour comprendre les exceptions !

Ils firent demi-tour au bout de l'impasse et vinrent se garer devant chez le voisin de monsieur Canéda. Ce dernier ne semblait pas être chez lui, sa voiture n'était pas dans le jardin. Ils sonnèrent, il vint cependant rapidement leur ouvrir la porte et les invita à rentrer. L'homme affichait un air affecté par la disparition de sa voisine. Mais Phil éluda les sous-entendus pour lui demander simplement si la photo de la voiture qu'il présenta à l'écran de son appareil numérique pouvait être celle de l'autre nuit. L'homme l'examina attentivement avant de répondre :

— Non. Ce n'est pas cette voiture. Celle-là, je la connais, elle vient de temps en temps chez eux. Un ami à eux, sans doute…

— Vous pourriez nous décrire cet ami ?

— Oui, bien sûr. Un type de taille moyenne, maigre, cheveux gris, je dirais qu'il a plutôt l'air fatigué ou maladif. Il ne vient pas souvent et je ne lui ai jamais parlé. Ce n'est pas le genre bavard, plutôt triste, fermé et discret.

— C'est exactement ça, en effet. Vous avez une bonne mémoire visuelle. Bravo !

L'homme se redressa, assez fier de lui, flatté que la police lui reconnaisse des qualités. Son épouse arrivait au même moment et reconnut Phil.

— Cet homme, en réalité, est le fils de madame Canéda, vous le saviez ? lui annonça Phil.

— Le fils de... ? NON ! J'ignorais qu'elle avait un fils ! Tu as entendu ? dit-il en se tournant vers son épouse, tout aussi surprise par la révélation. Eh ben, ça alors... J'avais pensé que c'était peut-être un frère à elle ou un membre de sa famille, car il est bien plus âgé que son mari...

— En effet. Pour en revenir à la voiture que vous aviez vue cette nuit-là, quelles différences pourriez-vous signaler ?

— Qu'elle était bien plus récente. Qu'elle ne portait pas d'autocollant comme celle-ci. Je dirais qu'elle avait des formes d'aujourd'hui, plus larges et plus arrondies sur l'arrière, vous voyez ce que je veux dire ?

— Oui, tout à fait.

— Vos questions, l'autre jour, m'ont tracassé et maintenant que nous savons ce qui s'est passé à côté, j'ai regardé en ville l'arrière de toutes les voitures ! Eh bien, pour moi, ce ne peut être qu'une Golf... car le logo de la marque est important et s'inscrit dans un cercle caractéristique, je n'ai plus aucun doute.

— C'est devenu une obsession chez mon mari, confirma son épouse.

— Quant à la personne en sweat, je pense que c'est un homme plutôt costaud, son allure n'avait rien de féminin, c'est sûr !

— Très bien. Votre information est précieuse et nous savons, en plus, qu'elle est certainement fiable, au travers de ce que vous nous avez démontré tout à l'heure. Nous allons pouvoir désormais rechercher dans ce sens…

Il regarda son épouse avec hauteur et se tourna vers Phil en hochant la tête, comme pour dire que cela ne lui avait rien coûté… genre : « Ne me remerciez pas, c'est naturel ! » Il rajouta même :

— Je suis désolé de ne pas pouvoir faire plus, mais n'hésitez pas à m'appeler ou à venir me voir, si je peux vous être utile…

— Nous apprécions votre aide, merci.

Ils prirent congé du couple et regagnèrent leur bureau au commissariat. Cet après-midi, François et Phil souhaitaient pouvoir s'isoler car ils aimaient réfléchir en silence aux points forts ou à des détails de leur enquête auxquels ils n'avaient pas prêté assez attention sur le moment. Ils avaient besoin de sentir se former en eux une conviction inébranlable. François se mit à rire en pensant à cette image :

— Une enquête c'est comme un vaste désert. Si tu t'obstines à regarder une chose de près, tout le reste t'échappe !

Tout ce travail de réflexion allait être perturbé par la décision qu'ils avaient prise de se rendre à la sortie de l'église où se déroulait la cérémonie religieuse. Stéphane avait été chargé de s'équiper d'un caméscope pour filmer toutes les personnes présentes et de s'installer dans un emplacement discret ; peut-être leur apporterait-il, plus tard, la photo d'un suspect, voire du meurtrier…

Ils avaient pris place devant le parvis ainsi que quelques personnes qui attendaient aussi la sortie. Stéphane avait pu se positionner dans un endroit parfaitement adapté pour mener à bien sa mission. Des employés des pompes funèbres, l'air professionnellement compassé, sortaient de l'église avec des fleurs et des couronnes qu'ils déposaient dans le corbillard. Une foule se déversait régulièrement de l'édifice religieux, venant se poster naturellement en cercle face à l'entrée. De temps à autre, certaines personnes se hissaient sur la pointe des pieds ou tordaient le cou pour tenter de repérer une connaissance ou peut-être simplement pour essayer de lire le nom d'un donateur sur le ruban de soie mauve ou blanc de chaque couronne. Parfois, des têtes se penchaient les unes vers les autres pour échanger quelques mots.

Phil remarqua alors le voisin et son épouse qui venaient de sortir pour attendre la famille et le corps. Ils parcoururent du regard l'assistance, mais personne ne leur donna l'impression qu'il fallait s'y intéresser de plus près. Le cercueil apparut, suivi d'un très petit groupe, la famille semblait réduite à sa plus simple expression. L'époux suivait, les yeux secs, le regard fermé et, à côté, le fils, sous une apparence bien différente, portant un costume noir, le visage ravagé par la douleur, essuyait sans cesse des larmes qui coulaient, avec un mouchoir qu'il conservait dans sa main. Une dizaine de personnes plutôt âgées les accompagnaient.

Le corbillard referma ses portes, le petit groupe des proches se répartit dans deux ou trois voitures et le petit convoi mortuaire s'en alla, sans doute vers le lieu de l'incinération, tandis que, sur place, le ton des voix montait, les bavardages s'installaient naturellement, chacun se sentant délivré de l'oppression liée à la cérémonie. La foule se dispersa rapidement, aucune personne n'avait véritablement retenu leur attention. Au même moment, Stéphane revint vers eux, satisfait d'avoir pu filmer tout le monde.

Ils regagnèrent leur bureau avec le sentiment que cette présence à la cérémonie ne leur avait rien apporté car aucune des personnes présentes ne les avait véritablement frappés.

En fin de journée, tous les trois rendirent compte de leur travail au patron. Ce dernier précisa, à l'attention de Stéphane qui semblait prendre très à cœur sa mission dans cette enquête :

— Vous devez rester collé aux faits, ne les perdez jamais de vue et, surtout, ne les emportez jamais avec vous chez vous, en permanence dans votre tête…

— C'est ce que vous faites ? leur demanda Stéphane.

— J'essaie…

François rajouta, sur le ton de la réflexion, comme pour lui-même :

— Pour ce qui est de les ramener chez vous… mieux vaut les laisser au bureau. Pour ma part, je le sais, mais ça… J'ai toujours considéré que ça me permettait d'avancer le boulot…

Chacun rassembla ses pièces et, sur ces dernières évocations, ils se séparèrent.

VI

Mercredi 20 mai 2009.

Tous les trois repassèrent en revue, une nouvelle fois, tous les éléments en leur possession sur “l’affaire Canéda” devant le patron, dans son bureau. Déjà, la situation de monsieur Canéda ne présentait pas de faille apparente et s’était éclaircie. Les projecteurs étaient désormais braqués sur le fils de Madame, voire sur une organisation de type mafieux voulant s’imposer dans le monde de la nuit à Vannes.

Mais ce dernier point restait flou. Il opposait, d’un côté, l’affirmation de monsieur Canéda et, d’un autre, le témoignage de tous les professionnels de la ville. Pouvait-il s’agir dans ce cas d’une organisation, en amont ou en aval du fils, qui abuserait de ses faiblesses pour s’attaquer exclusivement à cette affaire afin d’établir une tête de pont et ensuite en profiter pour élargir son champ d’action ? Les avis dans le groupe divergeaient.

Le service des télécommunications n’avait toujours absolument rien retrouvé quant à l’appel émis ou reçu d’un portable utilisé par monsieur Canéda. Ceci troublait le jeune stagiaire, Stéphane Lagate. La recherche s'avérait désormais difficile et surtout très longue car cela obligeait à recenser toutes les communications effectuées dans ce périmètre et à cette heure précise, à partir de l'antenne réémettrice et de l'appareil afin de déterminer qui en était le détenteur. François donna les numéros de téléphone de Guillaume Le Rohic afin d'effectuer les recherches d'appels reçus et donnés et surtout les lieux de ces appels, concernant le portable.

— Pour ce dernier, c'est plus facile ! s'exclama François.

— Oui, tout aussi simple que de retrouver les parents biologiques à partir d'un ADN !

Dans un ordre plus confus, Phil et François lui demandèrent de lancer une demande sur les propriétaires de Golf WV rouge, récente. Tout d'abord, sur le département du Morbihan ; ils verraient plus tard s'il y avait lieu d'élargir le périmètre de recherche.

— Qu'entendez-vous par “récente” ? leur demanda Stéphane.

— Disons, trois ou quatre ans maxi, répondit laconiquement François, peu convaincu de la demande qu'il formulait, car il savait que le propriétaire pouvait venir d'un autre département et là…

Mais déjà, Phil et François ne pensaient qu'à l'interrogatoire de Guillaume Le Rohic qu'ils allaient mener. Le patron de Vannes, Loïc Le Kervégan, attendait, lui aussi, beaucoup de cette rencontre et la conversation se porta essentiellement sur cet entretien qu'il convenait de bien mener et, surtout, ils déterminèrent à partir de quel moment ils déclencheraient la garde à vue afin de ne pas utiliser trop rapidement la durée légale, la priorité étant de le faire parler, coûte que coûte. Ils convinrent d'un petit stratagème pour accélérer le cours des choses. Ils savaient que, dans toutes les enquêtes, une heure de vérité se présentait, un moment où les théories et les intuitions se transformaient en preuves et en accusations...

À dix heures précises, Guillaume Le Rohic se présenta à l'accueil, vêtu du costume noir qu'il portait la veille et de sa chemise blanche au col ouvert, sans la cravate, toutefois. Rasé de près et coiffé, il avait meilleure allure. Si son visage portait les stigmates de la fatigue et du chagrin, son regard semblait clair et perçant. Phil vint le chercher au rez-de-chaussée et l'accompagna au bureau utilisé pour l'interrogatoire, à l'étage. Stéphane se rappela alors de l'homme qui buvait au bar de monsieur Canéda, l'autre soir. Son allure ne lui avait rien dit lors de l'enterrement, mais maintenant, il le reconnaissait parfaitement, il l'indiqua discrètement à Phil.

Pendant ce temps, François l'invita à prendre place sur la chaise située devant son bureau, puis Phil s'installa devant son ordinateur, sur le côté. Il lui demanda une pièce d'identité et entra immédiatement les renseignements d'état civil.

François attaqua :

— Afin que les choses soient parfaitement claires entre nous, nous allons reprendre tous les renseignements, sans tenir compte de notre entretien d'hier matin, de sorte que, si des points vous reviennent, c'est le moment ou jamais de tout nous dire avec précision.

— Vous m'aviez dit de passer simplement pour signer ma déposition, je ne pensais pas en avoir pour longtemps…

Il avait la voix grave et très ébréchée. Il y avait eu, peut-être, de la tendresse dans cette voix, mais il y avait de cela très longtemps, certainement…

— Pour ce qui est de la durée, ça dépendra de vous… Si vos réponses nous satisfont, vous pourrez partir rapidement ; dans le cas contraire, nous serons obligés de vous garder, quitte à transformer cet entretien en garde à vue…

— En garde à vue ? Mais…

— Mais quoi, monsieur Le Rohic ?

— Non… rien.

— Parfait, nous allons donc commencer…

François reprit tous les points évoqués la veille. Les réponses furent équivalentes. Ils en arrivèrent au retrait en espèces de cinq mille euros.

— Depuis hier, vous avez eu le temps de réfléchir à ce retrait en espèces que votre mère a réalisé pour vous, alors, à qui avez-vous remis cette somme ?

— Je vous l'ai déjà dit que je ne sais pas !

Son ton manquait véritablement de conviction.

— Arrêtez de nous prendre pour des billes, on ne donne pas cinq mille euros ainsi sans raison !

— En fait, je n'en ai donné que quatre mille et j'en ai gardé mille.

— Ah, vous voyez que la mémoire vous revient ! Qui est l'heureux bénéficiaire de cette somme, à moins qu'il n'y en ait plusieurs ?

Il secoua négativement la tête en la baissant, regard tourné vers le sol.

— Que voulez-vous signifier, qu'il n'y a qu'un bénéficiaire ?

— …

Il approuva de la tête sans répondre.

— Répondez par oui ou par non ! demanda François en levant le ton.

— Oui.

— Bien. À qui ?

Mutisme total de Guillaume Le Rohic. François se retrouvait dans la même situation de blocage que la veille, il devait donc contourner l'obstacle.

— Comme vous ne semblez pas vouloir nous donner le nom du bénéficiaire, vous allez nous dire, dans ce cas, les raisons de cette transaction.

— J'peux pas !

— Je crois que vous ne réalisez pas bien la situation ni la position dans laquelle vous vous trouvez, vous n'êtes pas en état de décider ce que vous allez nous dire ou non, le cas est trop grave. Est-ce que vous me comprenez ?

— Oui.

— Cette somme était-elle destinée à un pourvoyeur de drogue à qui vous deviez de l'argent ?

— Non !

— Aviez-vous emprunté de l'argent à quelqu'un que vous deviez rembourser ?

— Non.

— Écoutez, ça suffit ! On ne va pas rester jouer au jeu des questions indéfiniment avec vous… Ou, vous nous le dites clairement ou, tout à l'heure, le patron va débarquer dans le bureau et, cette fois, je ne donne pas cher de votre avenir !

François fit signe à Phil, lui signifiant qu'il devait passer un SMS au patron afin qu'il vienne simuler le démarrage de la garde à vue.

— Pourquoi vous me cherchez comme ça ! Je n'ai rien fait !

— Si vous n'avez rien fait comme vous le dites, vous pouvez nous répondre, sinon, les chefs d'accusation risquent de tomber pour…

Au même moment, la porte s'ouvrit et le patron apparut.

François fit les présentations, le patron enchaîna aussitôt d'un ton peu amène :

— Alors, où en êtes-vous de cette affaire ? demanda-t-il brutalement en s'adressant à François.

— Le problème, c'est que monsieur Guillaume Le Rohic ne veut pas nous répondre sur certains points…

— Bien, dans ce cas, c'est très simple. Je vous signifie votre garde à vue ! dit-il à Le Rohic. Lieutenant Bozzi, vous voudrez bien lui énoncer ses droits, je vais prévenir le procureur. Quelles sont les accusations retenues ? demanda-t-il à François.

— Nous pouvons partir, dans un premier temps, sur une complicité de meurtre après extorsion de fonds auprès de la victime et, à défaut, de complicité, cela pourrait se traduire par meurtre aggravé…

— Bien, j'appelle le procureur.

Sans un mot de plus, le patron fit demi-tour et quitta le bureau en claquant la porte. Le numéro avait été joué d'une façon remarquable.

Guillaume Le Rohic était devenu livide, des monceaux de souffrance se lisaient dans ses yeux. À cet instant, sa faible carapace venait de se fissurer de toute part. Totalement désemparé, abasourdi, il ne pouvait cacher son angoisse, il releva la tête, ses mains et ses lèvres tremblaient, le choc avait été violent. Il sentait son estomac se nouer. Une solitude assourdissante s'emparait de lui… Il éclata aussitôt en pleurs. Ses nerfs venaient de lâcher, il ne pouvait plus se retenir. Il pleurait abondamment, marmonnant sans arrêt qu'il n'avait rien fait, surtout pas à sa mère ! Que jamais il ne lui aurait fait le moindre mal… Pleurs, hoquets et reniflements se mêlaient, Guillaume Le Rohic n'arrivait plus à reprendre pied et surtout ne comprenait rien à ce qui lui arrivait…

Il s'interrompit un court instant et une sorte de râle

inintelligible jaillit de sa gorge, un son presque animal par lequel il tentait, une nouvelle fois, de dire qu'il n'avait rien fait.

François et Phil restaient silencieux. Ils espéraient que cette mise en scène allait le faire parler. Quand le calme sembla revenir chez Guillaume, François s'efforça d'adoucir sa voix et reprit la parole :

— Nous vous avions prévenu. Nous détenons un certain nombre d'informations que vous n'imaginez pas, notamment sur le fait que vous vous retrouviez avec différentes personnes dans la maison de votre maman sur l'île d'Arz… Alors parlez car, si vous ne le faites pas, vous allez prendre plein la tête et, voyez-vous, autant moi que mon collègue, ici présent, nous ne pensons pas que vous soyez coupable de meurtre… mais ce n'est pas l'avis de nos supérieurs ! Alors, si vous ne parlez pas, nous devrons céder la place et là… nous ne pourrons plus rien pour vous.

Il se remit à pleurer plus bruyamment, clamant son innocence entre deux reniflements. François lui proposa de reprendre calmement les choses. Il accepta un café. Quelques instants après, François le sentit disposé à parler. Néanmoins, il l'incita à se confier :

— Si vous nous disiez ce que vous avez fait de l'argent, à qui vous l'avez donné et pourquoi, je veux bien appeler le patron pour vous éviter la catastrophe…

— L'argent… c'était pour ce qu'on organisait sur l'île… chez ma mère.

— C'est-à-dire ?

Il hésita encore longuement, puis les mots se déversèrent enfin :

— Des copains m'ont fait bénéficier de la possibilité d'entrer dans une chaîne d'argent dont la mise d'entrée est de deux mille euros. J'ai convaincu ma mère d'y entrer aussi... Cela pouvait nous rapporter rapidement seize mille euros, mais pour cela, il ne fallait pas arrêter le jeu de “La roue d'abondance”. C'est un jeu très intéressant qui vient de Suisse et ça marche. Il suffit de trouver huit personnes qui, elles-mêmes, doivent trouver huit personnes et ainsi de suite. Il ne faut surtout pas l'arrêter, c'est pour cela que je ne voulais rien vous dire, sinon, je vais tout perdre, vous comprenez ? Et surtout, je voulais montrer à ma mère que, pour une fois, j'allais lui faire gagner de l'argent !

Les bras leur en tombèrent. Ils s'attendaient à tout, mais pas à ce genre d'arnaque qui apparaissait régulièrement un peu partout en France et en Europe et soulageait financièrement quelques gogos un peu trop naïfs !

Guillaume Le Rohic sembla devenir plus serein. Pour le rassurer, Phil appela le patron pour lui dire d'attendre un peu pour le procureur. Ceci le calma complètement. Guillaume se remit à pleurer, doucement cette fois. Phil se demanda si c'était la culpabilité ou le soulagement d'avoir parlé qui le faisait pleurer, sans doute un mélange des deux... à moins que ce ne soit d'avoir senti le boulet passer tout près de son oreille. Phil et François sentaient qu'ils avaient avancé d'un pas de géant ; pour autant, ils restaient tout de même dans l'impasse. Pour François, c'était comme s'il était à la pêche à la traîne et qu'il tirait un très gros poisson.

— Nous n'avons pas de temps à perdre, nous voulons les noms…

— J… J… Je ne les connais pas vraiment, sauf deux ou trois qui sont de Vannes.

La tension de sa voix reflétait sa propre angoisse. Il leur indiqua les trois noms. Quant aux autres, il ne connaissait que leur prénom et encore, était-ce le leur ou un d'emprunt ? Il savait que certains habitaient Arradon, Séné, Pontivy et une dizaine d'autres villes de la région. En cet instant, les joues creuses de l'homme semblaient encore plus émaciées, ses cernes et les poches sous les yeux, plus marqués.

— C'est extrêmement courageux de votre part d'avoir enfin parlé, l'encouragea François, avec une solennité digne d'un responsable des pompes funèbres.

Ils le rassurèrent quant à son attitude, décidèrent de faire une pause déjeuner et lui commandèrent des sandwichs et une consommation. Pendant ce temps, ils regagnèrent leur bureau pour appeler Nathalie Le Bourgeois à la gendarmerie, ces personnes relevant en effet de son territoire.

La réponse fut claire :

— Oui, j'ai deux collègues sur cette affaire depuis quelques mois, mais jusqu'à présent, ils n'ont pas réussi à localiser le lieu où les gens se réunissaient ni à cerner tout ce petit monde.

— Très bien, nous allons te donner nos informations afin que tu puisses te caler pour un coup de filet général, le plus tôt possible, car nous avons tout lieu de penser que certains d'entre eux peuvent être impliqués dans le meurtre de madame Canéda…

— Eh bien, j'en parle au patron, faites de même, de votre côté, afin qu'ils voient avec le proc. Pour ma part, je ne suivrai pas cette affaire, car je suis plutôt en train d'évacuer les affaires courantes avant de boucler mes valises pour quelque temps… car le petit se manifeste de plus en plus !

L'entretien terminé, Stéphane arrivait avec les relevés nominatifs de toutes les personnes ayant été en relation avec Guillaume Le Rohic, appels masqués ou non.

— Vous savez que nous ne pouvons remonter qu'un an et demi à peine ?

— Oui. Il nous a dit que son portable datait de cette époque. Mais, tu as raison de nous le faire remarquer, nous allons lui demander ce qu'il avait avant…

Les prénoms des différents interlocuteurs correspondaient parfaitement aux déclarations de Guillaume. La liste fut rapidement établie et transmise à la gendarmerie, Place de la Libération à Vannes, qui, de son côté, faisait parvenir la sienne. Plusieurs noms se recoupaient, l'opération allait permettre un premier coup de filet sur une trentaine de personnes sur le département, ce qui n'était pas négligeable.

Ils se rendirent tous les trois dans le bureau du patron.

Il examina la liste, dubitatif, et s'exprima :

— Depuis janvier 2008, le simple fait de s'inscrire peut entraîner des poursuites judiciaires pour infraction aux articles L 122-6 et L 122-7 du Code de la consommation. Ces personnes risquent une amende de quatre mille cinq cents euros et jusqu'à un an d'emprisonnement.

— Notre Guillaume Le Rohic n'est pas dans la merde, tout ça pour vouloir gagner trop facilement de l'argent ! s'exclama Stéphane.

— Selon Nathalie Le Bourgeois, certaines de ces personnes font l'objet d'une autre enquête, en effet, des suspicions d'escroquerie pèsent sur elles, rajouta François.

— De toute façon, selon la loi, les initiateurs de jeux d'argent doivent avoir une autorisation délivrée par le ministère de l'Intérieur, sous peine d'illégalité, précisa le patron. Ces pratiques se font en dehors de tout cadre légal. Je pense que ce sont nos collègues de la gendarmerie qui se chargeront de cette affaire ; pour eux, le travail consistera à distinguer les personnes participantes, les personnes organisatrices et les "arnaquées". Je pense qu'un simple participant, comme cela semble être le cas de Guillaume Le Rohic, ne connaîtra pas forcément de conséquences juridiques lourdes…

— Avons-nous une idée des catégories socioprofessionnelles concernées par ce type de jeu ? interrogea Stéphane, intéressé de découvrir une affaire nouvelle imbriquée dans celle dans laquelle il était déjà plongé.

— Curieusement, ce ne sont pas les plus mal lotis, on y trouve des cadres de banque, des enseignants, des membres de la fonction publique, des professions libérales…

— Ah, tout de même ! Des naïfs, on en trouve partout !

— Le plus drôle, rajouta le patron en souriant, c'est ce qui va en découler maintenant. Lorsque l'on donne un grand coup de pied dans la fourmilière, tous les participants se réveillent. Notre action va mettre un coup d'arrêt au système et, dès lors, nous pouvons être assurés que des lettres anonymes de dénonciation vont se multiplier, écrites notamment par ceux qui ont compris qu'ils ne reverront jamais leur argent. Car cette liste ne représente que la partie émergée de l'iceberg ! En théorie, chaque participant peut gagner, à condition que la chaîne ne s'arrête pas, dès lors qu'il y a arrêt brutal, le haut du panier empoche et tout le reste perd ! De là vont naître toutes les divergences car, le plus souvent, le système marche par le bouche à oreille, entre gens qui se connaissent… Après, bonjour la confiance et parfois les querelles à vie !

— Pour en revenir à Guillaume Le Rohic, comment procédons-nous ? demanda François, pressé d'aller plus loin dans l'affaire qui le préoccupait le plus, dans l'immédiat, le meurtre de madame Canéda.

— Interrogez-le au maximum sans le mettre en garde à vue. Nous devons dissocier les deux dossiers. Après, nous laisserons nos collègues de la gendarmerie le prendre en main pour l'enquête qu'ils suivent.

Quelques instants après, François et Phil se tenaient à nouveau devant Guillaume Le Rohic. Ils devaient le rassurer tout en l'amenant à se confier.

— Nous venons d'examiner votre dossier avec notre patron. Le délit de la chaîne d'argent ne nous intéresse guère, d'autant plus que votre rôle se borne au simple fait de participer. Vous n'êtes ni l'initiateur ni l'organisateur de ce jeu, c'est bien ça ?

— Je peux vous l'assurer ! Je n'ai fait qu'apporter l'argent pour moi et pour ma mère et accepter que certaines réunions puissent se faire chez elle, sur l'île d'Arz, ainsi nous étions tranquilles.

Il parlait cette fois sans crainte. On aurait dit un gamin qui aurait brisé une vitre en jouant au ballon et que sa mère aurait traîné pour qu'il vienne demander pardon. Cependant, de ses démêlés avec la loi, il avait retenu quelques vérités de base qu'il tentait de résumer ainsi : ce n'est pas parce qu'on n'a rien fait qu'on n'est pas dans le pétrin. La nervosité le rendait loquace. Il s'accrochait visiblement à la branche tendue par François qui avait, de surcroît, adopté un ton paternaliste et rassurant pour enchaîner :

— Parfait, c'est ce que nous avons dit au patron. Quand on entre dans un jeu d'argent, c'est un peu comme si on jouait à la roulette ! Sauf que là, il n'y a pas de croupier en frac ni de roue qui tourne concrètement devant vous, mais que l'on s'active dans la clandestinité… Nous faisons parfois des “choses” en nous assemblant, presque inconsciemment, par contagion, pensant qu'il suffit simplement d'attendre et de croire à la chance, quand surgit l'inattendu…

— OUI ! C'EST ÇA ! C'est tout à fait ça !

— Vous voyez que nous vous avons bien compris. Par contre, il est possible que vous soyez interrogé par les gendarmes chargés de cette enquête… Mais, revenons à notre affaire. Avez-vous eu l'impression, à un moment ou à un autre, que quelqu'un dans le groupe semblait s'intéresser aux affaires de votre mère ? Soit en vue de lui soutirer de l'argent, soit pour utiliser son bar comme plaque tournante pour quelque affaire que ce soit ? Réfléchissez bien, ceci est important pour la suite.

— Qu'entendez-vous par là ?

— Je ne sais pas moi, disons qu'il aurait voulu connaître l'activité que votre mère exerçait ou les fonds dont elle disposait, où elle habitait… n'importe quoi qui, de près ou de loin, puisse concerner votre maman et motiver, plus tard, quelqu'un de mal intentionné…

Guillaume Le Rohic semblait, cette fois, décidé à collaborer et à apporter des informations qui le soulageraient, voire l'innocenteraient définitivement au regard des soupçons auxquels la police avait fait allusion précédemment quant à une complicité dans le meurtre de sa mère. Du moins, le pensait-il.

Il menait un combat intérieur, recherchant désespérément le moindre signe chez l'une des personnes rencontrées qui puisse le mettre sur une voie, mais, rien à faire, il n'y parvenait pas... Il se disait qu'il devrait peut-être raisonner à voix haute, que ça l'aiderait dans sa réflexion et rafraîchirait sa mémoire, mais il n'y avait rien à en tirer. Il avait envie de partir, d'aller dans un endroit où il pourrait réfléchir tranquillement.

Il était sincèrement navré de ne pouvoir rien déclarer aux policiers et, en même temps, cela l'inquiétait. Dans sa mémoire ne survenait que l'image de sa mère, figée, le teint cadavérique, habillée de vêtements qu'il ne lui connaissait pas. Il fouillait inlassablement les souvenirs laissés par les événements qui avaient marqué sa vie, durant ces derniers mois et dernières semaines, tentant de repenser aux mots prononcés par les uns ou par les autres, de visualiser certaines choses et situations, mais rien, véritablement rien ne venait l'éclairer ni apporter une réponse aux policiers qui attendaient devant lui.

Pourtant, il aurait voulu leur offrir quelque chose, leur montrer sa bonne foi car, lui aussi, à l'instar de l'époux de sa mère, voulait tellement démasquer le meurtrier de sa mère, cet être qui avait, à ses yeux, le plus d'importance au monde !

Plus que jamais, il réalisait qu'on ne se rend rarement compte de ce que l'on a, avant de l'avoir perdu. Comme le disait Joni Mitchell : « *You don't know what you got till it's gone.* »

— Je suis désolé. Je vous jure que je suis désolé. Mais je ne vois rien… Dans cette chaîne d'argent, nous n'avons fait que nous réunir et écouter l'animateur, sans nous lier entre nous. Nous ne cherchions pas à nous rapprocher ni à nous connaître, vous comprenez ? Ce n'était pas un club d'amis, genre “Copains d'avant”, si vous voyez ce que je veux dire ! Nous ne poursuivions qu'un seul but : rechercher d'autres personnes pour alimenter la roue et, après, nous n'avions plus qu'à attendre et ça tomberait tout seul si, toutefois, nous avions bien transmis le relais… D'où l'intérêt de bien connaître le fonctionnement et de le communiquer ensuite le plus vite possible au plus grand nombre de personnes.

— Mais, tout de même, dans votre groupe, il n'y avait pas que des idiots, pas besoin d'avoir fait des études supérieures pour savoir que ce système profite aux organisateurs du départ et qu'ensuite, assez rapidement il y aura des victimes… On ne trouve pas des gogos d'une façon illimitée !

Il acquiesça de la tête comme pour exprimer qu'il

avait bien compris à présent et qu'il réalisait sa naïveté. François laissa passer un moment de silence avant de reprendre et d'en venir au téléphone portable :

— Vous nous avez dit que votre téléphone portable ne datait que d'un peu plus d'un an…

— C'est exact.

— Avant, vous n'en possédiez pas ?

— Si. Mais, comme j'avais pas mal déconné avec un portable, il y a quelques années, ma mère me l'avait remplacé par un appareil à carte. Et, au cours d'une nuit un peu trop arrosée, je l'ai perdu. Dès le lendemain, j'ai voulu le retrouver en repassant par là où j'étais allé, entre autres, au bar de ma mère. Elle n'était pas là, alors Alex, pour être sympa avec moi et me rendre service, m'a dit qu'il allait faire le nécessaire pour la déclaration de perte. Il a pris tous les renseignements : numéro de téléphone, code PIN et tout ce qu'il fallait. Il s'est même chargé ensuite de m'offrir un nouvel appareil plus moderne puisque nous n'étions plus très loin de ma date d'anniversaire. C'est ce nouveau numéro que je vous ai donné. Une fois encore, j'ai pu apprécier sa démarche en ma faveur, et surtout, il prenait l'engagement de ne rien dire à ma mère, car il savait que ceci m'arrangeait bien. Dès que j'ai revu ma mère, quelques jours après, je lui ai communiqué mon nouveau numéro en lui disant que j'avais décidé de remplacer celui qu'elle m'avait offert par un appareil plus pratique et je lui promettais de ne pas en abuser. Nous n'en avons plus jamais reparlé.

— Pouvez-vous nous donner le numéro d'appel de l'appareil que vous aviez perdu ?

— Bien entendu, le voici…

Phil le nota scrupuleusement et quitta le bureau pour le remettre à Stéphane afin que certaines recherches soient effectuées sur les appels reçus et transmis avant la perte.

François interrogea à nouveau longuement Guillaume Le Rohic sur son emploi du temps le soir du meurtre et les jours précédents, mais rien ne laissait penser qu'il ait pu agir seul. Après divers recoupements durant deux ou trois heures, Phil et François rendirent compte de la situation au patron. Ils avaient acquis la certitude que cet homme ne pouvait être mis en accusation.

Ils invitèrent Stéphane à les rejoindre. Force était de constater que rien ne justifiait de mettre cet homme en garde à vue ni ne permettait de le suspecter de participation active à ce meurtre. La seule hypothèse restait l'environnement dans lequel évoluait Guillaume Le Rohic. Sur ce point, le patron considéra, dans ce cas, qu'il était préférable de laisser agir la gendarmerie qui s'apprêtait à interpeller toutes les personnes suspectées d'avoir initié ou mené cette arnaque de la "Roue d'abondance"… Il avisa son collègue, patron de cette enquête, pour que, lors des interrogatoires, ce dernier prenne bien en compte la date, l'heure et les circonstances du meurtre de madame Canéda.

— À mon avis, ils vont avoir besoin de demain jeudi, vendredi et samedi pour faire le tour de la question. Vous êtes sur la brèche depuis un certain temps avec cette affaire, et demain est le jeudi de l'Ascension, je vous propose d'aller retrouver votre famille dans votre Finistère. Nous laissons agir les gendarmes et nous reprenons l'affaire, au vu des résultats, en fin de semaine. Ça vous va ?

— D'accord, répondit François. Par contre, nous pourrions revenir dans l'après-midi de dimanche, car le soir reste un moment chaud sur la ville et j'irais bien refaire un tour de planque avec Phil et Stéphane – ceux-ci approuvèrent de la tête – avant de faire le point avec nos collègues de la gendarmerie, lundi...

— Très bien, c'est une bonne idée ! Nous pouvons marcher de cette manière.

Ils se retrouvèrent tous les trois dans leur bureau et François appela aussitôt Nathalie Le Bourgeois à la gendarmerie. Mais c'est un de ses collègues qui décrocha :

— Nathalie ? Elle vient de s'arrêter ce matin, à midi plus exactement, elle est allée jusqu'au bout du bout ! Le bébé ne devrait plus tarder !

— Elle va bien au moins ?

— Oui ! Fatiguée certes, mais elle avait toujours une pêche d'enfer ! Que puis-je faire pour vous ?

François lui rendit compte de la situation en exposant les faits ainsi que ce qui avait été décidé. Il lui apprit que, de leur côté, le procureur avait donné le feu vert pour une interpellation massive, à l'heure légale du lendemain matin, avec autorisation de perquisition chez certains d'entre eux. Ensuite, ils procéderaient aux interrogatoires habituels. François insista pour que, dans leur démarche, soit bien pris en compte le meurtre de madame Canéda. L'officier de gendarmerie nota scrupuleusement toutes ces informations.

François et Phil se sentaient rassurés. Ils retrouvèrent Guillaume Le Rohic qui patientait dans le bureau et décidèrent, une dernière fois, de le soumettre à l'interrogatoire. Parmi les techniques, il en existe une, particulièrement efficace, qui consiste à poser trois ou quatre fois la même question en la présentant sous un angle légèrement différent. Lors de la réponse, la moindre variante est étudiée de près. À nouveau, Le Rohic répéta précisément chaque détail, sans se tromper ni modifier ses réponses.

Ils se rendirent à l'évidence du moment et lui firent signer ses déclarations en lui annonçant qu'il était libre. Par contre, ils lui signifièrent qu'il devait ne pas quitter la ville et être présent à son domicile à partir de zéro heure, la nuit prochaine et pour les quarante-huit heures à venir, sans l'informer qu'il recevrait une visite matinale de la gendarmerie.

Guillaume Le Rohic parut totalement soulagé, il

esquissa même un sourire en les quittant et, à peine était-il à l'extérieur du bâtiment de l'hôtel de police, qu'il sortit une cigarette qui avait dû lui manquer terriblement ces dernières heures.

Puis ils se retrouvèrent tous les trois dans le bureau. Silencieux. L'excitation de l'enquête était retombée.

La charge administrative évacuée, ils se séparèrent. Phil et François engagèrent leur voiture sur la voie express pour rejoindre Quimper. Les deux hommes restaient silencieux, ni l'un ni l'autre n'avaient l'envie de parler tandis que France Info déversait inlassablement l'actualité du jour.

François se disait que, toute sa vie, il avait eu le sentiment d'avancer péniblement vers quelque chose de bien. Sa vie professionnelle avait un sens, il en était convaincu. Il s'était toujours battu pour mener à bien des résolutions et atteindre des objectifs. Mais, à cet instant, il souffrait d'une sorte de sensation de vide. Celle-ci ne serait sans doute que passagère, mais ne semblait pas vouloir le lâcher immédiatement.

Quant à Phil, les mêmes questions lui revenaient en boucle : pour quelles raisons assassine-t-on ? Amour ou désir ? Peu probable, dans ce cas de figure. Appât du gain ou vengeance ? Ces aspects semblaient mieux convenir au contexte de cette enquête. De quoi s'agissait-il donc ? Mauvaise action, minable trahison, sale petite vengeance ? Nul doute que les coupables tomberaient dans la géhenne des flammes éternelles, se dit-il.

En approchant de Quimper, le soleil était orange, une bande de ciel rose s'étendait à l'horizon, il faisait bon et l'air était doux… Une seule chose comptait pour chacun, retrouver son chez-soi, sa petite famille et laisser cette enquête loin derrière eux. Phil aspirait surtout à retrouver son épouse, Gwen, et à s'occuper de sa petite Clémence, elles lui manquaient tellement ces derniers jours…

VII

Dimanche après-midi 24 mai 2009.

Ils se retrouvèrent tous les trois, vers dix-huit heures, à leur bureau au commissariat de police. Le visage plus détendu, chacun avait visiblement profité de ce répit. La journée avait été chaude et ensoleillée. Après avoir pris connaissance des documents dont aucun n'apporta quoi que ce soit de nouveau, ils décidèrent de se rendre Place Gambetta pour dîner, question de continuer à se donner un petit air de week-end.

Malgré le cadre enchanteur et la vue sur le port de plaisance, le fait de se retrouver tous les trois les replongeait automatiquement dans leur enquête. Stéphane leur indiqua qu'il n'avait toujours rien obtenu des demandes de renseignements concernant le téléphone portable à carte ayant appartenu à Guillaume Le Rohic, rien non plus quant à la communication téléphonique sur le portable de monsieur Canéda... Autre point posant problème, le nombre de Golf rouges sur le seul département du Morbihan. Il était souhaitable d'affiner la demande, sinon, il leur faudrait plusieurs personnes, rien que pour en contacter chaque propriétaire, sans savoir pour autant si l'un d'entre eux pouvait être concerné ! François évoqua la possibilité de se limiter, dans un premier temps, aux hommes, mais se ravisa, rien ne justifiait ce choix.

Il avait aussi contacté à plusieurs reprises la gendarmerie pour savoir si l'interrogatoire des personnes arrêtées pour la chaîne d'argent avait permis de découvrir des éléments intéressants pour leur affaire, mais ce fut sans succès. Ils comptaient pourtant beaucoup sur ces informations.

Finalement, ce meurtre n'avait guère défrayé la chronique sur la ville ni déchaîné les médias. Très rapidement, il avait sombré dans l'oubli. Selon Stéphane, une petite rumeur s'était développée, à un moment, supposant que madame Canéda aurait été victime d'une sorte de règlement de comptes infligé par des personnes qui voulaient développer leur petit trafic dans le monde de la nuit. Mais, même cette rumeur semblait être des plus floues, signe que personne ne savait véritablement rien. Appât du gain dans un trafic quelconque auquel elle se serait opposée ? Chantage ? Corruption ? Vengeance ? Difficile de se prononcer pour telle ou telle hypothèse. Stéphane se laissa même aller, à un moment, à une sorte de fou rire :

— Un point semble acquis pour tout le monde, il ne s'agit certainement pas d'un crime passionnel, histoire d'amour ou de jalousie, vu l'âge de la victime !

— Détrompe-toi, les meurtres passionnels peuvent exister à tout âge ! le reprit François sans être convaincu pour autant que cette hypothèse pouvait être envisagée dans le cas présent.

Une impression diffuse se dégageait de cette affaire et chacun imaginait un scénario dans lequel le donneur d'ordre et l'exécutant ne seraient pas la même personne. Mais cette donnée admise, tout restait à découvrir ! Cependant, les causes profondes de ce geste abominable ne faisaient aucun doute : le milieu, le trafic, voire la désocialisation endémique de certains jeunes, l'érosion de la famille, peut-être aussi le déclin du religieux et du respect de l'autre. Sentiment irrationnel et probablement absurde. En même temps, ils avaient appris à se fier à leurs intuitions…

Au-dessus d'eux, l'immensité du ciel était inondée par les lueurs pourpres et rosées de la tombée de la nuit. Ils se dispersèrent tous les trois dans les bars de la ville du quartier Saint-Patern dont ils commençaient à connaître la géographie ainsi que les lieux interlopes.

François retrouva son pote le légionnaire avec lequel une relation de confiance totale s'était établie. La discussion démarra rondement avec Max qui s'était renseigné pour apporter une aide à son copain François, mais sans succès. Il n'avait rien découvert qui puisse lui être utile. Ils parlèrent de tout et de rien, tandis que François s'efforçait de parcourir du regard tous les visages des clients.

Stéphane retourna dans le bar d'Alex Canéda puisque ce dernier ne le connaissait toujours pas.

Il remarqua aussitôt Guillaume Le Rohic, accoudé au bar, seul devant un nouveau verre de whisky qu'on venait de lui servir. Stéphane s'installa de telle façon qu'il puisse voir tout le monde, tout en observant Guillaume Le Rohic sans que celui-ci ne s'aperçoive de sa présence.

Curieusement, son visage était dénué de toute expression. Il avait quelque chose de fuyant et de hanté dans le regard, comme s'il affrontait une lumière un peu forte. Il semblait souffrir. Sans doute pensait-il à sa mère… Son sentiment dominant était-il l'impuissance ou la culpabilité ou les deux ? Impuissance à avoir empêché la disparition de sa mère, à avoir empêché le tueur de la supprimer… Cette mort, il n'avait pas su la prévenir, lui le passif, l'inutile. Il s'en voulait certainement et si, extérieurement, c'était bien lui, intérieurement, quelqu'un d'autre avait pris sa place et était en train de le détruire…

Ce soir, comme bien des soirs à venir pour Guillaume Le Rohic, l'alcool serait l'anesthésie qu'il avait choisie pour calmer les douleurs de son âme… Un autre verre prit la place du précédent, sur un simple signe de sa part et sans objection d'Alex.

Il se souvenait qu'il avait été bouleversé la première fois que sa mère lui avait annoncé qu'elle allait vivre avec cet homme qui se trouvait là devant lui et, sans doute, même se marier. Ce fut comme un électrochoc, un mouvement brutal de tout son être qu'il n'aurait jamais cru possible et qui, d'abord, le révolta.

Personne d'autre que lui ne devait avoir un quelconque ascendant sur elle, c'était inconcevable… Mais, très vite, il avait compris qu'il ne pouvait pas lutter. Il n'avait pas le choix.

Il voudrait encore saisir la lumière de son visage, désormais invisible, revivre les dimanches de son enfance à l'île d'Arz, sauver quelque chose du temps où il ne serait plus jamais avec elle. Il se souvenait de ses rêves… c'était avant, avant ce drame… Maintenant, il savait qu'il devait changer de rêve ! Il abdiqua, d'autant plus qu'il croyait encore en Dieu, même si, à certains moments, il éprouvait des envies de le haïr.

À présent, dans sa tête, une question subsistait et tournait en boucle : qui pouvait en vouloir à sa mère au point de l'avoir tuée ? Il songeait à ce vide qu'elle avait laissé en lui et se demandait avec quoi il pourrait bien le combler. Il se persuadait sans cesse qu'il était innocent, totalement innocent et étranger à ce meurtre. Comment la police pouvait-elle le suspecter ? Certes, cette dernière pouvait commettre parfois des erreurs et, de ce fait, des innocents se retrouver en prison ; mais ici, à ses yeux, dans son cas, l'erreur était colossale. Il était triste et abasourdi par ce qu'il venait de vivre tous ces derniers jours… même si, par moments, il le comprenait.

Il lui déplaisait d'en rester là, passif, sans se remuer pour s'en sortir. Puis ses yeux s'enfuyaient vers des cauchemars où personne ne pouvait le suivre. Il se sentait au bord du hurlement intérieur... au bord de la grande crise. La perte de sa mère représentait une telle douleur ! Et les verres succédaient aux verres, combien de temps pouvait-il encore tenir avant de s'effondrer, complètement ivre ? se demanda Stéphane qui, lui, ne buvait jamais d'alcool.

De son côté, Phil ne découvrit rien de particulier dans les deux bars où il traîna plus que de raison.

Vers une heure du matin, ils se retrouvèrent tous les trois dans la Mégane banalisée de service, déçus de n'avoir rien remarqué d'essentiel à leur affaire. Stéphane fit ses commentaires sur la “descente” de Guillaume Le Rohic.

— Pour moi, il va être incapable de rentrer seul à pied.

— Eh bien, attendons la suite ! proposa François.

Quelques minutes seulement après ces propos, ils virent Alex Canéda sortir précipitamment de son bar pour rejoindre sa voiture et venir se garer devant son établissement, feux de détresse allumés. Puis, aidé d'une autre personne, ils ressortirent en tenant Guillaume Le Rohic entre eux. Ils l'installèrent à l'arrière de la Mercedes. Alex prit le volant, l'autre personne s'installa près de lui, à l'avant. Stéphane venait de reconnaître un client du bar.

La Mégane suivit aussitôt, à distance, la Mercedes qui prit la direction du domicile de Guillaume Le Rohic où ils stationnèrent sur le trottoir au plus près. Phil, lui, se gara discrètement d'un côté de la place de la Poissonnerie afin d'avoir une vue sur la manœuvre sans être remarqué. L'opération ne dura que quelques minutes… Après avoir déposé leur fardeau, les deux hommes quittèrent les lieux. Les volets n'étaient par fermés et la lumière éclairait la pièce où ils avaient été reçus précédemment. Ils imaginèrent Guillaume, affalé dans son fauteuil aux ressorts cassés, ronflant peut-être déjà…

Le sommeil n'avait pas encore gagné toute la ville… Quelques fenêtres allumées, ici ou là, montaient la garde pendant que les autres maisons dormaient. Au-dessus d'eux, la lune aussi avait un visage. Il suffisait de l'observer, un instant, pour le distinguer. Mais un visage vide d'expression, indifférent, comme si, elle aussi, les regardait de là-haut pour, peut-être, les juger, tout en surveillant son territoire. Ils trouvaient que le cerveau fonctionne différemment la nuit, avec toutes ces ombres, ces bruits, ces données inconnues qui vous affolent les sens et avec les rayons de la lune pour toute lanterne, pâle écho de la lumière solaire.

Ils contournèrent la place, la Mercedes avait disparu et, au moment où ils se garaient à proximité du bar, les deux hommes revenaient à pied, après avoir stationné leur voiture, sans doute un peu plus bas, à sa place habituelle.

Une voiture, qu'ils reconnurent aussitôt, s'arrêta à leur hauteur, c'étaient les collègues de nuit. Par la vitre ouverte, ils les interpellèrent :

— Alors, les gars, du nouveau ?

— Non, rien de neuf, se contenta de répondre François avec une mine de dépit.

— Nous sommes passés pour vous dire que nous nous rendons au dancing, si vous voulez venir nous rejoindre… car, de notre côté, ça semble bouger et nous pensons refermer le filet dans quelques jours. Peut-être y reconnaîtrez-vous quelqu'un. Vous savez comment vous y rendre ?

François se tourna vers Stéphane qui se tenait à l'arrière. Ce dernier leur confirma que oui et qu'il les guiderait. François s'adressa alors aux collègues de l'autre voiture :

— Pas de problème, Stéphane connaît. Nous suivons notre homme du bar encore jusque chez lui et, après, nous vous rejoignons.

La voiture des collègues s'en alla. L'attente reprit jusqu'à la fermeture du bar. Tous les clients s'en allaient les uns après les autres, y compris celui qui avait aidé Alex Canéda à transporter Guillaume Le Rohic. Puis, dans l'ordre habituel, le barman quitta les lieux, suivi, quelques minutes plus tard, de monsieur Canéda. Il regagna sa voiture et ils le suivirent jusqu'à son domicile. Il n'avait pas téléphoné ni reçu d'appel de la soirée.

Il rentra sa voiture dans le jardin, referma le portail derrière lui, selon un rite bien réglé. Les lumières restèrent allumées une bonne demi-heure encore dans la maison… Il n'était pas pressé de se coucher. Puis ils quittèrent les lieux pour se rendre à la fameuse boîte où devaient les attendre les collègues. Ils étaient convenus de se retrouver à l'intérieur. Phil resta dans la voiture. François et Stéphane se dirigèrent vers l'entrée.

Salle sombre, lumière noire et musique à plein régime… Une foule de jeunes et de moins jeunes, aux cheveux parfois enduits de gel ou très colorés, avec des têtes de recalés de la téléréalité ou du jeu "plus extravagant que moi, tu gagnes" ! Alcool, rire, gesticulations en tout genre, quelques mains aux fesses et quelques attitudes suggestives sans doute dues au fait qu'on était au printemps et que la sève devait commencer à monter, se dit François, en souriant intérieurement. Décidément, la nouvelle génération avait bien changé, pensa-t-il. Ils observèrent quelques instants les lieux, des jeunes femmes menues, d'autres aussi d'un âge mûr, se trémoussaient, aguichant les nombreux hommes qui ne savaient comment les aborder, tellement elles paraissaient insaisissables.

François repéra les deux collègues dans un box du fond. Murs de velours rouge, moquette ignifugée collée au mur de béton. Ils se trouvaient suffisamment loin des pistes pour ne pas être trop gênés par les battements de la musique. Le DJ se défonçait aux platines devant ses fans béats d'admiration. Ils commandèrent une consommation en s'installant près des deux collègues. Ils leur indiquèrent les jeunes qu'ils avaient en ligne de mire, François et Stéphane se rendirent aux toilettes, successivement, afin de les voir de plus près. Mais ni l'un ni l'autre ne put reconnaître une personne susceptible de les intéresser.

— Désolés, mais ils ne nous disent rien !

— Pourtant, il paraît qu'ils ont des ambitions pour créer une organisation sur la ville… Comme ils semblent décidés, nous devrions refermer le filet en fin de semaine prochaine, lors du prochain arrivage, et passer tout ce petit monde à la moulinette !

— Il y a longtemps que vous êtes dessus ?

— Non, deux mois à peine. Nous avons bouclé tout un réseau il y a trois mois, mais c'est fou, il n'y a rien à faire, dès qu'on coupe, ça repousse ! Ce petit jeu est éternel ! Le plus dangereux, c'est le type qui se tient au coin, là-bas, c'est lui qui gère et fait le lien en amont et en aval. Il ne se rend sûrement pas compte qu'il est manipulé au-dessus, alors il commence à se prendre pour un petit caïd. Il est fichu, mais il ne le sait pas encore. Pour l'instant, sa vie est une chose, demain elle sera tout autre, car on ne lâchera pas l'affaire sans avoir tout découvert. Il est clair qu'ils vont y laisser des plumes et des années de leur jeunesse…

— Comment en sont-ils arrivés là ?

— Il ne s'agit pas d'un dérapage brutal, le changement chez eux, ce n'est jamais spectaculaire, il s'opère petit à petit, insensiblement. Ils entrent dans une spirale où l'appât du gain sans travailler semble présenter des perspectives alléchantes. Puis tout s'emballe, on leur offre la possibilité de gagner beaucoup et vite, et c'est parti !

Ils se dispersèrent dans les différents espaces, question de passer en revue toutes les têtes, notamment Stéphane qui connaissait bien la ville et les jeunes de la région. Mais cette tournée ne leur apporta rien de nouveau. Puis soudain, une vive discussion sembla s'établir avec quelques personnes venues rejoindre les deux ou trois dealers, ce qui n'échappa pas aux deux collègues qui terminèrent leur verre et se levèrent.

— Je crois que ça bouge, nous sortons et nous allons nous mettre en planque, à plus…

Ils s'en allèrent aussitôt vers la sortie. François et Stéphane restèrent encore quelques minutes mais, déjà, ils voyaient le groupe se dissoudre et celui qui avait été présenté comme le petit chef de la bande se dirigeait, à son tour, vers la sortie. Les collègues avaient eu raison de prendre les devants… Ils retrouvèrent Phil au volant, attentif aux mouvements qui se déroulaient sur le parking. François lui raconta les faits. Quelques voitures partirent rapidement dont une certaine Golf noire, avec deux ou trois passagers à bord. D'autres voitures suivaient… dont celle des deux collègues. Il était tard et la nuit ne pouvait rien leur apporter de plus, ils décidèrent de rentrer.

VIII

Lundi 25 mai 2009.

Après une courte nuit de sommeil, ils se retrouvèrent tous les trois devant la machine à café, au moment même où arrivaient les collègues de nuit. Ces derniers les informèrent que, quelque temps après les avoir quittés, l'homme à la Golf noire avait mal contrôlé sa vitesse dans un virage, à la sortie de Vannes, du côté de Saint-Avé, et était parti dans le décor.

— Il a fait plusieurs tonneaux dans une prairie en contrebas de la route, mais sans percuter de mur, d'arbre ni de poteau.

— Et alors, ils sont blessés ? Combien étaient-ils à bord ? demanda François.

— Ils étaient trois. Ils ont tous des contusions multiples mais rien de grave. C'est le chauffeur qui a le moins souffert, bien attaché par sa ceinture et calé au volant de sa voiture. Les deux autres ont plus morflé, c'est un peu comme s'ils étaient passés dans un tambour de machine à laver ! Ils étaient très sonnés. Une ambulance les a conduits à l'hôpital. Le comble, c'est que nous étions les premiers sur les lieux et que c'est nous qui avons appelé les secours, sans leur dire que nous étions de la police ! Nous avons eu l'hôpital ce matin, le chauffeur doit sortir dans la journée, quant aux deux autres, ils étaient plus réservés, ils seront sans doute gardés en observation un jour ou deux, à suivre... Des types comme ça s'en sortent toujours !

— Avez-vous l'identité des trois lascars ?

— Bien sûr ! Il s'agit de Franck Monestier dit Francky, Thierry Luscanen et Jean-Marc Le Guerno. Des durs en devenir, surtout Thierry Luscanen, celui qui a été le plus esquinté dans l'accident.

— Que décidez-vous ? Je veux dire, quant aux arrestations prévues ?

— Rien. Ce contretemps risque de retarder notre coup de filet, nous allons voir. Nous en avons profité pour passer au peigne fin la bagnole. Les chiens ont réagi, c'est donc que de la drogue y passe bien, mais nous n'avons rien trouvé, ni fric ni came.

— Vous les connaissez bien, ces trois types ?

— Oui. Ils ont tous les trois un casier. Pour chacun, le palmarès débute quelques années plus tôt par des grivèleries, puis, c'est l'escalade, vol de scooters, de voitures et là, ils sont passés à la drogue. Plus de problème pour payer la voiture ni l'assurance ! Nous allons les suivre dans les jours à venir. L'assurance ne remboursera pas tout car la voiture n'est pas neuve et celui qui pilote, et passe pour le petit chef, va certainement vouloir s'en payer une autre, rapidement. Comme, officiellement, il ne bosse pas, il ne peut donc pas avoir de crédit, si bien que ce sera intéressant de voir comment il va se débrouiller et, ensuite, nous pourrons le serrer pour plusieurs motifs à la fois... Nous en avons profité pour contacter l'hôpital et leur signaler le profil de leurs patients et, surtout, pour leur demander qu'ils effectuent quelques prises de sang supplémentaires, question d'en profiter pour vérifier côté drogue et autre...

— Eh bien, bon courage ! Pour nous, votre affaire ne change rien, hélas...

Stéphane, Phil et François regagnèrent leur bureau, un verre de café fumant à la main. Avant même de s'asseoir, François réfléchissait tout haut :

— Première chose à faire, contacter nos collègues de la gendarmerie, ils vont certainement nous donner quelques pistes. Stéphane, peux-tu, pendant ce temps, relancer la demande concernant le téléphone portable de Guillaume Le Rohic avant sa perte et cette histoire de communication d'Alex Canéda ? Je ne sais pas, mais moi, cette affaire me turlupine !

François fut mis en rapport avec le colonel commandant le groupement de gendarmerie du Morbihan à qui il demanda des renseignements sur les arrestations en rapport avec les jeux d'argent.

— Vous tombez bien, je viens juste de terminer de faire le point sur cette affaire avec les gars. Cela fait quatre jours que nous sommes dessus. Tout a été épluché, chaque emploi du temps passé au peigne fin, les affirmations des uns et des autres, recoupées pour vérification. Nous avons, à peu près, réussi à cerner les responsabilités de chacun des intervenants, du plus haut au plus bas de la pyramide. Vous allez être déçus mais, en dehors de l'organisation de la Roue d'abondance, nous n'avons vraiment rien découvert qui puisse avoir un rapport, de près ou de loin, avec votre affaire de meurtre, je suis vraiment désolé !

— Même pas avec Guillaume Le Rohic ?

— Même pas ! Lui, c'est le pauvre type de base qui n'a rien compris et qui a cru qu'il allait faire fortune ! Le niais parfait qui plaît aux organisateurs de ce genre de magouille et, en plus, il prêtait sa maison de l'île d'Arz pour accueillir les réunions discrètement. Il a rêvé, mais il peut tirer un trait sur sa mise et celle de sa mère ! Comme beaucoup d'autres, il va faire partie des participants arnaqués. Actuellement, nous pensons connaître les organisateurs et avons réussi à déterminer leurs responsabilités. Ce sont surtout eux qui vont se retrouver devant la justice et qui vont payer. Quant à votre gars, il ne devrait pas être inquiété par des conséquences juridiques. Mais, pour ce qui est de votre meurtre, je vous assure, je n'ai rien, vraiment rien pouvant vous être utile…

Une fois de plus, François était très déçu en raccrochant. C'était un peu comme si la porte se refermait et qu'il n'y avait plus rien à espérer dans cette affaire.

Au même moment, Stéphane devançant François, la mine réjouie, documents en main, annonça :

— J'ai du nouveau !

— Ce serait bien qu'une bonne nouvelle chasse la mauvaise !

En quelques mots, François rendit compte de l'entretien qu'il venait d'avoir avec la gendarmerie.

Chacun garda le silence un instant, face à sa déconvenue.

François, songeur, repensa à la déclaration de Stéphane et se tourna vers lui :

— Alors, c'est quoi l'élément nouveau ?

— Le fameux téléphone portable de Guillaume Le Rohic ! Eh bien, il n'a jamais fait l'objet de la moindre déclaration de perte et n'a jamais cessé de fonctionner !

— Voilà une bonne nouvelle ! Et ensuite ?

— J'ai demandé, du coup, que tous les appels émis et reçus sur cet appareil et ce numéro soient relevés et surtout localisés, idem pour les SMS, bien sûr !

— C'est très bien ! Enfin l'espoir renaît ! Ce qui veut dire que ce Guillaume Le Rohic, avec sa tête de minable parfait, a berné tout le monde. Il a l'air tellement sincère qu'on ne pense pas qu'il soit capable de nous jouer un numéro de haut vol avec son allure de dernier de la classe ! Ah, l'enfoiré, il s'est bien payé notre tronche ! Eh bien, nous allons voir cette question immédiatement et, ce coup-ci, pas question de le relâcher tant qu'il n'a pas craché le morceau ! Filons d'abord tous les trois chez le patron et ensuite… débarquons chez lui !

Le temps de rendre compte au patron, Loïc Le Kervégan, et les trois policiers sautaient dans leur Mégane banalisée de service, traversaient une partie de la ville par la rue Thiers, empruntaient la rue Léhélec pour rejoindre la place de la Poissonnerie, pressés d'en découdre avec celui qu'ils considéraient avoir des choses à leur révéler. Phil gara la voiture à cheval sur le trottoir devant chez Guillaume Le Rohic. Il remarqua aussitôt sa vieille Golf rouge, avec des autocollants sur la lunette arrière, correctement garée, signe qu'il devait être à son domicile. Les volets n'étaient pas fermés, autre élément qui laissait penser que l'homme était même levé, ce qui simplifierait les choses !

François sonna et frappa énergiquement à la porte, les secondes s'égrenaient sans la moindre réaction. Il frappa à nouveau en intimant l'ordre d'ouvrir ! Il savait bien que, la veille, l'alcool avait coulé à flots, aussi lui accordèrent-ils quelques minutes pour venir ouvrir. Hélas, rien ne bougeait. Le voisin, alerté par le vacarme, vint vers eux et les reconnut.

— Vous pouvez frapper plus fort, car cette nuit, comme bien souvent, il est rentré complètement défoncé !

— Ah ? Comment savez-vous ça ?

— J'allais me coucher quand deux types sont venus le ramener… Il devait être plus d'une heure du matin ! Ceux-ci n'ont fait que le déposer et sont repartis aussitôt.

François, Phil et Stéphane se regardèrent, le témoignage était parfaitement exact, et pour cause, puisqu'ils avaient assisté à la scène de loin.

— Vous êtes sûr ? lui demanda François, par pure forme.

— Certain ! Et je peux même vous dire qu'il ne devait pas aller très fort car, une demi-heure après environ, une femme est arrivée, a garé sa voiture comme vous, s'est rendue chez lui et est repartie un quart d'heure après, peut-être. J'ai pensé à un médecin de garde qu'il avait sans doute appelé parce qu'il ne devait pas se sentir bien… À moins que ce ne soit sur un appel des copains venus le déposer…

— Le médecin… une femme, dites-vous ?

— Oui, une femme, je n'ai pas vu son visage, mais, si vous voulez mon avis, elle n'avait pas l'air mal foutue ! rajouta-t-il, affichant un sourire entendu.

— Quelle voiture avait-elle ?

— Une Golf rouge, mais récente, pas comme le tacot de mon voisin !

Les trois hommes se figèrent en entendant parler de Golf rouge récente. Ils se regardèrent et cette attitude n'échappa pas au voisin, un peu gouailleur.

— Quoi ? J'ai dit une connerie ? leur demanda-t-il, subitement inquiet.

— Non, non, pas du tout, répondit François. Vous pouvez nous donner l'immatriculation de la voiture ou des signes particuliers nous permettant de l'identifier ainsi que la conductrice ?

Embarrassé, il leva les épaules en signe d'impuissance. Il aurait bien voulu les aider, mais il ne voyait pas comment ni que dire de plus.

— Le numéro ? Non ! Je ne regarde jamais, ou presque, les plaques, car des voitures qui viennent se garer devant chez lui, ça ne manque pas, vous pensez bien que je ne vais pas passer mon temps à relever les numéros d'immatriculation ! Que dire de la voiture ? Elle est récente, j'ai surtout remarqué le logo de la marque dans un cercle caractéristique avec les lettres WV juste sous la lunette arrière. En fait, de chez moi, je ne voyais le véhicule que de l'arrière.

Phil et Stéphane avaient sorti leur bloc et notaient les déclarations du voisin, en approuvant sérieusement de la tête, ce qui intimida ce dernier. Mais il poursuivit, considérant sans doute, subitement, qu'il devenait quelqu'un d'important :

— Quant à la femme, de taille moyenne, plutôt mince, cheveux mi-longs, blonds, bouclés, je ne l'ai pas vue sortir de sa voiture, mais juste y rentrer après être allée chez mon voisin, elle a contourné sa voiture par l'arrière, est remontée et est repartie aussitôt. Vous savez, ça a duré quelques secondes, c'est tout, j'étais venu boire un verre d'eau à la cuisine car j'avais oublié de prendre mes médicaments… C'est pour mon cœur… Et donc, de ma fenêtre, c'est tout ce que j'ai pu voir…

— Mais c'est déjà très important !

— Qu'est-ce qui vous a fait penser que c'était un médecin ?

— Elle portait une serviette noire et pas de sac de femme, je vous dis ce que je pense, c'est peut-être une connerie d'ailleurs !

— Non, non, poursuivez…

— Et surtout, elle est arrivée peu de temps après que mon voisin ait été déposé, a priori bourré, par deux types, alors je me suis dit : si ça se trouve, ce sont ses copains qui ont appelé le médecin de service, craignant un coma éthylique ou un malaise. Voilà ce à quoi j'ai pensé, puis je suis retourné me coucher et j'ai dormi toute la nuit.

— Très bien, ce que vous venez de nous dire nous intéresse au plus haut point, nous serons peut-être amenés à vous revoir quand votre cher voisin daignera se lever…

— Ah bon ?

François frappa énergiquement à la porte d'entrée, toujours sans succès.

— Je ne sais pas, mais j'ai l'impression que cette affaire se corse. Stéphane, peux-tu appeler le service de garde des médecins pour vérifier si une femme travaillait et si cette dernière possède une Golf rouge ? Ce n'est peut-être qu'une coïncidence mais, dans cette affaire, il faut tout vérifier !

François continuait à frapper à la porte sous le regard ahuri du voisin qui devait se poser bien des questions. Phil était entré dans sa voiture afin d'appeler, de son côté, le patron pour lui rendre compte en deux mots de la situation. Son avis fut sans détour.

— S'il n'ouvre pas, vous y allez, je vous envoie une équipe et un serrurier qui nous sert de temps en temps.

François se tourna vers le voisin en attendant les réponses de ses collègues.

— Aviez-vous déjà remarqué cette voiture venant chez votre voisin ?

— Non, jamais !

— Et l'allure de cette femme ?

— Non plus ! Bien roulée comme ça, je peux vous dire que je m'en serais souvenu ! affirma-t-il en affichant un large sourire.

— Je m'en doute !

Stéphane, qui s'était éloigné sur la place, revint vers eux.

— Pas de femme médecin de garde, cette nuit !

— Je l'aurais parié ! s'exclama François.

Phil arriva à son tour.

— Je viens d'avoir le patron, il nous envoie une équipe ainsi qu'un serrurier et nous demande de forcer l'entrée, pour le cas où Guillaume n'ouvrirait pas. Il avertit également le procureur.

— Je ne sais pas ce qui se trame mais, à mon avis, nous ne sommes pas sortis de cette affaire de sitôt ! grommela François.

Cette situation particulière éveillait la curiosité du

voisin. Il devinait bien qu'il se passait quelque chose, mais ne comprenait pas. Dans la demi-heure qui suivit, le serrurier se présenta, presque au même moment que l'équipe en tenue, missionnée par le patron.

Après un dernier appel à ouvrir, le serrurier se mit au travail. François lui recommanda de ne pas se tenir face à la porte et, surtout, dès que celle-ci allait s'ouvrir, de se placer en arrière et sur le côté. Cela ne le mit guère à l'aise. Ses mains tremblaient en prenant ses outils. Mais François ne voulait prendre aucun risque, il se souvenait avoir lu dans la presse le cas d'une malheureuse affaire où un pompier était intervenu chez une personne âgée qui, craignant l'intrusion d'un malfaiteur, avait ouvert le feu sur le jeune pompier, le tuant sur le coup. François se disait que, l'effet de l'alcool conjugué à celui de la drogue, il devait s'attendre à tout de la part de Guillaume Le Rohic.

La serrure étant ancienne et rudimentaire, le professionnel n'éprouva aucune difficulté à l'actionner. Il se mit en arrière, Phil et François sortirent leur arme de service, ce qui fit son petit effet sur le groupe qui s'était formé sur la place et au-devant duquel se tenait le voisin. François fit les sommations d'usage et pénétra dans la pièce, couvert aussitôt par Phil, comme à l'entraînement.

La réponse leur sauta aux yeux immédiatement. Guillaume Le Rohic se tenait immobile, la tête en arrière, assis dans son vieux fauteuil de cuir élimé aux ressorts cassés, les bras pendants de chaque côté de l'accoudoir, le teint cadavérique, la bouche grande ouverte, les yeux fixant le plafond.

François s'approcha. Le corps était déjà froid et nul battement de cœur n'était perceptible. Bien que tout semblât à sa place dans la pièce, il se sentit mal à l'aise. Pour préserver la scène où se trouvait Guillaume Le Rohic, Phil et François ne touchèrent à rien. Aucune trace de violence apparente. Ils reculèrent en évitant de déplacer quoi que ce soit sur leur passage et sortirent en refermant la porte.

Ils demandèrent aux hommes en tenue de prier la foule de se disperser, excepté le voisin qui se redressa et regarda les personnes s'en aller avec une certaine condescendance. Tous les trois appelèrent de tous les côtés : le patron, les spécialistes, le légiste… afin de lancer l'action des intervenants habituels pour ce type de découverte.

Sans le témoignage du voisin, un décès consécutif à un coma éthylique aurait paru la thèse la plus logique. Cependant, le doute s'était immiscé désormais dans leur esprit, notamment, du fait de l'apparition de la fameuse Golf rouge qui leur avait déjà été signalée lors du meurtre de madame Canéda. Dans ce premier cas, il se serait agi d'un conducteur masculin, tandis que, cette fois, il était question d'une femme de façon catégorique. Il faudrait revoir le voisin et lui poser de nouvelles questions. Et si, dans le premier cas, il s'agissait déjà d'une femme ? Le sweat, la capuche, vue de dos… tout cela pouvait dissimuler les formes de l'individu. Si l'orientation des recherches pouvait s'avérer bien différente, il n'en demeurait pas moins qu'ils n'étaient pas plus avancés dans cette enquête pour autant.

Toutes les équipes arrivèrent rapidement sur place et se mirent au travail. Selon les premières constatations du médecin légiste, il n'y avait pas eu de violence.

— À son avis, sous réserve d'autopsie, le décès semblait être consécutif à un arrêt cardiaque et, a priori, la mort… naturelle. Le décès serait survenu vers deux heures du matin, environ.

Les scientifiques travaillaient : l'un ouvrit sa trousse de matériel et en sortit un petit vaporisateur pour pulvériser un peu de ninhydrine, ainsi qu'un flacon de poudre noire, une brosse en poil d'animal, des rouleaux de ruban adhésif transparent et des cavaliers cartonnés. Deux collègues s'activaient à d'autres tâches dans une autre partie de la pièce et vers la cuisine toute proche.

Quelques instants après, le responsable des spécialistes appela François et Phil :

— Lorsque vous êtes rentrés dans la pièce, avez-vous remarqué, sur la table située près du fauteuil où se tient cet homme, un verre vraisemblablement rempli d'eau ou d'un autre liquide ?

— Non. Nous n'avons touché à rien et sommes ressortis sans déplacer le moindre objet.

— Car, voyez-vous, il y a une trace, en forme de cercle, qui pourrait correspondre à celle laissée par un verre d'eau et nous n'en trouvons aucun dans l'évier ni ailleurs. Nous avons prélevé le liquide trouvé sur la table ainsi que de l'eau du robinet et nous vérifierons. Mais c'est étonnant et nous pensons que quelqu'un a dû utiliser un verre et l'a emporté après usage. Cette trace ne peut dater que de quelques heures, sinon, l'eau se serait totalement évaporée… si elle datait de la veille par exemple…

— C'est curieux, en effet…

— Vous nous avez bien dit que la porte était fermée à clef ?

— Oui, absolument.

— Or il n'y avait pas de clef dans la serrure, côté intérieur, et nous ne trouvons aucun trousseau ni sur l'individu ni, à première vue, à portée de main dans le logement. Logiquement, ce type étant ramené chez lui, il doit avoir les clefs sur lui, ses compagnons ouvrent, l'introduisent dans son logement et le laissent, mais ne repartent pas avec les clefs, j'imagine !

— Non, effectivement. Le plus logique, c'est qu'ils ne ferment pas à clef derrière eux !

— Que s'est-il passé après leur départ ? A-t-il fermé lui-même ? Peu probable, s'il était trop ivre. Vient ensuite la femme, elle entre puisque la porte n'est pas fermée à clé… Ce serait donc elle qui aurait refermé et emporté les clefs en repartant…

— Oui, ça se tient.

— Cette apparence d'une mort "trop évidente pour un homme très ivre" nous cache certaines zones d'ombre. Nous allons poursuivre nos investigations et relever le moindre indice, ce dossier n'est pas très clair, nous vous tenons informés.

— Vous nous aideriez grandement si vous pouviez découvrir des éléments intéressants dans cette affaire qui, aujourd'hui, sent de plus en plus le soufre !

— D'accord, vous pouvez compter sur nous, nous allons, plus que jamais, faire le maximum !

Le témoignage du voisin prenait désormais toute son importance. Ils devaient à présent enregistrer ses déclarations. Ils étaient simplement venus pour chercher Guillaume Le Rohic, Phil n'avait donc pas emporté son ordinateur. Aussi décidèrent-ils que Phil et François conduiraient le voisin à l'hôtel de police. Stéphane, quant à lui, resterait sur place avec le binôme en tenue pendant que les spécialistes seraient au travail. Le corps serait conduit à la morgue de Chubert, dès que possible.

Arrivé au bureau, François s'efforça de rassurer le voisin, lui rappelant de bien repenser à tout ce qu'il avait vu la nuit dernière, car sa déclaration avait une importance capitale. Pour le détendre, ils lui offrirent un café qu'il accepta avec plaisir. L'homme ne se sentait guère à l'aise loin de chez lui. Cependant, il ne leur apporta rien de plus que ce qu'il avait déjà déclaré verbalement. Ils le raccompagnèrent chez lui.

Sur place, Stéphane leur apprit que le corps avait

été emporté à la morgue. Les spécialistes continuaient leur travail de recherche d'indices. Ils le quittèrent, le laissant sur place.

Ils se rendirent chez le voisin de monsieur Canéda pour l'interroger, une nouvelle fois, sur la personne aperçue en Golf rouge, et se garèrent à hauteur de la séparation des deux propriétés. L'homme s'occupait de son jardin et les reconnut tout de suite. Il afficha aussitôt un large sourire et vint les accueillir près du portillon.

— Alors, Messieurs, votre enquête avance ?

— Doucement encore, pour l'instant.

— Venez jusqu'à la maison, mon épouse est partie faire des courses.

— Non, ne vous dérangez pas, nous voulons juste vous poser une seule question.

— Se pourrait-il que la personne aperçue vêtue d'un sweat avec capuche puisse être une femme, de taille moyenne, plutôt mince ?

— Non. Certainement pas ! Celle-ci était plus grande que la moyenne et plutôt carrée d'épaules, vraiment rien de féminin dans l'apparence ni dans la démarche, je vous assure !

— Très bien, merci, nous ne vous retarderons pas plus longtemps dans votre jardinage, bonne journée !

L'homme les salua et les regarda partir, déçu que l'entretien ne dure pas plus longtemps. Il s'accouda, pensif, au portillon, en les suivant des yeux se diriger à pied vers l'entrée de chez son voisin.

Ils sonnèrent à la porte de la maison et monsieur Canéda se présenta rapidement. Son visage s'illumina en les voyant, il leur tendit la main de façon enjouée :

— Ah, bonjour Messieurs ! Vous avez du nouveau ? Vous avez coffré le petit salaud…

Voyant que François et Phil ne semblaient pas partager sa bonne humeur, son visage se rembrunit. Il les invita à entrer et à s'asseoir à la place habituelle, comprenant qu'il se passait quelque chose. Le silence s'installa entre eux jusqu'au moment où chacun eût pris place.

Phil avait sorti son ordinateur, il devait enregistrer les déclarations de monsieur Canéda qui s'avérait être une des dernières personnes à avoir vu Guillaume Le Rohic vivant.

— Cette fois, nous venons vous revoir au sujet du fils de votre épouse, Guillaume Le Rohic. Quand l'avez-vous vu pour la dernière fois ?

— Pas plus tard qu'hier soir. Il avait le blues, comme de plus en plus souvent en ce moment. Je crois qu'il ne se remet pas du tout de la mort de sa mère. Ce que je peux comprendre, mais il a tendance à se laisser un peu trop aller.

— Comment était-il ?

— Je viens de vous le dire : mal. Il avait le cafard. Je lui ai servi plusieurs verres, puis je lui ai dit d'arrêter de boire. Vers une heure du matin, il dormait, littéralement affalé sur mon bar, j'ai demandé à un client de me donner un coup de main pour le ramener chez lui. Guillaume m'avait dit qu'il était venu à pied, c'est pour cette raison que je l'ai servi comme il le désirait, mais je ne pensais pas qu'il était aussi atteint, vous savez, il n'est pas toujours facile de savoir quand un alcoolique a trop bu.

— Je m'en doute. Vous avez l'identité du client qui vous a aidé ?

— Oui, bien sûr. Il s'appelle Joël Rosvelec et habite Séné. Je ne sais pas son adresse précise, mais il est connu dans le bourg. Pourquoi ? Guillaume a encore fait des siennes ?

— Votre beau-fils ne fera plus des siennes, comme vous dites…

— Ah ? Que lui est-il arrivé ?

Son visage trahissait toute l'inquiétude qu'il ressentait à cet instant. Son corps entier se raidit.

— Guillaume Le Rohic est décédé cette nuit. Nous l'avons découvert à son domicile, ce matin.

— Décédé ? Vous l'avez découvert ce matin ? Mais que s'est-il passé ?

— Trop tôt pour le dire, sans doute un arrêt cardiaque. Dans quel endroit du logement l'avez-vous laissé ?

— Assis dans son vieux fauteuil en cuir. C'est sa place préférée. Zut alors, je n'en reviens pas ! Vous savez que je n'ai jamais vraiment eu d'atomes crochus avec lui, mais c'était tout de même le fils de mon épouse…

— Bien sûr, nous comprenons. Vous avait-il fait part d'inquiétudes particulières ou révélé être l'objet de menaces ?

— Non, jamais ! Il ne parlait pas beaucoup... Non, ces derniers temps, il était plutôt triste, tout simplement. Pourquoi ? Vous pensez que quelqu'un aurait pu lui en vouloir, au point de le supprimer ? Avez-vous déterminé l'heure de sa mort ?

— Vers deux heures du matin environ, pourquoi ?

— Parce que je l'ai ramené vers une heure et j'ai hésité et failli le ramener à la maison après la fermeture du bar, heureusement que je ne l'ai pas fait, j'aurais pu avoir des ennuis... Cet après-midi je devais conduire la voiture de sa mère au contrôle technique afin de la lui donner...

— Ou, au contraire, peut-être aurait-il pu être encore vivant !

— Croyez-vous que quelqu'un soit aussi venu le supprimer ? Il fallait le savoir qu'il était chez lui après une heure du matin ! Portait-il des traces de violence ?

— Non, aucune, mais rassurez-vous, nous ne faisons qu'une simple enquête de routine.

Cette remarque parut le soulager.

— Et vous-même, faites-vous l'objet de menaces ?

Il baissa la tête, son regard fixant le sol. Il resta silencieux longuement, au point que François réitéra sa question pour l'amener à parler. Lorsqu'il reprit la parole, sa voix était calme :

— Je ne vous l'ai jamais dit clairement quand mon épouse a été assassinée, mais je fais l'objet d'un racket et d'une vive pression. Il va falloir que je paye, m'ont-ils dit, si je veux avoir la paix. Depuis le départ, ils m'ont menacé de s'en prendre à ma famille si je continuais à leur tenir tête. Cette semaine, un des types s'est encore rendu au bar et n'a pas voilé ses propos, mais jamais je n'aurais pensé qu'ils puissent s'en prendre au fils de ma femme…

— Quand cet homme est-il venu ?

— Jeudi soir ou vendredi… Non, ça me revient avec précision, c'est sûr, c'était bien jeudi soir !

— Vous pouvez nous le décrire ?

— Un jeune homme brun, la trentaine, mais je pense qu'il ne s'agit que du porte-flingue de ceux qui sont derrière. Car si j'étais sûr qu'il était seul, vous pensez bien que je vous l'aurais plié et jeté dans le port avec une ancre de marine accrochée au cou ! Son message délivré, il est reparti en m'indiquant expressément de ne pas chercher à le suivre et de ne tenter quoi que ce soit contre lui, sinon, j'étais mort et mon bar détruit !

— Et vous n'êtes pas venu porter plainte ?

— Parce que vous croyez que vous pouvez faire quelque chose contre eux ? Non ! Mon premier réflexe a été de mettre la pression sur les agents immobiliers, chargés de la vente du bar et de ma maison, pour fiche le camp d'ici le plus vite et le plus loin possible ! J'ai baissé mon prix de vente et je viens de signer ce matin, de bonne heure, un compromis avec un type qui a vendu une grosse affaire à Paris, qui en a marre de cette vie là-bas et veut venir s'installer au vert dans le Golfe du Morbihan. Il m'achète le tout, bar et maison, et veut être en place avant la saison, alors vous pensez bien que, plus vite je partirai d'ici et, plus tôt je serai tranquille !

— Bien sûr, nous comprenons.

— Comment ça va se passer à présent pour Guillaume ?

— Il est à la morgue de Chubert, que vous connaissez déjà, hélas ! Le temps de faire l'autopsie et vous serez prévenu pour récupérer le corps.

— Une autopsie ? Mais je croyais que vous aviez parlé de crise cardiaque…

— Oui, c'est ce qui semble le plus vraisemblable, mais compte tenu des menaces qui pèsent sur vous, nous ne devons rien négliger.

— Évidemment !

— Nous allons vous laisser, vous voudrez bien signer votre déclaration et, si quoi que ce soit vous revenait, n'hésitez pas à nous appeler, vous avez nos coordonnées.

Phil rangea son matériel. Alex Canéda semblait très nerveux et inquiet, il ne cessait de malaxer ses mains, ne sachant comment garder une certaine contenance.

Dans le couloir, en s'arrêtant devant la porte, François se retourna vers lui et lui demanda :

— Au fait, est-ce qu'une femme de taille moyenne, blonde, plutôt mince, circulant en Golf rouge… cela vous dit quelque chose ?

Alex Canéda parut subitement manquer d'air. Il devint livide, au point que François et Phil crurent, en pensant à ses antécédents, qu'il allait avoir un malaise, voire une nouvelle attaque.

— Ça ne va pas, monsieur Canéda ? Voulez-vous vous asseoir, que nous vous prenions un verre d'eau ?

— Non, non, ça ira.

Il s'appuya contre la cloison pour reprendre son souffle et maîtriser ses émotions.

— Ce signalement vous dit quelque chose ?

— Cette fois, vous me faites vraiment peur. J'ai cru apercevoir, à plusieurs reprises, le jeune homme dont je vous parlais tout à l'heure, à proximité de mon bar et de chez moi ainsi qu'une dame blonde au volant de ce type de voiture. C'est donc qu'ils me suivent en permanence ?

— C'est probable ! Nous allons communiquer le signalement et, si vous remarquez à nouveau cet équipage, vous nous appelez immédiatement !

— Bien sûr ! Je n'y manquerai pas.

— Avez-vous noté le numéro de la plaque d'immatriculation ?

— Non. Ce fut une vision furtive à chaque fois et cette curieuse impression d'être surveillé…

— Je comprends, restez en alerte et, si vous avez le moindre doute, appelez-nous ; même si c'est une erreur, deux précautions valent mieux qu'une.

— Oui, vous pouvez compter sur moi et surtout, coincez-moi cette bande de petits salauds, je veux savoir le chef et ses séides en prison, avant de quitter la région, au moins je serai tranquille !

— Nous faisons le maximum.

— Avez-vous une piste au moins ?

— Oui, plusieurs... qui vont de l'organisation de jeux clandestins au monde de la drogue, mais nous ne pouvons rien vous dire de plus, pour l'instant.

— Tant mieux, je ne serais pas surpris que le meurtrier soit bien issu de l'un de ces milieux... Mais faites vite et bouclez-les pour un bon bout de temps ! Il faut agir ! dit-il, péremptoire, avant qu'ils ne se séparent.

Alex venait de retrouver toutes ses couleurs et l'allant qu'il affichait à leur arrivée. Il avait une capacité étonnante à récupérer qui forçait l'admiration de Phil et de François qui savaient qu'il n'avait pourtant pas été ménagé ces derniers temps.

Ils quittèrent le quartier, dubitatifs, se demandant comment ils devaient procéder pour enfin cerner ces maîtres chanteurs ou, du moins, leur homme et femme de main qui présentaient, désormais, une réelle menace pour monsieur Canéda. Phil et François pensèrent au même moment que l'acheteur de l'affaire se trouvait peut-être derrière tout ça, question de récupérer une belle affaire et une maison à bas prix et de s'installer rapidement sur Vannes pour y mettre en place une organisation quelconque... Ils passeraient à l'agence immobilière pour recueillir l'identité de celui-ci.

Ils empruntèrent le pont de Kérino dont une partie était mobile afin de laisser, à certaines heures, le passage aux bateaux qui rejoignaient le port de plaisance ou en sortaient. Ils regagnèrent le centre du bourg de Séné, charmante petite localité de caractère, visiblement récemment rénovée. Ils demandèrent où habitait Joël Rosvelec à l'un des commerçants de la petite place centrale et eurent immédiatement la réponse. Celui-ci habitait une jolie maison des années soixante-dix, sur sous-sol non enterré, face à une anse du Golfe du Morbihan, tout près d'un jardin public. Ce dernier ramendait un filet de pêche, assis sur une caisse en bois, dans l'allée de son jardin. Phil et François se présentèrent. Il s'arrêta de travailler, posa son matériel, se leva et vint les saluer, se demandant visiblement ce qu'ils lui voulaient.

Il leur proposa d'entrer chez lui pour être plus tranquilles pour parler. Il les conduisit dans un grand salon donnant côté mer. Un peu de hauteur permettait de bénéficier d'une vue au-dessus de la haie de thuyas et d'être ébloui par les reflets argentés de l'eau. Ils s'assirent, tournant le dos au décor extérieur. Sur les murs, de nombreuses photos de voiliers et des demi-coques en bois précieux et verni. Nerveux, l'homme paraissait réellement inquiet et parla le premier :

— Que se passe-t-il ? Pourquoi voulez-vous me voir ?

— Rassurez-vous, rien de grave vous concernant, nous souhaitons juste vous poser quelques questions.

— De quel genre ?

Il se montrait pressé de connaître les raisons de cette intrusion.

— Nous y arrivons... tempéra François. Nous venons de chez monsieur Alexandre Canéda...

— De chez Alex ?

— Oui. Vous vous connaissez, je crois...

— En effet. Mais comme cela, sans plus.

— Hier soir, vous lui avez donné un coup de main pour raccompagner une personne chez elle et nous souhaitons que vous nous indiquiez, avec exactitude, le déroulement de cette opération.

Joël Rosvelec parut surpris par la demande. Il se détendit partiellement. Il réfléchit quelques instants et, calmement, raconta comment il avait aidé Alex à transporter Guillaume Le Rohic qui dormait, affalé sur le bar, d'abord à la voiture, puis à son domicile. Tout correspondait parfaitement aux déclarations de monsieur Canéda et à ce qu'ils avaient eux-mêmes aperçu. Le récit terminé, François reprit certains points afin d'obtenir quelques précisions :

— Très bien, mon collègue vient de noter vos déclarations, celles-ci corroborent parfaitement celles de monsieur Canéda. Simplement, nous aimerions avoir quelques détails supplémentaires. Comment avez-vous fait pour ouvrir la porte du domicile de Guillaume Le Rohic ?

— La porte était fermée à clef.

— Guillaume était-il inconscient, à ce moment-là ?

— Pas trop, bien bourré certes, mais suffisamment conscient tout de même, car Alex lui a demandé où étaient ses clefs et il a été capable de répondre qu'elles étaient dans sa poche avec celles de sa voiture qui était garée sur la place devant chez lui.

Alex, tout en tenant Guillaume, a donc fouillé, comme il a pu, dans ses poches et en a sorti un trousseau de clefs. Il en a essayé plusieurs jusqu'à ce qu'il découvre celle qui correspondait.

— Vous connaissiez aussi Guillaume Le Rohic ?

— Oui, mais sans plus, également. Dans ce bar, tout le monde se connaît, mais personne ne cherche à en savoir plus sur les uns ou les autres.

— Quand vous êtes rentrés, où l'avez-vous déposé ?

— Alex lui a demandé s'il voulait qu'on le conduise au lit, ce qui était le mieux pour lui. Mais Guillaume a refusé, alors on l'a assis dans un vieux fauteuil. Alex lui a proposé un verre d'eau et de lui faire un café. Il a également refusé. Nous sommes donc repartis.

— Et les clefs, où étaient-elles ?

— Alex les avait déposées sur la table, pas très loin de lui, je le vois encore le faire. Nous sommes restés à peine quelques minutes et je crois bien qu'il dormait déjà quand on partait. Nous avons refermé la porte derrière nous, sans la verrouiller, puisque les clefs étaient à l'intérieur, sur la table, et nous avons regagné aussitôt le bar. En arrivant, Alex m'a offert un verre et je suis rentré immédiatement après.

— Lui avez-vous, tout de même, servi de l'eau ou une consommation quelconque, dans un verre que vous auriez pu poser sur la table avant de le quitter ?

— Non. C'est sûr que non ! Il n'y avait rien d'autre que les clefs quand nous sommes repartis.

— Allez-vous souvent dans ce bar ?

— Oui, assez régulièrement. J'ai été marin pêcheur, puis marin de commerce et, au moment de prendre ma retraite, il y a quelques années, de bonne heure à l'époque car j'avais mes annuités de navigation, mon épouse m'a laissé tomber pour un autre type, alors maintenant, je fais ce que je veux quand je veux ! J'ai rénové un sinagot, le vrai symbole du golfe ! ajouta-t-il, tout en désignant du doigt une grande photo de voilier à la coque ventrue, encadrée et fixée au mur.

Aucun doute que ceci constituait sa fierté. Il réfléchit quelques secondes avant de leur demander :

— Savez-vous qu'il y avait plus de trois cents petites chaloupes familiales de ce type au début du siècle dernier ? Aujourd'hui, je pêche un peu pour m'amuser et je sors mon sinagot, question de hisser ses deux voiles ocre rouge lors des rassemblements de vieux gréements et de faire la fête avec les copains ou une promenade entre nous quand il fait beau.

Phil et François avaient, tout de suite, deviné la passion de leur interlocuteur pour les vieux gréements et savaient qu'ils devaient le recentrer rapidement avant qu'il ne déborde vers ce qui l'intéressait. Il paraissait totalement détendu, à présent. François reprit la main :

— Pour en revenir au bar, qu'entendez-vous par régulièrement ? Une fois par semaine ? Plus ?

— Disons que je passe le plus souvent le samedi soir ou le dimanche soir, jamais autrement. Mais pourquoi ces questions à propos de Guillaume ?

— Parce qu'on l'a retrouvé mort, ce matin, chez lui, assis dans son fauteuil.

— Ben, zut alors ! Je n'en reviens pas ! Il n'avait pas l'air mal en point pourtant ! Bourré, c'est sûr, mais on n'en meurt pas ! Quoique… on ne peut pas dire qu'il était bien costaud le Guillaume et puis, depuis la disparition de sa mère, il ne devait pas désaouler beaucoup ! Moi, il me faisait plutôt pitié. Ce pauvre gars n'aura jamais fait grand-chose de bien dans sa vie, mais finir comme ça tout de même…

Joël Rosvelec continuait à se livrer sans retenue, dévoilant ce qu'il pensait, sans la moindre arrière-pensée. Il leur paraissait juste, sincère, plein de bon sens et dépourvu d'un esprit retors. Phil et François n'apprirent rien de plus qu'ils ne savaient déjà. Il leur proposa même de prendre l'apéritif, au vu de l'heure proche de midi, offre qu'ils déclinèrent. Ils lui firent signer la déclaration et s'en allèrent. Ils repassèrent par la place de la Poissonnerie pour voir si les spécialistes étaient encore au travail et récupérer Stéphane, mais les lieux étaient déserts et la porte d'entrée mise sous scellés. Ils regagnèrent leur bureau ; un sandwich acheté en ville ferait l'affaire.

*

*   *

En début d'après-midi, Stéphane revint au bureau. Ils firent un point ensemble avant d'aller en rendre compte au patron et recueillir son avis sur la tournure des événements.

Du fait de ce revirement de situation, le téléphone portable de Guillaume Le Rohic restait une énigme, pour l'instant. Avait-il été réellement perdu ? L'utilisait-il à des fins particulières, voire pour certaines affaires plus ou moins louches ? Servait-il à une personne qui l'aurait trouvé, mais dans ce cas, comment avait-elle fait pour connaître le numéro et l'activer en cas de rupture de courant ou de changement de carte ? Ceci ne restait possible qu'en cas de complicité avec Guillaume. Les services spécialisés ne tarderaient pas à leur apporter des réponses sur ce sujet…

Le patron étant absent en début d'après-midi, ils

décidèrent de rendre visite à l'agent immobilier qui venait de faire signer les compromis de vente, le matin même.

Bien placée en centre-ville, l'agence affichait fièrement une enseigne attrayante et ses vitrines vantaient la qualité de ses services tout en offrant un nombre impressionnant de biens à la vente. L'hôtesse d'accueil était à l'image de celle-ci. Elle les reçut et les dirigea aussitôt vers le responsable de l'agence, après lui avoir brièvement expliqué l'objet de la visite. Le directeur, la quarantaine, à l'allure de jeune cadre commercial dynamique, les installa dans son bureau au design délibérément moderne où dominaient le verre et le métal et quelques posters abstraits dont le sens échappait totalement aux deux OPJ. À peine assis, l'homme se montra impatient de connaître les véritables raisons de cette visite :

— Que puis-je faire pour vous, Messieurs ? Ma collaboratrice m'a dit que vous souhaitiez me voir au sujet de la transaction signée par monsieur Canéda, c'est bien ça ?

— Nous travaillons dans le cadre d'une commission rogatoire, suite au meurtre de madame Canéda…

— Oui, une bien triste affaire, répondit aussitôt l'agent immobilier en coupant François, tout en affichant un faux air de circonstance.

— Nous voulons savoir depuis quand l'acquéreur des biens de monsieur Canéda vous avait contacté…

— Attendez, je vais vous le dire tout de suite. Il pianota sur le clavier de son ordinateur. Voilà, depuis décembre 2008. Ce monsieur venait de vendre les siens après l'été, à Paris, et d'encaisser le produit de la vente…

— Quel genre d'activité ?

— Un très grand bar-brasserie dans un quartier réputé, vraiment une belle affaire, mais terriblement usante car ouverte sept jours sur sept !

— Avait-il des vues sur le commerce qu'il vient d'acheter ?

— Non, pas du tout, nous étions sur d'autres biens. Mais il n'avait jamais été question de celui-là, et pour cause, ce bar n'était pas en vente et rien ne permettait de penser qu'il le serait un jour !

— Que recherchait-il exactement ?

— Il n'était pas arrêté, mais ne voulait pas de restauration, même rapide, pas d'une affaire ouverte sept jours sur sept, mais offrant, si possible, deux jours de repos par semaine, bref, quelque chose de pas trop lourd à gérer, lui permettant de vivre et, jusque-là, nous nous étions orientés surtout vers des commerces saisonniers, ce dont nous disposons le plus en ce début d'année, compte tenu de la crise et de la saison qui approche.

— Bien sûr, pouvez-vous nous communiquer l'identité de ce repreneur ?

— Sans problème ! Cependant, je voudrais voir vos cartes professionnelles.

Phil et François s'exécutèrent. L'homme les examina, un peu à la manière de la police, puis nota les références sur une fiche avant de poursuivre :

— Comme nous ne savons pas toujours à qui nous avons affaire, deux précautions valent mieux qu'une ! Je vous édite la partie identitaire du compromis signé ce matin.

Quelques secondes après, un document sortait de l'imprimante, il l'examina et le tendit à François. En le parcourant, François remarqua que l'acheteur était originaire du Limousin et son épouse de Theix, situé non loin de Vannes.

— C'est un retour au pays pour Madame, commenta François.

— Effectivement, c'est pour cette raison que ce couple recherchait quelque chose sur Vannes ou sur le golfe. Quand monsieur Canéda m'a contacté, très récemment, après ce terrible drame… j'ai proposé son affaire à ce couple qui a flashé tout de suite dessus ! Le comble du bonheur était qu'en plus du bar, il y avait aussi la maison, bien placée, comme il le souhaitait. Ils se sont mis alors en négociation active. Les biens étaient au prix actuel du marché, mais monsieur Canéda voulait vendre et quitter la région, alors il a baissé de cinquante mille euros sur l'ensemble. Le couple est fou de joie et monsieur Canéda, soulagé, d'autant que les repreneurs ont signé un compromis sans clause de réserve d'obtention de prêt car ils disposent des fonds nécessaires, ce qui va permettre de procéder très vite à la cession des biens ; le notaire travaille déjà sur la préparation des actes ! Mais pouvez-vous me dire ce qui vous inquiète dans cette transaction ?

— Rien. Ce n'est qu'une enquête de routine consécutive au meurtre de madame Canéda, non élucidé à ce jour.

— Pour ma part, je considère qu'acheteur et vendeur sont des gens honnêtes, très sérieux et présentant toutes les qualités requises d'honorabilité et de solvabilité.

— Ce dont nous ne doutons pas…

L'agent immobilier se contenta de la réponse évasive de François, sans être convaincu plus que cela, mais il ne chercha pas à en savoir plus. Les quelques échanges qui suivirent, que ce soit sur la personnalité de monsieur et madame Canéda ou sur celle du couple d'acheteurs, n'apportèrent rien de plus aux deux OPJ. Ils s'en allèrent en emportant les précieuses informations concernant les repreneurs des biens de monsieur Canéda.

Au bureau, ils demandèrent à Stéphane de lancer toutes les recherches d'informations possibles sur ce couple auprès des renseignements généraux, banques, institutions consulaires ou corporatives, sans oublier le casier judiciaire, le fisc et les organismes sociaux…

Le patron ayant regagné son bureau, ils firent tous les trois un point avec lui afin d'intégrer le meurtre de Guillaume Le Rohic. Ce nouvel événement donnait à cette enquête une direction plus complexe pour l'instant.

Ils passèrent le reste de la journée sur les relances de réquisitions de toutes sortes, la rédaction des procès-verbaux et d'échanges avec divers collègues, y compris de la gendarmerie, pour tenter de découvrir un indice leur permettant d'avancer dans leur propre enquête, compte tenu de la disparition brutale de Guillaume Le Rohic.

IX

Mardi 26 mai 2009.

Les nuits devenaient perturbées pour les trois policiers qui ne pouvaient se détacher totalement de l'enquête. Le séjour à l'hôtel, loin de leur famille, commençait à peser à François et Phil, même si ce dernier appelait chaque jour son épouse, Gwen, et suivait l'évolution de la petite Clémence…

Les retrouvailles avec les collègues, autour de la machine à café, leur firent le plus grand bien pour commencer la journée dont ils ne savaient, à l'avance, ce qu'elle leur réserverait. L'équipe de nuit leur apprit que les deux passagers de la voiture accidentée étaient sortis de l'hôpital, le soir précédent, en signant une décharge car l'établissement voulait les garder un peu plus, surtout l'un d'entre eux. Ils allaient donc se remettre en chasse pour les suivre à distance. Ils leur confièrent également que ces deux meurtres sur Vannes offraient un sujet de conversation inédit à ceux qui n'avaient rien d'autre à se dire dans les cafés. Et, comme ils étaient nombreux, cela faisait qu'on en parlait un peu partout dans la région vannetaise, dans l'immédiat…

Les spécialistes, comme le légiste, s'étaient montrés rapides et efficaces, les premiers résultats arrivaient sous pli cacheté et déposé par un coursier. Concernant le légiste, les conclusions étaient sans appel, le décès était consécutif à un arrêt cardiaque, mais un arrêt dû à un médicament bien connu en service hospitalier et dont les conséquences radicales, à forte dose, provoquent un arrêt cardiaque quasi instantané. Surtout chez un individu affaibli, comme l'était Guillaume Le Rohic. Il avait peu mangé, mais surtout, beaucoup bu, durant les heures précédant le décès. Près de trois grammes par litre de sang ! L'hypothèse du suicide paraissait peu probable car le reste des médicaments et leur emballage auraient, dans ce cas, été retrouvés sur place ainsi que le verre d'eau ayant servi à les avaler.

Or, aucune trace de cela. Guillaume Le Rohic ne souffrait d'aucune pathologie avérée. Ce médicament, particulièrement contre-indiqué pour les cardiaques, avait été absorbé avec de l'eau du robinet, vraisemblablement, entre une heure et deux heures du matin. Ce qui correspondait à la visite de cette femme, aperçue par le voisin.

Cela leur permettait donc de pencher pour un acte criminel. D'autre part, si cette affaire pouvait être rapprochée du meurtre de madame Canéda, il devenait évident que le ou les meurtriers étaient bien informés, efficaces et expéditifs et surtout, très professionnels, car ils ne laissaient pas de traces. Voilà qui ne faisait que compliquer les choses !

Depuis le départ de toute cette affaire, les OPJ étaient dubitatifs… Ils devaient rechercher autre chose… Et pourquoi pas un mobile caché au fond du mobile. Ils devaient fouiller dans le passé, l'entourage, partout… Cette enquête ressemblait à un terrain miné !

Quant aux spécialistes qui s'étaient aussi rapprochés du légiste, ils confirmaient que la marque laissée par le verre d'eau sur la table provenait bien d'eau du robinet. Quant à la poignée de la porte d'entrée de la maison, soit elle avait été méticuleusement nettoyée après usage, soit la personne devait porter des gants en latex, de type chirurgical. Aucune trace, par ailleurs, des clefs de l'entrée ni de celles de la voiture, pas plus que d'empreintes de chaussures. Tout confirmait que les deux meurtres étaient l'œuvre de vrais professionnels pour ne laisser, ainsi, aucun indice exploitable sur les scènes de crime.

Malgré la précision des rapports, ceux-ci plongeaient Phil, François et Stéphane dans l'embarras et, dès lors, pour chacun, cela ne faisait plus aucun doute, ils se trouvaient face à une bande mafieuse organisée, ce qui allait aussi dans le sens des déclarations de monsieur Canéda. C'est ce qu'ils déclarèrent au patron quelques minutes plus tard.

Celui-ci approuva cette conclusion et en avisa

aussitôt le procureur. Tous les services de police, tout comme ceux de la gendarmerie, devaient être alertés. Il fallait à tout prix mettre la main soit sur la fameuse Golf rouge, soit sur la conductrice, soit sur son accompagnateur. Quand ils en détiendraient un maillon, ils pourraient remonter la chaîne. Mais si tous les acteurs s'accordaient sur le principe, saisir l'un des éléments restait une autre affaire.

Les premières informations se rapportant aux acheteurs des biens de monsieur Canéda tombèrent. Ils ne possédaient pas de Golf rouge, travaillaient tout le temps, étaient à jour dans tous les suivis comptables et fiscaux…

Bref, sous réserve des réponses à venir, ces derniers semblaient à première vue au-dessus de tout soupçon. Aucun indice ne paraissait donc devoir venir de ce côté.

Des "embouteillages" dans les demandes concernant les télécommunications faisaient qu'ils attendaient toujours les précieux renseignements quant à l'ancien portable à carte de Guillaume Le Rohic. C'est une des requêtes les plus prisées par toutes les polices de France au même titre que l'ADN si bien que les services concernés peinent à répondre très rapidement.

La journée passa, l'enquête n'avançait pas !

*

* *

Mercredi 27 mai 2009.

Ils retrouvèrent les collègues de la nuit. Ces derniers avaient appris que le petit chef de la bande de dealers recherchait une BMW série trois, haut de gamme et puissante, neuve ou récente, ce qui leur faisait dire que l'hallali allait bientôt sonner pour lui et ses copains. Car il devrait immanquablement sortir de l'argent dont il disposait peut-être déjà ou dont il allait disposer en faisant un gros coup de drogue, affaire à suivre… Cependant, à chaque discussion, ils se posaient toujours la même question : les membres de cette affaire pouvaient-ils être liés à ceux des deux meurtres ? Même s'ils en doutaient, chacun gardait au fond de lui cette hypothèse…

Et le temps passait, sans pour autant qu'ils progressent. Guillaume Le Rohic avait été incinéré dans l'après-midi. Désormais, monsieur Canéda pouvait récupérer tout le patrimoine à son profit, le vendre et quitter la région, plus rien ne le retenait.

François appela le notaire qui lui confirma qu'il se chargeait, en ce moment même, de la succession et qu'elle s'avérait très simple, monsieur Canéda héritant de tout.

Après cet entretien, Phil et François restèrent songeurs et s'interrogèrent : et si c'était monsieur Canéda qui avait tout manigancé pour hériter de tout et aller vivre au soleil dans le sud de la France ? Une nouvelle fois, cette idée venait de leur effleurer l'esprit. Mais quand ils reprenaient point par point tous les faits de cette affaire, ceux-ci contredisaient cette supposition, ils finirent par la trouver saugrenue.

En effet, dans un premier temps, lors du meurtre de son épouse, il était hospitalisé et il y avait cet homme en Golf rouge, aperçu par le voisin. Puis ensuite, lors du meurtre de Guillaume Le Rohic, il était sous leur propre surveillance et, cette fois, il y avait eu cette femme, toujours en Golf rouge…

Et pourquoi aurait-il tué son beau-fils alors qu'il avait vendu son affaire et qu'il quittait la région ? Ils convinrent que cette hypothèse ne tenait pas, au regard des menaces de chantage, quant à elles plus crédibles, qui planaient sur monsieur Canéda. Ils devaient, cependant, rechercher de ce côté, mais où et comment, n'ayant aucune information sur la Golf rouge ni sur l'homme ni sur la femme…

*

*   *

Jeudi 28 mai 2009.

Phil, François et Stéphane planchaient désespérément sur les pièces en leur possession concernant leurs deux affaires, toujours pas le moindre indice !

François sursauta quand son téléphone portable sonna vers neuf heures :

— Bonjour monsieur Canéda, que se passe-t-il ?

— …

— Vous avez découvert cela, ce matin ?

— …

— Ne touchez à rien, nous arrivons et prévenons les spécialistes pour qu'ils viennent effectuer tous les relevés d'indices, dit-il en raccrochant, blafard et les traits figés.

Phil et Stéphane s'étaient rapprochés de François, en entendant le nom de Canéda et en le voyant prendre cet air particulier qui signifiait qu'il se passait quelque chose.

— Alors ? demanda Phil, impatient.

— C'était monsieur Canéda, son bar a été victime cette nuit d'un jet de cocktail Molotov !

— Et il y a des dégâts ? demanda Stéphane.

— Non, rien du tout, la vitre d'une petite fenêtre a été brisée mais l'engin n'a pas explosé. Prévenons le patron et allons voir cela.

Une demi-heure après, Phil et François étaient sur place et frappèrent à la porte du bar, fermé à cette heure. Monsieur Canéda vint leur ouvrir. Il paraissait paniqué et inquiet, il s'exclama en les voyant arriver :

— Ils me font chier ! Ils veulent ma peau avant que je parte !

L'homme était passablement énervé, ce que les deux OPJ comprenaient parfaitement.

— Racontez-nous ce que vous avez découvert.

— Je suis venu au bar ce matin après avoir reçu ceci dans la boîte aux lettres de mon domicile…

Monsieur Canéda sortit d'une enveloppe une feuille où il était écrit : « *Vous devez nous verser dix pour cent du produit de la vente de votre affaire, en liquide, selon la manière que nous vous indiquerons, sinon ce ne sera pas un simple avertissement comme celui que vous avez eu cette nuit… mais c'est votre vie qui sera en danger… À bon entendeur !* »

— En dehors de vous, qui a manipulé ce document ?

— Personne ! répondit-il, hébété.

— Refermez l'enveloppe et posez-la sur le comptoir, les spécialistes vont arriver et l'examineront pour y déceler un quelconque indice, personne ne doit y toucher. On ne sait jamais, une petite empreinte, un postillon, un brin d'ADN… Il n'en demeure pas moins que, cette fois, les menaces se précisent !

— Et alors, qu'avez-vous découvert dans les lieux ?

— En entrant, j'ai tout de suite senti un courant d'air et surtout une odeur d'essence, ça venait des toilettes, la porte était ouverte et, au sol, venez voir…

Alex Canéda les conduisit vers le lieu d'où venait effectivement une forte odeur d'essence.

Une bouteille brisée jonchait le sol. Elle devait contenir de l'essence qui s'était répandue et il y avait également un chiffon noirci par ce qui avait dû être une flamme. Un peu plus haut que leurs yeux, en face, un vasistas à la vitre brisée dont certains éclats s'éparpillaient dans la petite pièce des WC et dans la cuvette.

— Êtes-vous allé voir à l'extérieur par où ils ont jeté ce cocktail Molotov ?

— Non ! Je vous avoue que j'en tremble encore à l'idée qu'ils auraient pu faire cramer mon affaire ! Quand j'ai découvert le spectacle, j'étais tétanisé, mon premier réflexe a été de vous appeler. Mais, allons-y, je vous accompagne.

Tout en les précédant, il leur indiqua que cette petite ouverture donnait sur une cour totalement close où il rangeait ses casiers et ses bouteilles vides. Ils ressortirent du bar pour se rendre sur la droite, il poursuivit :

— La petite porte en bois qui permet d'y accéder n'est jamais fermée, même si elle l'était, il ne serait pas difficile de la fracturer. Il m'est arrivé, quelquefois, d'y retrouver un squatter, mais jamais rien de grave ni de dégradations.

Alex Canéda ouvrit cette petite porte pleine qui donnait sur une minuscule cour où s'entassaient effectivement bouteilles vides, casiers et emballages de toutes sortes. François remarqua aussitôt des traces de sang sur la vitre, sur le mur et quelques gouttes au sol.

— Regardez ! C'est bon signe, celui qui a fait le coup s'est blessé, s'il est dans nos fichiers, il est cuit ! s'exclama-t-il.

Phil examina les taches de sang, elles lui firent

penser au test de Rorschach*. « À quoi vous font penser ces formes, lieutenant Bozzi ? » se dit-il intérieurement, en repensant à certains entretiens passés au moment de sa sélection en tant qu'officier de police judiciaire. Mais il se contenta d'approuver de la tête et ceci soulagea monsieur Canéda.

— J'espère que vous allez pouvoir me les coincer cette fois ; à mon avis, ils sont plusieurs et organisés, il faudra arrêter toute la bande si nous voulons être tranquilles !

— Soyez sans crainte, le compte à rebours est engagé pour eux.

Ils retournèrent au bar, au moment même où les spécialistes arrivaient et François leur expliqua la situation. Ils relevèrent les empreintes et la salive de monsieur Canéda pour l'écarter des constatations et des découvertes qu'ils allaient faire, que ce soit sur le document anonyme ou dans les toilettes. Ce qu'il accepta avec soulagement, persuadé que, cette fois, les menaces cesseraient, c'était du moins ce qu'il répétait sans cesse à l'attention des personnes qui se trouvaient près de lui.

Phil et François lui demandèrent ensuite de s'installer dans un endroit tranquille de son établissement afin d'enregistrer ses déclarations. Phil attaquait déjà la rédaction sur son ordinateur portable tandis que les

---

*Hermann Rorschach, psychiatre suisse, créateur d'un test projectif, fondé sur l'interprétation de taches d'encre.

spécialistes de la police technique et scientifique s'affairaient. Monsieur Canéda les regardait se déplacer en tenue de cosmonaute, interrogeant François sur ce qu'ils espéraient découvrir.

— Ces hommes font de leur métier une passion et ils travaillent dans l'ombre avec abnégation ; sans eux, bon nombre d'affaires n'auraient jamais été élucidées. Dans notre profession, garder la foi est difficile. Mais la science nous aide bien.

Monsieur Canéda n'apporta pas d'éléments nouveaux. Il n'avait pas revu le jeune homme qui était venu le menacer ni aperçu la voiture ni la femme blonde... La pression s'exerçait de tous les côtés sans que les policiers ne détiennent d'indices susceptibles de les aider.

Revenus au bureau, ils firent part des derniers événements à Stéphane et ensuite au patron, Loïc Le Kervégan.

Ce nouvel incident donnait bien la dimension que devait prendre cette enquête, ce qui ne manqua pas d'interpeller le patron.

Il appela aussitôt le procureur pour lui rendre compte. Ce dernier aussi prit la nouvelle avec agacement et déclara qu'il envisageait, dans ce cas, de faire une grande réunion générale où il souhaitait mettre policiers et gendarmes autour de la même table afin de croiser les avis et les informations et mettre un terme à cette escalade inquiétante qui devait renforcer les instigateurs dans leur logique.

Ces derniers s'imaginaient peut-être même en situation d'imposer leurs règles…

— Vannes n'est pas un quartier de la banlieue chaude de Paris et l'état de droit sera respecté ! affirma le procureur.

En attendant, Phil, François et Stéphane piétinaient.

Un peu plus tard, l'hôtesse d'accueil appela sur leur poste, un homme voulait rencontrer les officiers de police judiciaire chargés de l'enquête concernant le décès de madame Jeanne Le Rohic-Canéda et celui de Guillaume Le Rohic.

— Il vous a dit pour quelle raison précise ? demanda François.

— Non. Qu'est-ce que je fais ? Le téléphone n'arrête pas de sonner et j'ai d'autres personnes qui attendent…

— Vous lui dites de monter, je vais l'accueillir en haut de l'escalier.

Un homme de taille moyenne, costume gris, cravate bleue sur chemise blanche, attaché-case à la main, montait d'un pas assuré les marches de l'escalier. Face à François, il s'avérait être un peu plus grand que lui ; cheveux bruns courts et lunettes sans monture, il avait le regard franc et direct comme sa poignée de main.

— Michel de Plescop, agent de recherches privées pour mon propre cabinet “MDP Recherches Privées”.

François se présenta et l'invita à le suivre dans son

bureau où Phil et Stéphane attendaient. Chacun s'installa et les trois policiers se montraient impatients de connaître la raison de la visite de cet homme et l'objet de sa démarche.

— Messieurs, je suis ce que l'on appelait avant un détective privé. La dénomination a changé pour devenir aujourd'hui “agent de recherches privées”. J'aurais dû être avocat, mais j'ai préféré l'ombre et l'investigation. J'ai d'abord travaillé comme journaliste d'investigation pour les plus grands quotidiens et j'ai créé, il y a quelques années, mon agence à Paris. De plus, la disparition annoncée du juge d'instruction va nous offrir l'opportunité de nouveaux marchés.

— C'est certain, précisa Phil qui connaissait parfaitement cette évolution de l'instruction d'une affaire.

— En fait, on lui demandait d'être bicéphale, il n'instruisait, de toute façon, quasiment exclusivement qu'à charge ; tandis que nous, avec nos éléments à décharge, nous allons devenir des acteurs et intégrer la procédure sans cette arme déloyale qu'est le secret de l'instruction, en enquêtant de la manière la plus légale : recueil de témoignages, reconstitutions…

— C'est en effet très intéressant. Cela va changer votre image qui, il faut bien le reconnaître, avait tendance à vous cantonner le plus souvent à des affaires familiales : divorce, garde d'enfants, recherche de disparus…

— Oui, c'était l'opinion du grand public, néanmoins, il faut savoir que nous sommes plus de mille cinq cents en France et que cette activité ne représente que quarante pour cent de ce corps de métier, tandis que soixante pour cent se portent sur des dossiers commerciaux et industriels. Mon agence, qui emploie une vingtaine de collaborateurs, ne travaille déjà que sur ce deuxième type d'activité. Nous nous consacrons en priorité à la contre-enquête pénale, au renseignement commercial, à la recherche de gros débiteurs et l'enquête d'assurance.

— Et avec quelle casquette venez-vous nous voir aujourd'hui ? demanda François, impatient d'aller au vif du sujet.

— L'enquête d'assurance !

— Ah ? Et vous trouvez qu'il y a matière dans le dossier Canéda et Le Rohic ?

— Tout à fait ! La disparition de madame Canéda interpellait déjà, du fait que plusieurs contrats d'assurances décès avaient été souscrits depuis moins de deux ans… mais, cette fois, avec la disparition de Guillaume Le Rohic, les compagnies intéressées se posent des questions, beaucoup de questions !

— Comment ça ? Le notaire nous a simplement parlé de contrats dont les montants ne nous paraissaient pas énormes.

— C'est exact, pour ceux souscrits sur la place. Mais il faut savoir que d'autres contrats "décès exclusif", sur prime annuelle versée à perte cette fois, donc souscription sans capitalisation, la nuance est importante, auprès de courtiers parisiens, nous laissent à penser que la coïncidence serait trop étonnante. Contrat de madame Canéda au profit de son époux, à défaut de son fils, et de son fils au profit de Madame, à défaut de monsieur Canéda. Madame Canéda et son fils ayant disparu, monsieur Canéda devrait empocher plusieurs centaines de milliers d'euros… plus vraisemblablement, plus d'un million d'euros ! Sans compter le patrimoine immobilier ! De quoi vivre tranquille sans travailler pendant un certain temps !

— Et vous croyez que monsieur Canéda…

— Je ne crois rien. J'ai été missionné par les compagnies d'assurances hier ; vous voyez, c'est récent et ce que je connais du dossier, je l'ai découvert dans le train en venant à Vannes, alors vous pensez bien que je n'ai aucun a priori. Où en êtes-vous de ces enquêtes ?

Sans trop dévoiler le dossier, François fit un bref résumé de la situation, partant du premier meurtre, passant au deuxième, puis à cette menace aux biens et à la personne. Il évoqua aussi l'environnement : la chaîne d'argent, les dealers, voire le racket…

— Et vers quelle hypothèse vous orientez-vous ?

— Monsieur Canéda a des alibis en béton, nous l'avons côtoyé et même suivi, nous pensons donc, et les derniers événements au bar nous le confirment, que nous nous acheminons vers une opération de grande ampleur sur l'environnement, pour arrêter des dealers ou des racketteurs…

— Hum hum… C'est effectivement une piste, mais sur laquelle je ne peux aller. Pour ma part, mon premier rôle consistera à rechercher dans la vie de monsieur Canéda, celle de son épouse et de son fils… Qui fréquentaient-ils ? Quel train de vie ? Et également, à cerner les relations intimes de chacun, peut-être à découvrir une faille, on arrive toujours à trouver quelque chose quand on cherche bien. Derrière tout homme très fréquentable se cache une femme, professaient naguère les pasionarias du féminisme ! J'irai aussi du côté de Sarlat fouiller dans le passé de monsieur Canéda, rencontrer un ami d'enfance, un copain intime à qui il aurait pu se confier ; je ne sais pas encore tout, mais je vais tout tenter dans des domaines dans lesquels vous ne pouvez pas trop intervenir, parce que c'est mon boulot, mais je serai complémentaire de votre activité. Vous savez, dans mon métier, j'ai découvert que l'argent est un détergent surpuissant, un nettoie-tout universel qui efface les sentiments les plus purs pour raviver les couleurs de la cupidité !

— Nous sommes assez d'accord avec cette belle formule !

— Alors peut-être nous rejoindrons-nous… Peut-être pas… Nous verrons ! Voici ma carte, pourrais-je avoir la vôtre, car nous serons amenés à discuter de ce dossier…

Ils échangèrent leur carte professionnelle et continuèrent à parler de cette affaire et des enquêtes en général. Une question titillait François depuis un certain temps :

— Avec un nom pareil, vous devez avoir des origines bretonnes, j'imagine ?

— On ne peut plus ! Toute ma famille est originaire du Morbihan, même si je suis né à Paris, je me considère breton. Et, pour une fois qu'une affaire se passe sur mes terres, j'ai décidé de m'en occuper personnellement. Je connais énormément de monde sur Vannes et les alentours, cela doit bien faire quarante ans que j'y viens chaque année, alors je ne voulais pas bouder le plaisir de m'y retrouver pour une fois en travaillant !

Dans le fil de leur conversation, Michel de Plescop leur délivra ensuite quelques commentaires sur des affaires récentes et croustillantes ainsi que quelques anecdotes à propos de son travail en relation avec la police dans d'autres régions. Puis, l'homme s'en alla comme il était venu…

Cette visite avait perturbé les trois policiers. Et si, dans toute cette affaire, monsieur Canéda était le pilier principal ?

Une nouvelle fois, ils se remirent dans cette hypothèse de travail, mais rapidement durent l'abandonner, rien ne permettait de s'appuyer sur des éléments concrets pour aller dans ce sens.

En fin de journée, le patron vint les voir au bureau,

le procureur avait décidé de lancer une réunion générale pour le lendemain.

Elle se tiendrait dans les locaux de la gendarmerie, Place de la Libération, à neuf heures précises.

Ils avaient le reste de la soirée pour préparer leur dossier. Nul doute que les questions fuseraient dans tous les sens… Il valait mieux maîtriser parfaitement son affaire pour ne pas donner l'impression d'hésiter sur ce que l'on avançait !

X

Vendredi 29 mai 2009.

Avant neuf heures, tous les participants avaient déjà pris place autour de la grande table de la salle de réunion du groupement de gendarmerie du Morbihan, Place de la Libération à Vannes. Tout naturellement, les gendarmes s'étaient regroupés d'un côté, le colonel commandant le groupement en tête, et toutes les équipes concernées par l'affaire. De l'autre, le commissaire, Loïc Le Kervégan et ses équipes, celles de nuit et, bien entendu, François, Phil et Stéphane. Chacun parlait avec son voisin, cela donnait une impression de bourdonnement de ruche… La salle s'était engloutie dans des chuchotis, comme si un mystère délicat en avait suspendu la vie ordinaire.

Le colonel et le commissaire se levèrent et quittèrent la salle pour accueillir le procureur qui venait d'arriver, accompagné d'un substitut. Tout le monde se leva puis, sur ordre, se rassit. Un silence de cathédrale s'installa dans cette grande salle qui bruissait quelques minutes plus tôt.

Le procureur exposa la situation et considéra qu'il

devenait nécessaire d'effectuer une opération d'envergure groupée afin d'éradiquer le fléau susceptible de s'installer dans la ville. Il demanda à chacun d'exposer ses éléments du dossier pour mettre en place un plan d'action radical.

La gendarmerie commença par le lourd dossier sur la chaîne d'argent en détaillant les faits, reprenant notamment au tableau la liste des personnes qui faisaient l'objet de poursuite judiciaire.

Les équipes de nuit et un binôme de jour suivirent sur le travail effectué permettant de mettre un terme au réseau de drogue sur la ville et dans les environs. Là aussi, la liste fut établie et mise en parallèle à celle de la gendarmerie, mais aucun nom ne se retrouvait dans les deux listes en présence.

François attaqua enfin, évoquant le meurtre de madame Canéda, puis celui de Guillaume Le Rohic, reprenant les rapports d'autopsie et les comptes rendus des spécialistes. Puis il termina par la menace lancée à l'encontre de monsieur Canéda, se traduisant par une lettre anonyme et une attaque de son bar au cocktail Molotov. Pour ces deux derniers éléments, François ne cacha pas qu'il avait espéré les avoir avant de venir à la réunion, cependant, ils attendaient, incessamment, les résultats de la police technique et scientifique.

Force était d'admettre que rien ne permettait de lier les trois affaires entre elles. Même si chacun pouvait penser que, bien souvent, on retrouve les mêmes acteurs dans différentes affaires, ici, cela n'apparaissait avec aucune évidence.

Un gendarme se présenta à la porte de la salle et indiqua qu'il venait de recevoir des documents concernant le dossier de monsieur Canéda à remettre aux officiers de police judiciaire chargés de cette enquête.

François se saisit des documents et les ouvrit rapidement tandis que tous les yeux étaient braqués sur lui. La conclusion le frappa immédiatement : il ne faisait aucun doute que le sang prélevé sur la fenêtre du bar de monsieur Canéda, côté extérieur dans la cour, appartenait à Thierry Luscanen, le passager avant droit de la voiture accidentée le dimanche soir ! Le rapprochement, à partir de son ADN, avait été effectué avec le fichier du FNAEG (Fichier Nationale des Empreintes Génétiques) dans lequel il figurait depuis bientôt deux ans.

Un brouhaha s'installa instantanément dans la salle : ce que tout le monde avait espéré venait d'arriver ! Ils détenaient désormais la preuve qu'un des dealers était bien impliqué dans les menaces perpétrées à l'encontre de monsieur Canéda. Cette fois enfin, l'enquête pouvait prendre une autre tournure ! Par contre, une annotation interpella François, mais il ne la commenta pas : le cocktail Molotov et le courrier ne semblaient pas être l'œuvre d'un professionnel. Ces deux éléments apparaissaient contradictoires, au vu des meurtres perpétrés précédemment.

Le commissaire, le colonel et le procureur examinèrent les conclusions de la police technique et scientifique. Soudain, ce fut comme si tous les participants étaient soulagés. Cette affaire commençait à s'inscrire dans un cadre plus global, même si, pour l'instant, il ne s'agissait toujours que d'une hypothèse basée sur de pures spéculations. S'ils n'avaient jamais eu à faire à ces types, ils en connaissaient parfaitement le profil et les motifs de leur ambition sur la ville. Cette petite association de malfaiteurs pouvait faire partie de ces groupes sans scrupule qui peuvent, en sous-main, aider des caïds. Il convenait, de toute façon, de mettre un terme à leurs agissements.

Le procureur reprit la parole et demanda à quel moment il paraissait opportun de déclencher la vague d'arrestations des dealers. Le commissaire se chargea de répondre, consultant rapidement ses équipes. Ils convinrent que le week-end de la Pentecôte serait parfait pour mener leur action. Pour ceux qui seraient arrêtés à leur domicile, la nuit du dimanche et l'heure légale du lundi matin seraient les plus appropriées pour lever le filet. Cette opération d'envergure devrait être réalisée en concertation : police et gendarmerie. Ils avaient juste le temps de la préparer dans ses moindres détails.

— Rappelez-vous, Messieurs, que dans une affaire, nous nous orientons sur des indices, mais, que nous ne pouvons condamner que sur des preuves ! rajouta le procureur en guise de conclusion.

L'affaire de la chaîne d'argent se trouvait subitement écartée du dispositif, aucun lien avéré ne permettait de l'y intégrer. Tous les gendarmes concernés par cette affaire furent remerciés et autorisés à quitter la salle. Pour tous les autres, il s'agissait de déterminer les moyens et l'organisation à mettre en œuvre. François, Phil et Stéphane échangèrent quelques mots entre eux, rassurés par cette information et les dispositions qui allaient se mettre en place. Les heures qui suivirent furent consacrées à la stratégie et au rôle de chacun. François, Phil et Stéphane ne participeraient pas aux arrestations proprement dites, mais se chargeraient d'interroger les suspects au commissariat, notamment ceux qui semblaient les plus impliqués dans les menaces à l'encontre de monsieur Canéda.

Revenus au bureau dans l'après-midi, après un sandwich rapidement avalé, ils repensèrent à Michel de Plescop. Celui-ci allait passer beaucoup de temps et faire de nombreux déplacements pour rien. Mais si les compagnies d'assurance le payaient, ce n'était pas très grave pour lui, se dirent-ils…

François appela monsieur Canéda pour lui annoncer que son affaire venait de rebondir. Il ne pouvait pas lui en dire plus, pour l'instant, mais surtout qu'il se rassure, celle-ci prenait désormais la bonne direction ; en effet, la police technique et scientifique avait réalisé un excellent travail de relevés dans son établissement et des arrestations devenaient imminentes.

Monsieur Canéda ne put s'empêcher de lui demander :

— Savez-vous qui a tué mon épouse ?

— Non, toujours pas, pour autant.

— Mais vous allez le trouver ?

— Oui, vous avez ma parole !

— Mais vous avez une idée ?

— Plusieurs, mais je ne peux rien vous dire de plus, sachez seulement que l'enquête suit son cours et qu'elle avance !

Monsieur Canéda comprit parfaitement qu'il ne pouvait en dire davantage, il le remercia chaleureusement et lui répondit qu'il ne fallait pas faire de cadeau à ces petits salauds et qu'il allait enfin, peut-être, pouvoir dormir plus tranquillement !

Stéphane relança, une nouvelle fois, le service du LATS (Laboratoire d'Analyse et de Traitement de Signal, situé à Écully dans le 69) car, désormais, les renseignements concernant ce fameux portable devenaient plus qu'indispensables. Il expliqua l'évolution récente de l'enquête, mais rien n'y fit. « Des affaires urgentes, il n'y avait plus que cela ! » lui répondit son interlocuteur.

Mais il promettait tout de même que, pour lundi ou mardi au plus tard, il serait en possession de toutes les réponses. C'était tout ce qu'il put apporter à François et Phil.

Les échanges téléphoniques entre gendarmerie, collègues de la police et eux-mêmes se multiplièrent tout au long du vendredi et du samedi. Chacun savait que le week-end serait rude car tout le monde devait être sur le pont.

Le soir venu, Phil appela sa famille. Son épouse, Gwen, et sa fille, Clémence, commençaient à lui manquer sérieusement. Il était désolé, une nouvelle fois, de ne pas être auprès d'elles pour ce week-end de la Pentecôte qui s'annonçait très ensoleillé, mais il était confiant pour un retour prochain et sans doute définitif… En effet, les personnes absentes du service revenaient prendre leur poste au commissariat et les nouvelles recrues, tant attendues, arrivaient également la semaine prochaine. L'enquête en cours prenait enfin une bonne direction et il ne leur restait qu'à la boucler, ce qui ne saurait tarder.

*

* *

Dimanche 31 mai 2009.

Le commissariat de Vannes était en pleine ébullition. Tous les effectifs disponibles avaient été appelés pour faire face à l'opération qui allait s'engager dans quelques heures.

Un véritable soleil d'été se déversait depuis le vendredi sur toute la France et la Bretagne en particulier, grâce à un anticyclone bloqué sur notre territoire. Il devrait en être ainsi encore durant quelques jours. En fin d'après-midi, François reçut un appel téléphonique de Michel de Plescop, l'agent de recherches privées :

— Alors, ça avance de votre côté ?

— Oui ! Plus que jamais ; demain, normalement, on devrait éclaircir certains points de cette enquête et, sans doute, procéder à des arrestations ! annonça fièrement François.

— Parfait, vous êtes visiblement confiant. Et monsieur Canéda, dans ce plan ?

— A priori, hors de cause, on se dirige vers l'arrêt d'un réseau organisé. Et vous, vous avez avancé ?

— Oui, énormément et plus facilement que je ne l'imaginais, je vous l'avais dit, mes origines vannetaises m'aident bien…

— Quel est votre sentiment ?

— Moi, vous savez, je travaille pour des compagnies alors, évidemment, le bénéficiaire de gros chèques est toujours un peu suspect…

— Peut-être, mais vous l'avez dit vous-même, il faut travailler à charge et à décharge. Admettons que vous soyez intuitif… Le flair peut être quelque chose de dangereux, de trop risqué pour vouloir s'en servir…

— Oui, oui, je le sais parfaitement. Cependant, d'ores et déjà, je détiens des éléments troublants et je vous en parlerai dans le détail, dans le courant de la semaine prochaine.

— Pensez-vous que ceux-ci puissent être en relation avec les deux meurtres ?

— Trop tôt pour le dire, je suis comme vous, pour l'instant, je ne veux pas vous dévoiler mes batteries, mais tout de même... Tenez, par exemple, saviez-vous que monsieur Canéda avait une maîtresse ?

— ...

François garda le silence quelques secondes, surpris par les propos de son interlocuteur.

— Nnnon, non, finit-il par répondre. Et depuis combien de temps a-t-il une maîtresse ?

— Un an ou deux, selon les uns ou les autres... Il semblait assez fier de ses révélations, il poursuivit : je vous informe, par la même occasion, que cette dernière est enceinte de quelques mois ! Évidemment, vous ne pouviez pas le savoir, puisque vous ignoriez qu'il avait une maîtresse. Je crois aussi qu'ils avaient l'intention d'aller vivre ensemble, mais là également, il est trop tôt pour en parler avec certitude, car il me faut encore vérifier de nombreux points. Je vous avoue cependant que, dans ce dossier, je vais rapidement de découverte en découverte ! Je pense que nous aurons bien des choses à nous dire, courant de semaine prochaine, quand vous en saurez un peu plus et moi aussi...

Chacun resta ensuite réservé sur ses déclarations, mais les propos de l'agent de recherches privées venaient de semer le trouble dans l'esprit de François. Il ressentait, quelque part dans son esprit, comme une ombre, le vague sentiment que quelque chose pouvait arriver à quoi il ne pensait pas, une idée comme ça, une inquiétude indéfinie. Un peu comme la crainte qu'on a pour une bulle de savon : elle paraît concrète, précise, puis elle éclate et, l'instant d'après, il n'en reste rien...

Il appela Phil et Stéphane pour leur faire part des confidences recueillies, chacun resta dubitatif, ne pouvant accepter cette éventualité. Un malaise sournois envahit progressivement leur cerveau. La révélation de cette maîtresse leur procurait une désagréable impression, comme une odeur qui met en alerte l'instinct d'un animal sur la défensive. Devant cet élément, ils reprirent néanmoins certains points du dossier, mais restèrent sur leur avis car ils attendaient tout des arrestations à venir. Stéphane surenchérit :

— De toute façon, ce n'est pas parce qu'on a une maîtresse qu'on est nécessairement le meurtrier de son épouse...

— Non, cette maîtresse... fût-elle même enceinte, rajouta Phil.

Ils se satisfirent de ces dernières réflexions et chacun se remit au travail. Cependant, désormais, quelque chose, tel le bruit d'un bourdon, venait les agacer au plus profond de leurs pensées. Le doute s'était installé et le post-scriptum du rapport de la police technique et scientifique sur la forme artisanale, voire rudimentaire de l'attaque du bar s'ajoutait à ces incertitudes, d'autant que ce point contredisait le fait qu'aucune trace d'empreinte, digitale ou autre, n'avait été découverte sur les lieux, comme si l'on avait affaire à des pros de l'action, comme dans les meurtres ! Que signifiait tout ça ? Une sorte de monologue intérieur s'installa, brouillant l'esprit critique qu'ils devaient avoir sur cette affaire, créant une infime hésitation.

Le soir venu, les équipes se mirent en place. Celles de nuit se montraient euphoriques car un indic leur avait annoncé une arrivée de drogue. Par conséquent, aux arrestations s'ajouterait le flagrant délit ! Elles jubilaient à l'idée de faire un carton. Phil, François et Stéphane tentèrent de partager cette joie, mais un curieux sentiment les empêchait de s'extasier.

Ils resteraient au bureau cette nuit et attendraient l'arrivée de Thierry Luscanen… Cet élément du trio pouvait-il être l'instigateur de l'organisation ? À défaut, ils voulaient bien questionner les deux autres : le chauffeur du véhicule et l'autre passager. En effet, tous les trois affichaient un palmarès au casier judiciaire qui nécessitait une attention particulière… Leur préoccupation du moment se limitait à l'arrestation de ces trois personnages, puis à l'interrogatoire. Ils se préparaient à des confrontations avec des types douteux, mouillés dans toutes sortes d'affaires.

Un peu plus tard dans la nuit, le patron de la gendarmerie et celui de l'hôtel de police firent un dernier point avant de lancer l'opération. Toutes les équipes se montraient impatientes de traquer ces dealers retors qu'ils se devaient de stopper dans leur élan avant qu'ils n'aient une ambition démesurée et la naïveté de penser qu'ils étaient susceptibles de devenir les futurs caïds d'un milieu qu'ils croyaient pouvoir créer sur la ville.

Ils s'installèrent au bureau du patron, le seul équipé pour échanger avec les hommes sur le terrain. Ils purent ainsi suivre les mises en place, les déplacements opérés et les premières arrestations. Le chauffeur de la Golf noire n'avait pas perdu de temps, il pilotait une BMW, série trois, noire, très récente. Il était accompagné de deux personnes, mais l'identité de celles-ci ne correspondait pas à celle des deux personnes blessées précédemment dans sa voiture. Pour l'instant, aucune trace de Thierry Luscanen ni de son compagnon. Or, le sang retrouvé au bar correspondait bien pourtant au fichier ADN du premier. Ils devaient à tout prix l'interpeller.

Phil, François et Stéphane attendaient, impatiemment, le retour de l'équipe avec le chauffeur de la voiture pour le faire parler et connaître l'endroit où devaient se trouver ses deux amis. Celle-ci revenait, ravie... En effet, les deux passagers transportaient sur eux argent et drogue. À peine commencée, la chasse s'avérait fructueuse ! D'autres arrestations s'enclenchaient un peu partout sur la ville et dans les alentours. Cette soirée s'annonçait parfaite pour l'opération, car l'arrivage s'avérait plus important qu'imaginé et le coup de filet s'élargissait d'heure en heure.

Peu après, les policiers débarquèrent au commissariat, encadrant les trois passagers de la BMW. Le chauffeur leur fut confié. L'équipe de nuit se chargea, dans le même temps, des deux passagers pris en flagrant délit de trafic de drogue. Les interrogatoires pouvaient commencer.

Selon un scénario parfaitement réglé, Phil s'installa devant son ordinateur portable, Stéphane à ses côtés, tandis que François s'apprêtait à donner le coup d'envoi. Franck Monestier se déplaça souplement pour s'installer à la place qui lui avait été désignée. Plutôt beau gosse, un visage carré au nez fin, sous une tignasse de cheveux noirs légèrement bouclés, ses yeux brun foncé paraissaient à la fois vifs et distants, il était de taille moyenne, très mince.

Ce dernier avait choisi de faire profil bas. Quand Phil lui demanda de présenter sa pièce d'identité, il sortit aussitôt son portefeuille et donna sa carte et son permis de conduire, comme un jeune homme soucieux de bien faire pour répondre au mieux aux adultes. Il s'appelait bien Franck Monestier, dit Francky, vingt-deux ans, « chercheur d'emploi, inscrit à l'ASSEDIC, mais non indemnisé » précisa-t-il d'une voix ronde et suave, ce qui ouvrit immédiatement la porte aux questions de François :

— Comment faites-vous pour vivre, si vous n'avez pas de revenus ?

— Je fais des petits boulots à droite et à gauche, sans être déclaré.

— Quel genre de petits boulots ?

— Un peu de tout, manœuvre sur un chantier public, serveur dans un bar ou un restaurant…

— Lesquels ? Vous allez nous donner les adresses.

— Non. Je ne peux pas. Je vous l'ai dit, je travaille au noir et donc, il est hors de question que je vous délivre quoi que ce soit sur ces employeurs qui me rendent service. Arrêtez-moi et condamnez-moi à ce que vous voulez pour cela, mais je ne vous donnerai jamais leur nom ! Sans eux, je ne peux plus m'en sortir, car ce n'est pas le Pôle Emploi qui risque de me trouver quoi que ce soit pour travailler ; avec la crise, il n'y a plus de boulot, alors, je ne peux pas faire autrement !

Les réponses étaient minutieusement préparées et exprimées avec calme. L'homme restait serein pour l'instant. Ce n'était pas la première fois qu'il se faisait arrêter et il savait pertinemment que la police ne pouvait pas aller bien loin s'il verrouillait ses réponses. La police, de son côté, savait parfaitement que tout n'était que mensonge.

— Bien, je crois que vous ne mesurez pas bien la gravité de votre situation…

Francky resta indifférent, jouant à celui à qui on ne la fait pas, relativement à l'aise face aux policiers.

— Nous avons appris que vous avez eu un accident de voiture récemment, c'est bien ça ?

— Oui…

Réponse au minimum, sur le ton le plus neutre possible pour ne jamais se dévoiler.

— Qu'est devenu le véhicule ?

— Hors d'usage !

— Et vous l'avez déjà remplacé ?

— Oui.

— Vous l'avez payé de quelle manière, puisque vous n'avez ni emploi ni revenus officiels et donc qu'il vous est impossible de trouver un financement ?

— Ce sont les employeurs compréhensifs pour lesquels je travaille au noir, qui m'ont avancé de l'argent pour me rendre service !

— Bien sûr ! Employeurs que vous ne pouvez nommer etc. etc. Vous pensez vous fiche de notre tête encore longtemps ?

— Mais M'ssieurs… j'vous jure qu'c'est vrai !

Les trois policiers étaient abasourdis, stupéfaits par l'aplomb affiché par le jeune Francky. Son scénario était totalement calé dans sa tête et il n'était pas prêt à en changer.

— Et comment ont-ils fait pour vous remettre l'argent ? lui demanda François sans conviction.

Ce dernier savait pertinemment que cette histoire totalement invraisemblable était inventée de toutes pièces et toutes les réponses, préparées à l'avance. Quoi qu'il en soit, il ne risquait pas de balancer le moindre nom d'un quelconque employeur, n'ayant jamais travaillé ni au noir ni autrement, comme il le prétendait.

— Je suis passé chez eux et ils me l'ont prêté, en liquide.

— Comme ça, sans justificatif, sans papier ?

— Évidemment ! Question de parole !

— Vous ne doutez vraiment de rien !

— Croyez ce que vous voulez, j'vous jure qu'c'est la vérité ! Je ne vous dirai rien d'autre.

— Comme vous prétendez travailler beaucoup ! Nous allons prendre en considération ces deux dernières semaines et tenter de reconstituer votre emploi du temps. Quel était-il ?

— Tous les jours et tous les soirs…

— Le soir ? De quelle heure à quelle heure, par exemple ?

— Au début du service, vers dix-neuf heures, jusqu'à minuit ou une heure du matin, tout dépend du travail…

— Vous êtes un petit gars sérieux, si je comprends bien !

— J'vous l'ai dit, j'bosse et même, j'aide financièrement ma mère qui n'a pas de boulot, elle pourra vous le dire !

Cette affirmation, par elle-même, pouvait être sincère, mais l'argent, lui, provenait plutôt de petites combines et de la drogue…

— C'est cela, oui ! Bon, je crois que nous avons fini d'écouter vos conneries, nous allons passer à des choses un peu plus sérieuses. Tout d'abord, vous êtes suivi depuis plus d'un mois ; à l'époque vous aviez votre Golf noire. Le boulot n'a jamais été à l'ordre du jour chez vous. D'ailleurs, vos deux potes à côté vont tomber pour trafic de drogue…

— Mais M'ssieurs, j'savais pas qu'ils transportaient de la drogue sur eux ! J'vous jure !

— Comment pouvez-vous le savoir ? Nous ne vous avons jamais dit qu'ils en transportaient sur eux ! Mais, seulement qu'ils "allaient tomber pour trafic de drogue"...

— J'vous jure ! J'savais pas ! D'ailleurs, la preuve : il n'y a rien dans ma voiture ni rien sur moi ! affirma-t-il, réprimant une légère moue d'agacement mais sans réelle acrimonie.

— Vous nous prenez vraiment pour des billes ! Non seulement, vous allez tomber pour trafic de stupéfiants, mais ce n'est pas le plus grave ni ce qui nous intéresse ce soir ; ce qui nous importe, c'est la qualification d'association de malfaiteurs, meurtre et complicité de meurtre aggravé et j'en passe... Vous voyez, là, nous ne sommes plus du tout dans le même registre, votre route prend brutalement la direction des assises...

François marqua une pause.

Les trois policiers fixèrent Francky, il venait brutalement de se décomposer, comme si la foudre venait de lui tomber sur la tête. Complètement délité, il se mit à bégayer :

— D... d... de... de meurtre ? Mais... mais... c'est impossible, je n'ai jamais tué personne !

— Pourtant, il va falloir que vous vous expliquiez. Je vais donc être très clair avec vous. Nous allons mettre de côté l'affaire de trafic de drogue, celle-ci sera traitée par nos collègues. Ce soir, ce que nous voulons, c'est vous poser quelques questions sur les deux meurtres dans lesquels trois d'entre vous sont impliqués et, surtout, mettre la main sur Thierry Luscanen et le troisième larron, Jean-Marc Le Guerno. Nous vous connaissons parfaitement et vous suivons depuis assez longtemps pour tout savoir de vous. Alors, vous pensez bien que vos réponses complètement débiles de tout à l'heure, nous n'en avons que faire, vous êtes coincé et vous allez payer cher, très cher…

— Mais, de quels meurtres parlez-vous ?

— Celui de madame Canéda et de son fils.

— Connais pas ! J'vous jure, j'connais pas !

— Arrêtez de jurer en permanence ! Vous n'êtes vraiment pas crédible. Nous vous collons le train depuis quelque temps et, généralement, c'est vous qui conduisiez la Golf noire avant qu'elle ne termine sa course dans la prairie, du côté de Saint-Avé, et que vous vous retrouviez à Chubert. Vrai ou faux ?

Ses yeux exprimèrent une réelle inquiétude. Il ne répondit pas.

— VRAI OU FAUX ? cria François en frappant du plat de la main sur la table et le faisant sursauter. RÉPONDEZ !

— Oui… c'est vrai.

— Nous sommes en mesure de vous donner le jour, les heures et les circuits de vos déplacements, alors, évitez les fausses déclarations. Compris ?

Il approuva de la tête, en baissant le regard.

— Pourquoi avez-vous supprimé madame Canéda et son fils ?

— Mais, on ne les a pas supprimés ! Nous ne les connaissons que de nom… et encore ! J'vous jure !

— Je vous l'ai déjà dit, arrêtez de jurer ! Lequel de vous trois a fait le coup ?

— Mais aucun ! J'vou…

Il se retint pour ne pas terminer par cette expression qui revêtait chez lui, l'aspect d'une formule parasite plutôt qu'une expression traduisant une réelle valeur morale.

— Pour le compte de qui travaillez-vous ?

— Pour personne ! J'ne comprends rien de tout ce que vous me dites !

— Ah, vous ne comprenez rien ? Comment expliquez-vous, dans ce cas, les traces de sang laissées par votre ami, Thierry Luscanen, quand vous êtes venus exécuter votre odieux chantage à l'encontre de monsieur Canéda, en vous en prenant à son bar avec un cocktail Molotov ?

— Ce n'est pas nous, ce n'est pas vrai, ce n'est pas possible !

La terreur venait d'envahir son regard comme celui d'un individu qui ne sait pas nager et est en perdition dans une eau tumultueuse, sachant qu'il va immanquablement se noyer sans que personne ne puisse venir le sortir de sa fâcheuse position.

— Sauf à démontrer, et ce serait une première, qu'il y ait erreur sur l'ADN de votre ami, Thierry Luscanen, votre déni des faits est totalement inutile. Je vais donc vous dire ce qui s'est passé. Ce qui vous intéresse, c'est de ne pas travailler, d'avoir de l'argent et de rouler carrosse... En dehors de votre casier judiciaire, jusque-là, vos petites conneries ne vous avaient pas rapporté grand-chose ; vous avez donc décidé d'aller plus vite et de frapper plus fort. La drogue ne vous suffisant pas, vous avez voulu instituer une petite organisation mafieuse sur la ville, mais à votre taille et avec vos petits moyens. Chantage auprès de madame Canéda et de son fils, extorsion de fonds, ça tourne mal... Meurtres... Mais vous ne pouvez plus vous arrêter en chemin et vous vous en prenez à monsieur Canéda...

— MAIS NON ! JAMAIS DE LA VIE ! CE N'EST PAS NOUS !

Son visage s'était brutalement durci dans un rictus de colère.

— QUI ALORS ?

— Aucune idée ! En tous les cas, nous n'avons rien à y voir.

— Pourtant, vous avez bien déposé Thierry Luscanen devant le bar de Canéda pour qu'il puisse aller balancer son cocktail...

— Mais non ! Jamais !

Chez Francky, le désarroi était total et ils lurent dans ses yeux une expression d'effroi. Il venait de réaliser de quoi il était accusé, ne savait pas se défendre et se comportait comme un homme face à un poteau d'exécution. Il ne comprenait pas ce qui se passait, tout en entendant clairement le message et en intégrant la situation. Il se produisait quelque chose dont il percevait confusément le caractère redoutable mais il ne pouvait réellement le cerner. Mais, pour les trois policiers, il s'agissait toujours du grand numéro de théâtre de cette petite frappe… À présent, il fallait l'amener à se dévoiler, ce qui ne semblait guère évident.

— Si je vous parle d'une jeune femme blonde et d'une Golf rouge ?

— J'n'en connais aucune !

— Votre amnésie ne vous pose pas trop de problèmes dans votre travail ? Ça doit être gênant tout de même, non ? Vous ne savez plus où vous êtes allé ? Avec qui ? Quand ? C'est vraiment navrant tout ça et n'arrange pas votre matricule !

— J'vous jure sur la tête de ma mère que je ne comprends rien à tout ce que vous me dites !

— Laissez donc votre mère en dehors de tout ça ! De toute façon, vous êtes cuit. Parfois, on ne se doute pas que les heures qu'on est en train de vivre vont changer, pour toujours, le cours de son existence, on ne le comprend seulement qu'après… En attendant, où se trouve votre copain, Thierry Luscanen ?

— Vous devez bien le savoir puisque vous nous suivez tout le temps ! répondit-il avec une froide détermination, comme une personne résolue à prendre une décision qu'elle sait mauvaise, mais qu'elle décide d'assumer, quoi qu'il lui en coûte.

— Oui, sauf au moment où nous préparions notre grosse opération d'arrestations... Alors, où se trouve-t-il ?

— À la clinique !

— Depuis quand ?

— Après être sorti de Chubert, chez lui, il ne se sentait pas très bien... Vertiges, vomissements avec traces de sang... Il est resté un peu chez lui pour se reposer. Mais, l'autre jour, en se levant de son lit pour venir à la cuisine rejoindre ses parents, il a perdu connaissance et ces derniers, ne sachant que faire, l'ont emmené à la polyclinique de la ville.

— C'était quand ?

— Mercredi, en début d'après-midi.

Cette déclaration fit sursauter François qui se tourna vers ses deux collègues, tout aussi surpris. François poursuivit :

— À quelle heure est-il rentré, puis sorti de la clinique ?

— C'est-à-dire qu'il n'est pas ressorti.

— Comment ça, il n'est pas ressorti ?

— Non. Ils lui ont trouvé une fracture du crâne... avec de graves séquelles, indécelables lors de son admission aux urgences et qui ne se sont révélées qu'après sa sortie de l'hôpital. Il voulait absolument sortir et il a signé une décharge pour rentrer chez lui... Je suis bien embêté, car les conséquences de cet accident ne sont pas anodines pour lui.

Sa voix venait de se briser, comme s'il venait de réaliser, à cet instant seulement, la gravité de la situation de son ami. Il respirait profondément, tentant de reprendre son souffle, attendant en silence, les yeux fixés sur François qui poursuivit :

— Il n'aurait pas quitté sa chambre depuis mercredi après-midi, c'est bien ça ?

— C'est ce que je viens de vous dire, vous pouvez vérifier auprès de la clinique.

— Et l'autre copain, Jean-Marc Le Guerno ?

— Il ne se sentait pas bien non plus, il a été admis aussi, ce même soir, et il est également gardé en observation là-bas, mais ce serait moins grave...

Les bras des trois policiers en tombèrent. De ce fait, François évita d'aborder l'acte de vandalisme et le moment auquel il avait été perpétré contre le bar de Canéda... Pas le moment de donner du grain à moudre à la partie adverse ! Voilà que le suspect numéro un, dont l'ADN avait été identifié, détenait un alibi en béton au moment des faits ! Ils appelèrent un des gardiens en uniforme au rez-de-chaussée afin qu'il vienne surveiller Francky pendant qu'ils sortaient pour se concerter et en parler au patron. Ils décidèrent de prendre un café à la machine en y allant.

L'air sombre affiché par chacun ne dissimulait guère leurs préoccupations. Il leur fallait de réelles motivations pour continuer à avancer car, sur le moment, ils ne comprenaient plus rien à cette affaire et étaient en proie à un terrible doute. Stéphane fut le premier à s'exprimer :

— Dans cette affaire, autant essayer de redresser un tire-bouchon pour en faire une baleine de parapluie !

— Désolé, Stéphane, répondit Phil, mais je ne crois pas que ça va me faire rire comme une baleine !

Ils cherchaient véritablement à faire de l'humour, mais le cœur n'y était pas, impossible d'en rire ni même d'en sourire, tellement leur affaire venait de se compliquer, au point de devenir plus incompréhensible que jamais ! Le seul point qui tenait la route pour lier toutes ces affaires venait de devenir improbable. Pourtant l'ADN était bien là. Un tel élément ne s'invente pas ! Ils devraient tout faire revérifier, dès le lendemain matin.

Décidément, rien ne tenait debout. Ils prirent leur café en silence. Le disque dur de chacun tournait au maximum de ses capacités, mais rien n'en sortait... vraiment rien. Leur esprit mélangeait tout, les grandes idées et les petits détails, les impressions et les réalités, les paroles et les pensées, finissant par tout confondre en charriant des images lointaines et des pensées indécises et il leur déplaisait très vivement d'en rester là, dans ce flou passif, sans entrevoir la moindre sortie. Ils se rendirent chez le patron qui restait à son bureau toute la nuit pour suivre l'opération et se concerter avec le patron de la gendarmerie. Ils lui racontèrent leur déconvenue. Celui-ci ne cacha pas son embarras.

— Mais c'est incroyable ! C'est complètement dingue !

Énergique, il décrocha aussitôt son téléphone pour appeler la polyclinique, essayant de se contrôler dans ses intonations contradictoires. Il se fit confirmer que Thierry Luscanen se trouvait bien, depuis le mercredi après-midi, dans leur établissement et que son état de santé ne cessait de se dégrader. Ils redoutaient une hémorragie cérébrale à tout instant et l'avaient placé en soins intensifs. Par contre, son ami, Jean-Marc Le Guerno, semblait hors de danger et pouvoir sortir rapidement, d'ici un jour ou deux. L'air désabusé, un peu triste même, l'amertume du ton du patron était maintenant perceptible.

— Il ne manquerait plus que notre principal témoin nous claque dans les doigts sans nous dire ce qui s'est passé !

Ils ne répondirent rien. Pas besoin. Ils partageaient son amertume.

— Même s'il était en capacité de nous parler, certains points ne s'expliquent pas. Ce type ne pouvait être chez Canéda, y laisser ses traces de sang tout en étant hospitalisé et en mauvaise posture ! commenta François après un instant de silence.

— Non. Bien sûr ! À moins que… si, c'est possible ! réagit subitement le patron, rayonnant.

— Qu'est-ce qui est possible ? interrogea François.

— Que notre type ait un frère jumeau ! brandit le patron.

— Exact !

L'espoir venait de rebondir. Phil se leva aussitôt pour aller interroger le suspect. Il revint, quelques minutes plus tard, dépité. Pas de frère jumeau à la connaissance de Francky. Cependant, ce point restait à vérifier auprès des géniteurs, dès la première heure, le lendemain.

Au moment où ils sortaient du bureau du patron, arrivait l'équipe qui venait d'interroger les deux dealers. Ces derniers étaient passés rapidement aux aveux et, à force de les titiller vivement, ceux-ci s'étaient montrés plutôt bavards. Toute la chaîne était en train de tomber et permettait même de remonter vers Paris et la région parisienne. Leur air triomphal s'opposait totalement à celui, contrarié, des trois policiers.

Ils reprirent l'interrogatoire de Francky, question de repartir au point de départ des faits. Certes, le discours qu'il tenait n'était qu'un alibi de façade destiné à noyer le poisson mais personne n'était dupe et là n'était pas l'essentiel pour les trois policiers, ce serait le problème de l'autre équipe.

L'important était leur affaire. Là, les yeux de Francky démentaient toute fragilité, ils étaient durs et froids et n'étaient pas habités par le doute. C'était comme s'ils se trouvaient, l'un à côté des autres, sur des planètes totalement différentes. Rien ne pouvait les rapprocher. Quelques heures plus tard, ils en étaient au même point, rien, pas le moindre détail permettant de faire le lien avec l'affaire Canéda-Le Rohic et, encore moins, avec la menace écrite et l'agression du bar au cocktail Molotov.

Ils devaient se rendre à l'évidence : leur carte venait de tomber sans résultat. Ils n'avaient pas d'autre solution que de confier le dossier à l'équipe chargée des dealers pour déterminer leur rôle dans cette affaire de trafic de stupéfiants. Ils ne pouvaient rien en tirer pour eux. Ils délivrèrent leurs conclusions au patron qui appellerait le procureur au petit matin. Si, pour le coup de filet, le succès était au rendez-vous, de leur côté, c'était le bide le plus complet.

L'âme en peine, ils décidèrent d'aller se reposer quelques heures et faire un brin de toilette avant de reprendre leur affaire… En sortant de l'hôtel de police, ils respirèrent l'âpre vacuité de la nuit et se sentirent tristes.

XI

Lundi 1er juin 2009.

En arrivant au commissariat, l'animation était à son comble. Les arrestations tombaient de tous les côtés, les gardes à vue se transformaient en mises en examen. Le succès de la grande opération de la nuit avait été total et les interpellations effectuées au petit matin, à l'heure légale, avaient parachevé leur travail. Le procureur naviguait sans cesse entre la gendarmerie et l'hôtel de police. La satisfaction s'affichait sur tous les visages.

Phil, François et Stéphane auraient tant voulu partager l'ambiance positive du moment avec leurs collègues, mais, impossible de dissimuler leur contrariété ! Des pensées amères inondaient leur esprit. Ils se préparèrent un café qu'ils emportèrent dans leur bureau pour s'isoler. Le paysage qui les entourait devenait, sous leurs yeux, le décor d'une tragédie. Stéphane appela un des services de l'INPS de Lyon-Écully, il devenait indispensable d'en savoir plus. La pression exercée par le procureur sur ce service avait porté ses fruits car toutes les réponses allaient tomber d'un instant à l'autre, avait-on confirmé à Stéphane. Ce n'était plus qu'une question de minutes. De leur côté, Phil et François contactaient les parents de Thierry Luscanen pour vérifier si leur fils avait un jumeau ou pas.

Mais, pas de frère jumeau ni de frère tout court, simplement une jeune sœur d'une quinzaine d'années, l'ADN étant celui d'un homme, rien à espérer de ce côté… Quant à Thierry, la clinique venait d'appeler ses parents au même moment, il venait, en effet, de déclencher l'hémorragie cérébrale tant redoutée des médecins, et ils devaient se rendre auprès de lui. Son état de santé s'était considérablement aggravé et ses jours étaient réellement en danger. Ils appelèrent le responsable du service de la clinique qui leur confirma que la situation de ce patient était alarmante et que, s'ils arrivaient à le sauver, les séquelles resteraient malgré tout très importantes. Ils eurent soudain le sentiment, la certitude absolue, apodictique, que cette affaire était vouée à l'échec. Tout était contre eux depuis le départ ; l'abattement et le désespoir les rongeaient…

Enfin les premiers résultats tombèrent ! Stéphane, fiévreusement, s'en empara. Au même moment, le portable de François sonna, c'était Michel de Plescop :

— Alors, il paraît que vous faites tomber des têtes, en ce moment, chez vous ?

— Oui, c'est vrai… Je constate que vous êtes bien informé !

— C'est mon métier de tout savoir sans jamais me dévoiler… Avez-vous du nouveau pour notre affaire Canéda-Le Rohic ?

— Non, pas vraiment. Toutes les mèches allumées ont fait long feu… Et vous ?

— J'ai bien avancé ! Si je vous disais que j'ai retrouvé la Golf rouge et sa blonde de propriétaire qui s'en est débarrassée dès le lundi, jour de la découverte du meurtre de Le Rohic, ça vous intéresse ?

— Et comment !

— Elle a donné la voiture à sa sœur qui habite à Nantes. Elle est allée la conduire elle-même, cet après-midi-là, et est revenue en train, à Vannes, qu'en dites-vous ?

— Que je souhaite tout connaître sur cette femme !

— Je ne peux pas tout vous dévoiler, dans l'immédiat, le temps de vérifier quelques petites choses et je serai en mesure de vous commenter toute l'affaire, mais je crois pouvoir vous assurer que ma compagnie d'assurances ne devrait pas devoir verser grand-chose…

— À ce point-là ?

— Oui ! Je pense que nous nous trouvons dans une machination machiavélique, hors du commun ! Avant la fin de la semaine, je devrais disposer de tous les éléments et je viendrai vous voir pour vous les signifier. Puis vous procéderez aux arrestations si, toutefois, d'ici là, vous n'aviez pas parcouru le même chemin que moi, de votre côté ! Désolé, mais je ne peux vous en dire plus dans l'immédiat, je vous rappelle dans quelques jours !

François raccrocha, stupéfait. Ainsi, serait-il depuis le départ sur une mauvaise piste ? La thèse à laquelle il avait un moment cru et qui voulait que monsieur Canéda eût été impliqué ne tenait pourtant pas. C'était un autre moyen qui devait se révéler, plus particulier et sur lequel il ne pouvait avoir prise, se dit-il. Au même moment, Stéphane s'avançait vers Phil et François avec, dans le regard, un éclair plus acéré qu'une certitude.

— Les gars, je tiens une bombe entre les mains ! Nous allons la faire péter !

Ils s'installèrent tous les trois autour du bureau sur lequel Stéphane étala les pièces reçues. Les premières concernaient le téléphone portable de Guillaume Le Rohic et l'utilisation qui en avait été faite à partir du jour où il avait considéré l'avoir perdu : des appels passés, quasi uniquement, à une seule personne, une jeune femme, toujours la même, tantôt au travail, tantôt à titre privé… jeune femme qui apparaissait sur une liste… celle des propriétaires de Golf rouge… Deux personnes allaient devoir s'expliquer rapidement sur tous ces points !

Un épais silence tomba brutalement entre eux. L'air, lui-même, sembla se crisper. François s'était figé, le sourcil froncé. Puis il sourit et une redoutable lueur d'intelligence passa dans son regard avant qu'il ne laisse exploser sa colère :

— L'enfoiré ! Il nous a bien baladés, mais c'est fini ! Le fumier !

Ils se précipitèrent au bureau du patron dans lequel le procureur arrivait au même instant, et délivrèrent leurs informations.

— Eh bien, pas de problème ! Vous allez me chercher ces deux personnes par la peau du dos et pas de quartier !

— Il nous faudra des renforts car l'idéal est de procéder concomitamment aux arrestations...

— Évidemment ! Loïc, vous leur mettez à disposition deux ou trois binômes, justement ceux que vous deviez poster aux radars en ville, ce matin.

— D'accord, je les appelle avant qu'ils ne partent.

Quelques minutes plus tard, six hommes en tenue se tenaient à la disposition des trois policiers. Aidé d'un binôme, Phil décida d'accompagner Stéphane pour procéder à l'arrestation de la femme, pendant qu'un autre accompagnerait François dans sa voiture banalisée. Le troisième suivrait ceux-ci en voiture pour le cas où l'arrestation de l'homme tournerait mal. Il jeta un regard insondable à ses collègues avant de prendre la route.

François oscillait entre l'angoisse la plus folle et une étrange jubilation, il essayait, en vain, de se calmer, de réfléchir froidement. Il devait éviter la surenchère émotionnelle car son excitation était à son comble, ses yeux brillaient d'une intensité fiévreuse, il fulminait de rage contenue. Il allait arrêter le Sisyphe de toute cette affaire, nul doute que ce dernier serait, sans tarder, condamné à rouler éternellement son rocher sur la pente des années de prison qui l'attendaient inéluctablement !

Tout au long de la route menant au domicile de monsieur Canéda, le visage de François respirait à présent le calme maîtrisé, la concentration et l'apaisement. Il se sentait investi d'une mission qui dépassait le cadre d'une habituelle enquête. Il avait à résoudre le meurtre de cette femme et de son fils et ceci pesait de tout son poids sur ses épaules, ce qui augmentait sa hâte d'arrêter cet histrion.

La voiture de monsieur Canéda se trouvait devant l'entrée du garage. François vint sonner à la porte, encadré par deux policiers en tenue. Les deux autres étaient restés au volant. Monsieur Canéda se présenta rapidement à la porte, vêtu comme s'il s'apprêtait à sortir. François lui demanda aussitôt de les suivre pour être conduit au commissariat.

— Ça y est, vous les avez arrêtés ?

— C'est comme si c'était fait ! se contenta de répondre François avec un regard peu amène. Nous avons absolument besoin de vous entendre et vous demandons de nous accompagner.

— Je vais prendre ma voiture, ce sera plus simple.

— Non, nous vous emmenons immédiatement.

Monsieur Canéda réalisa, à cet instant, qu'il se

passait quelque chose de différent des autres fois, d'ailleurs, il avait tout de suite remarqué que le capitaine, François Le Duigou, n'affichait plus cet air de compassion des précédentes rencontres.

Que se passait-il ? Il insista pour avoir une explication : en vain. François se borna à lui répondre qu'il obtiendrait tous les éclaircissements voulus au commissariat. Devant la fermeté du ton et l'insistance pressante des trois hommes, il consentit à les suivre sans opposer de résistance, restant persuadé, pour l'instant encore, qu'il n'était pas l'objet même de l'arrestation. En quittant la maison, François remarqua le voisin et son épouse qui se tenaient à leur portillon, curieux de suivre le manège des voitures qui emportaient monsieur Canéda. Le soleil se faisait discret, la lumière perdait de son éclat, tout en bas vers Conleau, la mer ne formait plus qu'une masse immobile, ténébreuse. Tout paraissait dense. Quelques cris épars de mouettes. Soudain, même le paysage semblait avoir vieilli.

Sur le trajet, malgré ses questions insistantes et répétitives, monsieur Canéda n'obtint aucune réponse des trois policiers. L'autre voiture de police suivait.

Quelques minutes plus tard, François venait d'installer monsieur Canéda dans le bureau qui serait utilisé pour son interrogatoire. Il avisa le patron, ce dernier l'informa qu'ils attendaient toujours le retour de Phil et de Stéphane. Étant donné qu'ils devaient ramener une femme enceinte, il avait appelé un médecin afin qu'il soit présent à son arrivée, il était hors de question de prendre le moindre risque. Il proposait de venir signifier sa mise en garde à vue à monsieur Canéda et, dès que Phil arriverait, il assisterait François dans son interrogatoire.

Dans le bureau, le silence était glacial. Monsieur Canéda soupirait en affichant un air courroucé, pinçait les lèvres, il regardait l'extérieur vers la fenêtre, respirant bruyamment par le nez. À cet instant, son visage exprimait le mépris et laissait deviner un esprit impatient et imprévisible. Quand leurs regards se croisaient, ses yeux foudroyaient François et donnaient l'étrange impression qu'ils étaient capables de frapper. François se disait déjà que les années qu'il passerait en milieu carcéral, anéantiraient cet esprit vif et que, certainement, le vide prendrait progressivement le dessus. Le patron fit son entrée. Il signifia ses droits à monsieur Canéda qui se montra d'abord étonné, puis suspicieux et, enfin, sérieusement agacé. Impossible de traduire les messages émis par son regard.

Phil arriva au même instant. Il glissa discrètement dans l'oreille de François que la jeune femme était installée dans un autre bureau avec Stéphane et deux OPJ. Il lança son ordinateur, l'état civil étant déjà en mémoire, l'interrogatoire commença aussitôt :

— Vous avez insisté pour que nous arrêtions le meurtrier de votre épouse et de son fils, voyez-vous, c'est ce que nous allons faire…

François avait essayé de ne pas charger sa voix de trop de sarcasme, mais on le sentait percer à la surface malgré ses efforts.

Alex Canéda leva un regard dubitatif vers François, ne sachant pas très bien comment interpréter ses paroles.

— Vous allez devoir nous fournir un certain nombre d'explications quant à votre comportement, disons pour le moins douteux…

— Je ne comprends rien à ce que vous me dites ! Quand mon épouse a été sauvagement assassinée, j'étais hospitalisé et, à moins d'avoir un don d'ubiquité, je ne vois pas très bien comment j'aurais pu faire quoi que ce soit… Quant à son fils, je l'ai déposé vivant à son domicile et un témoin peut le prouver ; ensuite, je ne l'ai pas revu !

Il avait parlé d'un ton méprisant, décidé à périr en combattant. À cet instant encore, rien ne semblait entamer son épaisse carapace, faite de rejet, voire de fierté mal placée ainsi que d'une puissante colère difficilement contenue.

— Nous y arriverons, chaque chose en son temps. Tout d'abord, où avez-vous dissimulé le téléphone portable de Guillaume Le Rohic, sachant qu'il était persuadé l'avoir perdu ? Vous lui aviez indiqué vous charger de procéder à la déclaration de perte… Or, vous l'avez conservé pour votre usage personnel ! Je dirais même très personnel, pour ne pas dire, très particulier !

— Je ne vois vraiment pas de quoi vous parlez. De même, j'ignorais que Guillaume Le Rohic avait perdu son téléphone !

— Connaissez-vous Maryse Tréfléan ?

— Heu… heu… oui… Que vient-elle faire dans cette affaire ?

— Ici, les questions, c'est nous qui les posons, contentez-vous d'y répondre ! Comment expliquez-vous vos échanges téléphoniques entre vous, à des heures et dans des lieux plus que troublants, que nous avons pu situer ?

— Je n'ai pas à vous les expliquer… Je n'ai jamais vu ce téléphone !

— Vous ne contestez pas le fait que Maryse Tréfléan soit bien votre maîtresse ?

— Non. Mais, une nouvelle fois, je vous redemande ce qui se passe…

— Votre maîtresse est bien infirmière à l'hôpital, là où vous avez justement été mis en observation, au moment du meurtre de votre épouse ?

— Oui, et alors ?

— C'est que justement, celle-ci est blonde, disposait d'un véhicule rouge, de type Golf, qu'elle s'est empressée de donner à sa sœur à Nantes. En effet, après que vous ayez déposé Guillaume Le Rohic à son domicile, la voiture de votre maîtresse a été remarquée juste devant chez lui.

— C'est vous qui le dites. Pour ma part, j'ignore si elle a pu rendre visite à Guillaume ou fait quoi que ce soit de répréhensible ! Je suis stupéfait de voir dans quelle mascarade vous essayez de m'entraîner, mais, en tout état de cause, au vu des propos invraisemblables que vous me tenez, je vous informe que je ne répondrai plus à aucune de vos questions !

— Voulez-vous la présence d'un avocat ?

— Non, de personne ! Je n'ai rien à me reprocher, rien à dire ni à vous répondre désormais... Ce sont mes dernières paroles !

Dès lors, Alexandre Canéda s'enferma dans un mutisme total duquel il ne voulut plus sortir malgré les sommations itératives de François. Sa colère accumulée semblait refluer peu à peu. Son corps en contenait encore une solide dose que l'on pouvait percevoir dans ses muscles crispés, son souffle trop rapide. Elle semblait s'échapper par petites bouffées pour aller se perdre dans la pièce. Au moment du repas, il refusa le sandwich qui lui était proposé, en exprimant son déni de la tête.

Phil et François en discutèrent longuement avec le patron. De toute évidence, Alexandre Canéda s'était muré dans un silence afin d'éviter de parler. Les arguments à faire valoir pour l'amener à se découvrir étant trop superficiels, la jeune femme constituait la seule issue à leur affaire. Nul doute que le couple avait dû se concerter.

En effet, peu de temps après, Stéphane arrivait dans le bureau avec les deux OPJ et confirmait une même stratégie chez la jeune femme. Elle reconnaissait être la maîtresse d'Alexandre Canéda. Pour le reste, ignorait tout et décidait à son tour de ne plus répondre. Le patron en avisa le procureur, après une longue discussion, ils considérèrent que, de toute façon, la jeune femme représentait le maillon le plus faible et qu'il fallait agir sur celle-ci en préparant un argumentaire capable de la déstabiliser et de l'obliger à s'expliquer. C'est ce qu'ils firent pendant près d'une heure. Stéphane et les deux OPJ resteraient à l'écart. Phil et François allaient intervenir en reprenant la main sous un angle totalement différent afin qu'elle se dévoile.

Après une pause sandwich que Maryse Tréfléan refusa également, ainsi que le café, pour n'accepter qu'un verre d'eau, l'interrogatoire pouvait commencer.

Maryse Tréfléan avait trente-sept ans et était infirmière au centre hospitalier de la ville et enceinte de cinq mois, ce qui la rendait véritablement épanouie, la maternité sied à certaines femmes. Gracieuse, les yeux bleus, malgré son air grave, elle était d'une beauté étourdissante et affichait le hâle léger des heures passées en mer. Elle portait une chevelure blonde éclaircie par les premiers soleils, un front haut, les traits fins, un regard lumineux et, malgré sa situation, révélait un mélange étonnant de charme et d'autorité, d'intelligence et d'allant. Le poignet orné d'un bracelet en or finement ciselé, en pull blanc à manches longues sur des vêtements amples mauves et noirs ; elle affichait une réelle aisance, pour ne pas dire une certaine classe. Néanmoins, elle laissait paraître son anxiété dans ses gestes fréquents pour ramener ses cheveux en arrière, se prendre le menton dans les mains, soupirant et épiant ses interlocuteurs, les paupières baissées.

Phil et François se présentèrent. Phil installa son ordinateur et égrena l'état civil de Maryse Trefléan tandis que François enchaîna aussitôt après d'un ton neutre et doux :

— Nos collègues nous ont fait part de l'entretien qu'ils ont eu avec vous. Ce dernier n'a désormais plus aucune valeur, au vu des déclarations effectuées par monsieur Alexandre Canéda.

Elle regarda François droit dans les yeux, désarmée par la compassion qu'elle percevait dans sa voix, cependant, une certaine incrédulité se lut sur son visage. Elle le fixa et demeura silencieuse. François fit quelques pas dans la pièce et revint devant elle.

— Vous avez parfaitement le droit de conserver votre mutisme et de ne répondre à aucune de nos questions. Toutefois, nous nous devons de vous dire, dans ces conditions, ce à quoi vous vous exposez, au regard des déclarations que nous avons obtenues et fait signer à monsieur Canéda. Celles-ci vous accusent totalement et vous font endosser toute la responsabilité du meurtre perpétré à l'encontre de Guillaume Le Rohic. Ces révélations ou plutôt ces aveux sont appuyés d'un témoignage visuel émanant du voisin mitoyen de Guillaume Le Rohic dont vous avez négligé ou tout simplement ignoré la présence sans doute… Quant au reste, votre responsabilité est totale… Inutile de vous signifier les conséquences de tels actes devant la justice.

Seul, l'éclat de son regard trahissait ses pensées. De la haine à l'état pur. Elle mesurait qu'elle n'avait besoin de personne pour savoir que la justice allait désormais la rattraper. L'indignation venait de la gagner. Elle apparaissait de plus en plus tendue, extraordinairement inquiète, l'anxiété s'insinuait en elle, le poids de sa solitude lui devenait insupportable. Elle poussa un soupir, saisie d'une inexplicable tristesse.

— Comme vous êtes intelligente, vous savez parfaitement que nous n'avons absolument pas besoin de vos aveux pour vous inculper et qu'avant le terme légal de votre garde à vue, le procureur vous signifiera votre mise en examen. Pour nous, l'affaire est quasiment terminée, cependant, je voudrais vous dire que j'ai des enfants ; mon collègue, à côté de moi, a également une petite fille d'un an et demi. Votre état nous touche beaucoup, nous voulons donc à tout prix limiter les conséquences des actes perpétrés par vous et votre amant qui, désormais, se défausse totalement sur vous comme en étant l'instigatrice… Tout serait de votre faute, et je passe sur nombre détails sordides. Ceci nous peine beaucoup. Aussi aimerions-nous tous les deux vous permettre de vous exprimer. Vous êtes jeune… Pensez à votre enfant qui va naître bientôt, aidez-nous à vous défendre, vous bénéficierez de circonstances atténuantes en raison même de votre état de santé. Je ne peux pas être plus clair… C'est vous qui décidez désormais.

Les mots venaient de s'écraser dans le silence. Alors l'angoisse pesa véritablement sur les épaules de la jeune femme. Le ton confidentiel de François avait-il porté ? Il avait jeté son va-tout et croisait les doigts pour que ses paroles déclenchent une déclaration. Il garda le silence en la fixant d'un regard plein d'indulgence pour l'inviter, voire la supplier de parler.

Elle le regarda, affolée, sa lèvre inférieure se mit à trembler, ses yeux s'emplirent de larmes, sa bouche encore muette tenta alors de prononcer quelques mots inaudibles. La douleur filtrait, discrète, inguérissable. Immobiles, Phil et François se tenaient à côté de cette femme dévastée par l'angoisse. Allait-elle livrer toute l'histoire du drame qui l'unissait à son amant ?

— Non… ce n'est pas possible… il n'a pas pu me faire ça… à moi !

Sa voix était légèrement haletante à présent.

— Hélas… face à la justice, généralement, chacun essaye de sauver sa tête afin de passer le moins de temps possible en prison… Tant pis pour l'autre !

— NON ! NON ! Je ne peux pas le croire ! déclara-t-elle d'un ton sans réplique.

Elle pleurait à présent.

Phil et François sentaient bien qu'elle cédait du terrain.

Jamais ils n'avaient éprouvé cette sensation particulière de devoir manipuler une femme enceinte et, pour eux, cette situation avait quelque chose d'indécent. Néanmoins, il était nécessaire de pouvoir faire parler les protagonistes de cette affaire afin de connaître la vérité, car ils ne perdaient pas de vue que, malgré la situation de la jeune femme assise devant eux, une affaire de meurtres restait à élucider.

Elle semblait reprendre ses esprits et se maîtriser, mais, pour Phil, elle risquait encore de camper sur ses positions.

Aussi décida-t-il d'adresser un mail au patron pour lui indiquer la situation et lui demander de venir afin de forcer un peu le destin en venant signifier à Maryse Tréfléan sa mise en examen.

Il apparut quelques instants plus tard, sans que la jeune femme ne sache que cette visite était organisée. À peine entré, il ne s'intéressa guère à la jeune femme et se tourna vers François :

— Alors, où en êtes-vous ? Que dois-je annoncer au procureur ?

— Nous allons devoir nous contenter des déclarations de monsieur Alexandre Canéda puisque madame Tréfléan veut garder le silence. Par défaut… avec toutes les conséquences que cela représente pour elle, la justice ne pourra donc que prendre en compte sa culpabilité totale dans cette affaire, s'était contenté de répondre François qui venait de résumer la situation d'une formule lapidaire.

— Mais vous lui avez bien expliqué tous les inconvénients de ce comportement suicidaire ? demanda-t-il à François, comme si la jeune femme n'était pas présente.

— Oui, très clairement même. Écoutez, cette situation nous gêne tous les deux, Madame est enceinte et nous sommes persuadés qu'elle ne peut endosser la responsabilité des deux meurtres. Nous ne sommes pas au bout de la garde à vue, pouvez-vous nous accorder une heure de plus afin que nous reprenions toute cette affaire avec madame Tréfléan, calmement, avec un peu de recul ? C'est vraiment trop grave !

Le patron fit mine d'hésiter. Il secoua la tête. Préoccupé. Puis il tourna son regard sans indulgence vers la femme, quelques secondes, et revint vers François :

— Compte tenu de ces circonstances particulières, je vous accorde une heure et vous me tenez informé ensuite, afin que j'en avise le procureur.

— Merci ! Nous allons faire le maximum…

Une expression indicible marqua le visage de Maryse Tréfléan mais, seul, son regard parut teinté d'une lueur d'affolement. La poitrine de la jeune femme se soulevait de manière spasmodique comme si elle avait du mal à respirer. Puis le silence qui suivit fut impressionnant. Il dégageait quelque chose d'oppressant…

Le patron quitta le bureau. Si elle ne craquait pas, elle ne le ferait jamais… Ils voulaient absolument qu'elle parle ! Phil intervint alors pour la première fois, évoquant son âge, l'attente du bébé, lui expliquant qu'elle ne devait pas gâcher sa vie mais limiter les conséquences de ses actes pour elle et pour son enfant. Les mots et les images étaient forts, le ton hypersensible. Puis, ayant fait le tour de ce qu'il était possible de dire pour l'influencer, il s'arrêta de parler. Tous les deux gardèrent le silence. Elle resta prostrée, incapable de bouger, tétanisée par ce qu'elle venait d'apprendre et son angoisse, à cet instant, était tout sauf, feinte. Elle regardait droit devant elle, comme assommée, incrédule. Malgré ses traits tirés, ils captèrent l'acuité de son regard. Choquée, abattue, effrayée sans doute aussi, allait-elle se décider à parler ?

Il fallut de longues minutes d'un silence épais et total pour qu'elle consente enfin à s'exprimer, le regard perdu et immensément triste, la gorge serrée par l'angoisse qui devait la saisir quand elle considérait le chemin de misère qu'elle allait devoir parcourir… toutes ces années d'incarcération… les années de jeunesse perdues… cet enfant qu'elle ne verrait pas grandir… Elle mesurait à présent, d'une façon lucide et grave, tout ce qu'elle avait perdu.

Puis, ce repli sur elle-même effectué, elle décida de se battre, un peu comme on décide de faire face à la maladie. Elle se redressa sur son siège et aborda ses déclarations avec courage, prête à affronter l'adversité. Ses premiers mots sonnèrent comme un communiqué, implacable, glacial, en sortant de sa bouche asséchée, car elle était sans doute terrifiée par l'idée de la solitude des années à venir :

— J'ignore ce qu'Alex vous a dit exactement. Pour ma part, je vais vous avouer la vérité, toute la vérité. Nous sommes autant impliqués l'un que l'autre dans ce drame. Nous avons tout décidé ensemble et en plein accord. Je veux que les choses soient claires et j'assumerai ma part de responsabilité.

— C'est tout à votre honneur. Nous sommes soulagés de vous entendre, car nous ne pouvions accepter de vous voir porter l'entière responsabilité de ces actes. Afin de simplifier les choses, partons, si vous le voulez bien, dans l'ordre chronologique des événements, c'est-à-dire depuis votre rencontre avec Alexandre Canéda…

Elle garda le silence encore quelques secondes, étudiant sans doute dans sa mémoire de quelle manière ordonner ses déclarations. Elle soupira. Son regard se perdit dans le lointain à la recherche d'un impossible nuage. Sa bouche esquissa un rictus. Puis elle en oublia le nuage imaginaire qui flottait au loin dans sa tête et ses yeux finirent par revenir à la réalité.

Phil et François, figés, attendaient ses propos avec intérêt. Phil avait déclenché l'enregistrement de l'interrogatoire afin qu'il ne soit pas dit plus tard au tribunal, par des avocats trop zélés, que les déclarations avaient été obtenues, voire extorquées, sous la pression par des policiers sans scrupule qui avaient abusé de la situation de parturiente de cette jeune femme.

Elle avait le teint diaphane et le regard encore indécis, on y décelait, à cet instant, de la générosité. Puis les premiers mots du récit tombèrent :

— J'ai rencontré Alex, il y a un peu plus de deux ans, dans la salle de gym et de remise en forme qu'il fréquentait comme moi, le lundi et le mardi. Dès que je l'ai vu, j'ai su que je ne pourrais lui résister, et réciproquement. Nous sommes tout de suite tombés amoureux l'un de l'autre, sans mesurer au départ la puissance des sentiments qui nous unissaient. J'étais seule, car mon ami venait de m'abandonner pour une autre femme plus jeune, après de nombreuses années de vie commune. Alex s'ennuyait visiblement avec une femme qu'il m'avait dit ne plus aimer, mais avec laquelle, cependant, il continuait à vivre et à travailler.

Elle s'arrêta un instant de parler, comme pour rassembler une nouvelle fois ce qu'elle allait dire. Cette femme était, à l'évidence, d'une grande intelligence. Ses propos respiraient la sincérité. Puis elle se lança dans une longue explication où se mêlaient un mélange d'ingénuité et de brutalité et une certaine pudibonderie aussi, peut-être, par moments :

— Nous possédons tous deux la même nature, énergique et optimiste. Tous deux, nous voulions vivre en nous projetant vers l'avenir, en rêvant d'une intense relation... Nous nous aimions si fort que je n'en ai jamais éprouvé la moindre culpabilité. Nous étions faits l'un pour l'autre.

— Quel emploi occupiez-vous à cette époque ?

— Le même qu'aujourd'hui. Infirmière en centre hospitalier. Je préfère travailler de nuit, mon service commence donc à vingt et une heures et se termine à six heures trente, ce qui nous permettait souvent de nous voir de jour. Nous l'avons toujours fait discrètement. Au bout d'un an de cette existence faite d'amour, nous avons décidé de vivre, dès que possible, définitivement ensemble…

— Il était disposé à quitter son épouse ?

— C'était le problème. Je pense qu'il hésitait à le faire et pourtant, il le voulait et aussi que nous ayons un enfant et que nous partions dans le Sud-Ouest, vers chez lui dans le Périgord et, si possible, à Sarlat.

— Il vous l'avait exprimé très clairement ?

— Oui. Il m'avait même précisé que, dès que je serais enceinte, il prendrait des décisions et elles seraient irrévocables. Il y a donc cinq mois, les premiers tests laissaient penser que j'étais enceinte, je le lui ai annoncé. Il était fou de joie et nous étions décidés à vivre ensemble. Jusque-là, tout allait bien. Il a commencé à prévenir son épouse qu'il souhaitait rentrer chez lui, au pays, que leurs biens soient vendus et le patrimoine partagé. Ayant le statut de retraitée, elle était d'accord pour tout vendre, mais elle lui annonça qu'elle aussi était fatiguée de cette vie de bar et qu'elle voulait bien partir avec lui vivre dans le Sud-Ouest. Elle refusait catégoriquement toute séparation. Il ne m'a pas caché qu'il craignait qu'elle ne le laissât pas partir aussi facilement que ça… C'est alors que nous avons commencé à réfléchir à une situation plus radicale.

— Qui en a eu l'idée ?

— Lui. Peut-être savez-vous qu'il est un grand amateur de polars…

— Oui, en effet, il nous l'a dit…

— Il notait tout ce qu'il était possible et imaginable de faire pour réussir le crime parfait… Sa première idée avait été d'ailleurs de se mettre peut-être un jour à écrire des romans policiers. Idée qu'il avait vite abandonnée, lire c'est une chose, écrire en est une autre. Toujours est-il qu'en reprenant toutes ses notes, il avait construit son projet afin de ne jamais être inquiété…

Elle semblait hésiter à poursuivre.

— Et alors ?

— Un jour, il est venu me rejoindre, rayonnant, en me disant qu'il avait trouvé la solution, qu'il se chargeait de tout mais qu'il avait besoin que je lui apporte ma participation, pour ne pas être inquiété. Il avait constitué son scénario à partir de tout ce qu'il avait lu jusque-là. Il s'agissait de créer les conditions d'une alerte cardiaque afin que le SMUR l'hospitalise et que, durant la nuit, il puisse se rendre chez elle et la supprimer. Cet alibi m'avait paru redoutable et efficace ! Il avait besoin de mon aide pour le réaliser. Je lui ai donc procuré les médicaments qui permettent d'emballer le cœur sans prendre de risque. J'ai, bien entendu, respecté les doses en fonction de sa constitution. L'alerte cardiaque était parfaitement crédible et non discutable. La nuit, pendant mon service, entre les passages programmés, je suis venue le débrancher de sa perfusion, je lui ai déposé des vêtements que je lui avais achetés…

— Un sweat avec capuche…

— Oui, entre autres. J'ai placé ma voiture au pied de l'escalier de secours extérieur qu'il devait emprunter. Il s'est ainsi rendu chez lui…

Elle marqua un temps de silence et passa sur l'acte lui-même, comme si elle voulait l'ignorer.

— Puis il est revenu avec la couverture qu'il avait utilisée et de l'argent liquide qu'il avait pris dans la pièce. Je l'ai accompagné dans sa chambre, lui ai rebranché sa perfusion, ai récupéré les vêtements et la couverture ainsi que les gants chirurgicaux que je lui avais prêtés et je suis allée jeter le tout dans l'incinérateur de l'hôpital. J'avais conservé l'argent liquide, plus de dix mille euros, et remis ma voiture au parking. Tout était fini. Pas de preuve, Alex ne risquait rien…

— Effectivement. Pourquoi ne pas s'en tenir là, dans ce cas ?

— Nous voulions une liberté totale et récupérer l'ensemble des biens. Dans le même temps, vous cherchiez des éléments dans son entourage et il voulait absolument vous écarter de lui et de toute suspicion à son égard. Travaillant dans un bar de nuit, il a pensé à vous orienter vers des personnes interlopes gravitant soit dans le domaine des stupéfiants, soit dans une pseudo organisation de type mafieux, voire vers une sordide affaire de racket, s'inspirant toujours de ses lectures de polars… Il faut dire aussi que nous avions tellement vu ce genre de situation à la télévision que nous avions l'impression que la réalité se transformait en fiction… et inversement.

— Comment communiquiez-vous ?

— Par le biais d'un téléphone portable qu'il avait subtilisé à Guillaume Le Rohic et conservé en secret. Nous ne communiquions que par celui-là ou par une cabine publique, mais ces dernières deviennent de plus en plus rares.

— Votre jeu ressemblait, tout de même, à une partie de poker, vous ne trouvez pas ?

— Au poker on peut gagner à la fin de la partie, même en n'ayant reçu que de mauvaises cartes ; or, nous n'en possédions que de bonnes en main !

Sa voix avait pris de l'assurance. Elle racontait les faits comme si elle relatait une fiction lue dans un livre, tellement elle paraissait détachée, sans remords ni peine. L'amour de sa vie, Alexandre, valait plus que tout ! Tout ce qu'il avait fait, c'était pour elle, et elle, pour lui, pour leur bonheur et celui de leur futur enfant, qu'importait s'il avait fallu se débarrasser de deux êtres humains…

La détermination de cette femme paraissait inébranlable. Elle qui, à première vue, leur avait semblé si fragile, devenait à présent infrangible. Ils n'étaient pas au bout de leur surprise…

— Les affaires et les assurances-vie devaient vous permettre de vivre tranquillement…

— Oui, sauf qu'il fallait toujours partager avec le fils, Guillaume Le Rohic. C'était un bon à rien, un faible, il buvait, fumait, se droguait, il aurait tout gaspillé rapidement et, de fait, ensuite, Alex l'aurait toujours eu à sa charge. Il mangeait véritablement dans sa main. Alors, nous nous sommes dit que ce n'était pas bien difficile de le supprimer, lui aussi. Il suffisait qu'un soir, il boive plus que de raison au bar d'Alex, pour qu'il soit obligé de le ramener avec l'aide de quelqu'un qui lui servirait évidemment de témoin, et que tous deux le déposent chez lui avant de me prévenir…

— Ce que vous avez fait…

— Oui, le dimanche soir, j'étais de service, c'était très calme. Après avoir regagné son bar, il m'a donc prévenue. J'ai quitté mon service en m'arrangeant avec une copine pour m'absenter une demi-heure. Je me suis rendue chez Guillaume, la porte n'avait pas été fermée à clef. Je portais des gants chirurgicaux. Il dormait dans son fauteuil déglingué. Je l'ai réveillé et lui ai dit que j'étais médecin, que son beau-père craignait pour sa santé et qu'il devait prendre des médicaments pour éviter tout risque de coma éthylique. J'ai pris un verre sur son évier, l'ai rempli d'eau, lui ai donné à boire avec des cachets… En quelques minutes, il a été foudroyé par un arrêt cardiaque. J'ai ramassé le verre, les capsules des cachets, pris les clefs qui se trouvaient sur la table, fermé à clef derrière moi et je suis revenue aussitôt à l'hôpital, le tout en moins de trente minutes. Là aussi, comme précédemment, j'ai tout jeté dans l'incinérateur de l'hôpital ; clefs, verre, cachets, gants, chiffon… J'ignorais que quelqu'un m'avait aperçue à une heure aussi tardive et pût indiquer quoi que ce soit sur moi…

— Le voisin immédiat étant insomniaque, il vous a vue, nous a donné votre signalement et celui de votre voiture…

— Oui, je l'ai su, car Alex m'a aussitôt avertie… Vous recherchiez une femme blonde dans une Golf rouge. J'avais prévu de donner cette voiture à ma sœur qui demeure à Nantes, en vue de mon départ avec Alex, je n'ai fait qu'anticiper en allant la lui remettre immédiatement. Puis je suis revenue en train et j'ai loué un véhicule en attendant…

— Vous aviez tous les deux de la suite dans les idées ! Les deux crimes perpétrés, vous étiez riches et plus rien ne pouvait vous empêcher de vivre ensemble…

— Rien n'aurait dû venir perturber notre plan. Alex avait établi un plan parfait et vous tenait parfaitement à distance par le biais de ses fausses pistes…

— Et cette histoire d'attaque de son bar et la lettre de menace ?

— Ce fut le résultat du plus pur des hasards. Rien n'avait été prévu ni prémédité dans ce sens. Si ce n'est que, le dimanche soir, les urgences de l'hôpital ont reçu trois jeunes accidentés. La police déambulant en permanence dans les couloirs, j'étais attentive à tout ce qui se passait. J'ai alors appris qu'il s'agissait de trois délinquants connus des services de police. Je me suis, dès lors, débrouillée pour subtiliser un des tubes de sang prélevé, sans me soucier de savoir auquel des trois il appartenait. Puis, avec Alex, l'idée nous est venue d'écrire cette lettre de menace, et ensuite, de concevoir cette sorte de cocktail Molotov et, enfin, de laisser, un peu du sang prélevé sur les lieux en effectuant cette mise en scène durant la nuit du mercredi au jeudi matin. Cette fois, nous étions certains qu'il n'existerait plus aucun doute et que nous pourrions partir tranquilles en vous laissant sur cette fausse piste. Alex ayant signé le compromis de vente de ses biens, ce n'était plus qu'une question de semaines…

— Oui, vous avez failli réussir… mais il n'existe pas de crime parfait, il y a toujours un détail qui échappe à la vigilance des meurtriers, même les plus aguerris… Vous savez, c'est comme ceux qui font parfaitement du ski, une faute de carre… et ils se retrouvent sur le cul… Votre slalom et votre parcours de glisse étaient parfaits, mais une seule faute de carre a suffi…

Tous les propos avaient été soigneusement transcrits et enregistrés par Phil, impossible d'y glisser le moindre vice de forme. Maryse Tréfléan avait tenu sans craquer jusqu'au bout de l'interrogatoire, mais elle sortait usée et défaite de cette épreuve, désormais remplie d'une tristesse qui ne s'effacerait sans doute plus jamais…

Ils la sentaient peinée, humiliée, plongée au cœur d'une tragédie qui venait subitement d'éclater à ses yeux avec une férocité qu'elle n'avait pas imaginée. Elle parut soudain ailleurs, les yeux dans le vague, attendant que Phil édite le procès-verbal. Elle assista machinalement à la relecture, insensible, comme étrangère, sans doute plus loin dans la déréliction, incapable de se concentrer, dans un réel abandon. Elle devait penser aux images du bonheur qui appartenaient désormais au passé, l'avenir s'annonçait bien sombre, noir même… La naissance future viendrait dans quelques mois donner un peu d'humanité à son existence carcérale.

François et Phil furent tous deux surpris par son étrange attitude, son calme aussi, son indifférence, comme si elle n'était plus concernée et cette image se grava dans leur mémoire.

Dans combien d'années retrouverait-elle le Golfe du Morbihan comme en ce moment même, dans cette profusion d'un printemps armoricain tout enluminé d'ajoncs d'or, de mer irisée de crêtes laiteuses, de grèves jonchées de laminaires et de goémon, avec ce balancement des marées et cette rage des vents provoquant parfois de gros bouillons d'écume ? Quand entendrait-elle à nouveau les cris des oiseaux de mer glissant dans le ciel ? Quand reverrait-elle ces petits ports nichés dans les indentations de la côte découpée que mouille la fine lumière des proues de l'Armorique ? Des souvenirs désormais... C'était hier, dans un amont à jamais perdu.

Aucune protestation, aucun mot ne put sortir de sa bouche. Elle signa, sans même relire le procès-verbal, comme si elle avait tout dit et ne souhaitait plus y revenir ni reparler de cet effroyable égarement... La page était tournée à tout jamais.

Deux gardiens vinrent la surveiller pendant que Phil et François s'en allaient au bureau du patron afin de lui rendre compte de la situation qui ne semblait plus receler de mystère. Tout avait été dit et correspondait parfaitement à la situation qu'ils avaient suivie de près. Le médecin l'examina une nouvelle fois et elle fut invitée à aller s'allonger dans la salle de repos et, vivement, à se restaurer.

Malgré eux, Phil et François étaient tristes, navrés pour cette jeune femme. Ils avaient rarement éprouvé un tel sentiment. Désormais, il devenait urgent de faire parler Alex Canéda et, si les déclarations se complétaient, ils aimeraient pouvoir dire à cette femme qu'elle n'avait pas été trahie par son amant, c'était une question d'honneur pour eux. Elle semblait avoir une confiance absolue, en lui, en sa valeur, en ce qu'il lui donnerait et elle venait, sans doute, de recouvrir d'un voile sa foi en lui.

Après un nouveau point avec le patron, tandis que Maryse Tréfléan se reposait, ils revinrent vers Alex Canéda. L'instant nécessitait de lancer l'offensive sur un autre terrain. L'homme n'avait pas bougé de sa place, il avait dans le regard, quelque chose de dur, comme une colère rentrée. Quelque chose d'impitoyable aussi : François et Phil connaissaient bien ce regard pour l'avoir déjà rencontré chez certains criminels… Les premiers échanges indiquaient clairement qu'il était décidé à camper sur ses positions et rien, dans son attitude, ne laissait présager d'un quelconque changement.

— Je crois qu'il est inutile de vous rappeler qu'il y va de votre intérêt de tout nous dire précisément tout ce que vous avez accompli et conçu avec la complicité de Maryse Tréfléan, sachant que nous n'avons pas besoin de vos aveux pour procéder à votre mise en examen et à votre incarcération…

Tête baissée, il se contentait de regarder le sol, insensible aux propos de François, bloqué dans un mutisme total. La rage et, sans doute aussi, la peur bataillaient contre l'engourdissement dans lequel son cerveau était plongé. Rien ne semblait pouvoir lui faire changer d'avis ni mettre un terme à ses réactions insanes, à cette opiniâtreté, à cette détermination sans faille jusque-là…

— Bien, dans ce cas, nous allons vous faire écouter les déclarations faites et signées par Maryse Tréfléan.

Dès les premiers mots, il releva la tête pour regarder tour à tour les deux OPJ, un éclair courroucé brilla dans ses yeux avant qu'ils ne se brouillent. Toutes les émotions se bousculèrent en lui, angoisse et accablement, dépit et douleur : période d'intense catharsis… Mais son monde venait de s'écrouler. Ses mains se crispèrent. Il réalisait avec difficulté ce qu'il entendait, incrédule, éprouvant des sentiments difficiles à formuler à haute voix ; entre souffrance et délivrance. Finalement, ses premières réflexions furent :

— Mais pourquoi… pourquoi s'est-elle mise à parler ?

À plusieurs reprises, il se répéta les mêmes questions, ne comprenant visiblement pas pourquoi. Phil sortit de sa réserve et lui répondit avec beaucoup d'humanité en pesant chaque mot :

— Nous croyons pouvoir vous dire que cette jeune femme vous aime plus que tout au monde, qu'elle attend un enfant de vous, un enfant de l'amour fou, ce qui la fragilise terriblement… Ces raisons serontelles suffisantes pour qu'à votre tour, vous puissiez vous exprimer ?

Les yeux d'Alex laissèrent alors couler des larmes qu'il ne chercha pas à essuyer. Ce fut l'élément qui le fit céder, il effectua aussitôt un tour sur lui-même. Yeux sombres et regard intense, il sentit monter en lui la bouffée de complète lucidité qui n'apparaît que dans ces situations où se pose un véritable enjeu… Dès lors, prenant le contre-pied des déclarations enregistrées, impavide et avec une petite étincelle d'altruisme, il expliqua :

— Il faut que vous sachiez toute la vérité. Tout est de ma faute et seulement de la mienne. C'est moi qui ai supprimé mon épouse, sur ma propre décision. C'est moi qui ai eu l'idée de faire disparaître Guillaume Le Rohic… Elle n'a fait qu'exécuter ce que je lui ai recommandé de faire, puisque, comme vous venez de le dire, Maryse est enceinte et elle cédait à toutes mes demandes, sous mon emprise et contre sa volonté…

Toutes ses déclarations n'eurent pour seul objectif que de lui faire porter toute la responsabilité des deux meurtres. Il devenait évident qu'il voulait tout endosser et disculper le plus possible sa maîtresse pour la ménager et, sans doute, préserver le plus possible, leur futur enfant. Peut-être aussi, tentait-il de gagner du temps comme s'il voulait échapper à l'inéluctable pour elle. Il était devenu, brutalement, tellement différent à présent, presque détaché, froid, plus grave, plus soucieux. Il ne semblait pas accablé, plutôt absent, comme s'il voulait offrir un visage impénétrable, vidé de ses émotions, tourné vers lui-même.

Les deux OPJ n'étaient pas dupes de la manœuvre et cette forme de générosité suprême présentait quelque chose de pathétique.

De toute façon, il appartiendrait à la justice de défaire l'écheveau et d'attribuer à chacun sa responsabilité, notamment lors des reconstitutions…

Ils établirent le procès-verbal de l'interrogatoire qui rejoignait, dans le déroulement, en tout point, celui de Maryse. Alex Canéda insista une nouvelle fois pour faire valider sa totale responsabilité dans toute l'affaire et signa le document. À cet instant, il incarnait à la fois la solitude et l'exil. Ce n'était plus le même homme. Phil et François ne ressentaient pas de compassion mais de la colère et de l'amertume.

Les deux OPJ demandèrent à Stéphane de les rejoindre et rendirent compte au patron qui avertit le procureur. L'affaire Canéda venait de connaître son épilogue…

En quittant le bureau du patron, tous les trois ne cessaient de penser à la façon dont ils avaient été manipulés par Alex Canéda, avec quelle habileté il les avait conduits là où il voulait, en insistant toujours sur la nécessité impérieuse d'arrêter le meurtrier de son épouse. Cela fit dire à François :

— Il tenait tellement à ce que l'on arrête le salaud qui avait tué son épouse… Eh bien, il a tout lieu d'être satisfait, voilà que c'est chose faite !

Décidément, l'esprit de certaines personnes resterait pour lui comme une obscure fosse aux serpents…

ÉPILOGUE

Phil, François et Stéphane se rendirent dans la pièce qui servait ponctuellement d'infirmerie. Un gardien se tenait devant la porte d'entrée, un autre dans la pièce où Maryse se reposait, allongée sur un lit d'angle.

Phil et François avaient à cœur de rétablir la vérité quant au comportement d'Alex Canéda. C'était pour eux une question d'honnêteté et de respect le plus élémentaire vis-à-vis de cette jeune femme.

En les voyant entrer dans la pièce, elle se releva pour s'asseoir sur le bord du lit. Elle paraissait définitivement désespérée et seule, sans désir, sans curiosité, certainement humiliée par l'homme qu'elle aimait, incapable de se concentrer pour écouter de façon attentive les deux OPJ, réduite à une simple apparence de vie, détruite…

Phil se chargea de lui signifier qu'à aucun moment, son amant ne l'avait trahie, bien au contraire. Ils avaient dû recourir à ce subterfuge pour connaître la vérité et surtout pour tenter d'attribuer à chacun ses responsabilités dans toute cette tragédie.

Au prix d'un effort surhumain, elle réussit à comprendre les propos de Phil. Son trouble fut immédiat, les larmes jaillirent aussitôt.

Malgré leurs méfaits, Phil lui déclara qu'il ne faisait aucun doute que leur amour, l'un pour l'autre, resterait intact, total et les aiderait à surmonter les longues années de séparation qu'ils allaient vivre en milieu carcéral. Elle tenta d'esquisser une sorte de sourire qui prit la forme d'un rictus, comme un timide rayon de soleil entre les lourds nuages noirs d'un orage.

D'une voix étouffée, d'un souffle filé qui avait du mal à naître dans sa gorge, elle bafouilla un remerciement émouvant à l'intention de Phil, tout en caressant machinalement de la main son ventre rebondi où le futur enfant devait déjà sans doute commencer à se manifester.

Les secondes qui suivirent furent comme des heures et, lorsqu'ils quittèrent la pièce, Maryse Tréfléan, en larmes, portait désormais le masque de la douleur. Les OPJ se souviendraient sans doute longtemps de la tristesse de son regard à cet instant et de sa dernière phrase pleine de désenchantement.

Ils la quittèrent. Aussitôt après dans le couloir, François fut appelé par Michel de Plescop sur son portable. Il venait lui apprendre qu'au vu de ses investigations, il avait, pour sa part, désormais, la conviction qu'Alexandre Canéda et sa maîtresse avaient joué un rôle actif dans la disparition tragique de madame

Canéda et de son fils. Après quelques secondes de silence, François lui confirma qu'ils venaient de le devancer et lui précisa qu'ils bouclaient l'enquête après avoir procédé aux arrestations.

— Une fois de plus, tout s'est tramé dans l'environnement des victimes… rajouta-t-il.

— Eh oui ! Pour notre part, malgré les années d'expérience, nous découvrons encore que nous faisons un métier où il est préférable de se montrer trop méfiant plutôt que trop naïf…

Quand ils se retrouvèrent tous les trois dans le bureau pour mettre la dernière main à toute cette affaire, ils restèrent un long moment silencieux. Une sorte d'abattement les rongeait. Ils voyaient avec lucidité, une lucidité effroyable, ce chemin de souffrance qui attendait la jeune femme. Sa situation de future maman ne pouvait les laisser indifférents. Ils sortaient bouleversés de cette enquête. Combien d'années faudrait-il pour que ce couple puisse tenir par la main, entre eux deux, cet enfant qui allait naître ?

La nuit allait bientôt tomber sur la vie de cette femme. Elle serait longue, dévorée de cauchemars, peuplée par la hantise de ses codétenues. Dans quelques minutes, elle passerait ses derniers moments de liberté en couvrant d'un regard vide et triste ce qui l'entourait, dans cet espace bifide, entre liberté et prison. L'enquête était terminée, implacable.

Cette femme resterait seule sur la rive, elle qui avait rêvé d'un lit de lumière, d'une nef enchantée et d'un long chemin d'amour qui l'auraient emmenée loin dans la joie, le bonheur et l'insouciance.

À cet instant, son vœu le plus cher était sans doute de vouloir oublier, de retrouver la paix. Chose impossible : jamais elle ne pourrait oublier…

*

* *

Samedi 6 juin 2009.

La semaine leur suffit tout juste pour boucler l'aspect administratif de cette enquête et leur permettre de remettre un dossier complet au patron. Bien sûr, avant leur départ, le dernier jour, Phil et François furent remerciés et félicités par toute leur hiérarchie pour leur travail et leur précieux concours. Bien sûr, Stéphane garderait un souvenir indélébile de cette riche expérience qui devait lui avoir permis de mettre toutes les chances de son côté pour réussir son examen d'officier de police judiciaire, d'autant que Phil lui ferait suivre des documents très utiles à cette réussite.

Bien sûr, cette expérience supplémentaire viendrait enrichir leur vie professionnelle. Mais le souvenir qu'ils garderaient sans doute le plus longtemps, serait l'image troublante de cette jeune femme qui allait donner la vie après avoir donné la mort…

Malgré tout cela, ce samedi commença par une

bonne nouvelle. Elle émanait d'un collègue de la gendarmerie de Vannes qui les informait que Nathalie Le Bourgeois venait de mettre au monde, en ce 6 juin, à une heure quarante, un petit Lukas, avec un "k" avait-il précisé, à la maternité de la clinique Océane de Vannes. En cette journée historique où, le président des États-Unis avait fait le déplacement en Normandie pour commémorer les cinquante-cinq ans du débarquement, au côté de notre président de la République et d'une représentation de Grande-Bretagne et du Canada. Partout la vie continuait...

Une nuit étoilée de premiers jours de juin s'était installée sur Vannes, quand ils quittèrent l'hôtel de police du boulevard de la Paix. Ils venaient de décider tous les trois d'aller dîner une dernière fois à l'Éden, puis de prendre un verre à la terrasse de la place Gambetta dans les senteurs marines. Cet instant resterait comme un moment hors du temps, dans ce début de nuit lumineux et serein, dans les rumeurs de la ville.

Quand ils se levèrent, une certaine fraîcheur les avait engourdis. Le ciel était clair et immobile. Les lumières des abords du port de plaisance donnaient à l'eau noire l'aspect d'une voûte céleste semée d'étoiles.

Phil et François roulaient déjà sur la voie express qui les ramenait vers Quimper. Une quinzaine de minutes plus tard, ils empruntaient le pont de Kerplouz qui enjambe le Loch.

Ils apercevaient furtivement sur leur droite, en contrebas, le magnifique petit port de Saint-Goustan touchant Auray et, déjà, toutes leurs pensées étaient projetées vers chez eux, vers leur famille, dirigées vers cette intense allégresse de leurs retrouvailles. Les deux hommes entretenaient des rapports particuliers où se mêlaient la fascination réciproque, une forme très masculine d'affection et une réelle complicité.

— Tu vois, Phil... dit François, comme à chaque fois qu'il se lançait dans une de ses idées philosophiques très personnelles, il faut se dépêcher de vivre et se dépêcher d'aimer. Nous croyons toujours avoir le temps, mais ce n'est pas vrai. La vie passe si vite qu'il faudrait pouvoir profiter de chaque jour...

— Oui... je sais... se contenta de répondre Phil en haussant les épaules d'un air résigné, peu décidé à s'engager dans ce genre de débat qu'il savait sans fin.

Son esprit se trouvait déjà auprès de son épouse Gwen et de sa petite Clémence. Il pensa que prétendre lutter contre le destin était sans doute une illusion et aussi que la vie était une série de scènes et le rideau se fermait si discrètement sur la dernière qu'on ne se rendait même pas compte parfois que la pièce était terminée.

Ainsi allait la vie et c'était très bien : on ne saurait se plaindre éternellement d'anciennes blessures ou de peines passées.

La vie continuait par cette grâce des jours de printemps.

De nouvelles affaires ne manqueraient pas de venir effacer progressivement le goût amer de cette dernière… Tout comme l'herbe finit toujours par repousser sur les sols les plus dénudés, quoi qu'il ait pu arriver sur cette terre…

FIN

Quadri Signe - Editions Alain Bargain
125, Vieille Route de Rosporden - 29000 Quimper
E-mail : editions.alain.bargain@orange.fr
Site Internet : http://pagesperso-orange.fr/editions.bargain

Dépôt légal n°4 - 4e trimestre 2009
ISBN 978-2-35550-051-0 — ISSN 1281-7813
N° d'impression : 909189
Imprimé en France

Hygge

Ein Lebensstil der wirklich Glücklich macht

Das Glück, das Sie nicht kaufen können

MARGARITA SEETHALER

1. Auflage

ISBN:1978393334
ISBN-13:9781978393332

INHALT

KAPITEL 1
EINLEITUNG

Ein Lebensstil, der glücklich macht? Ja, den gibt es! Hygge nennt sich der neue Lifestyle-Trend und verspricht mehr Zufriedenheit im Alltag. Dieser Ratgeber erklärt dir, was Hygge überhaupt ist, warum es glücklich macht und wie du deinen Alltag rundum hyggelig gestaltest.

Keine Sorge, es sind keine unangenehmen Veränderungen.

Ganz im Gegenteil: Mit Hygge wirst du dein Leben von Tag zu Tag mehr genießen und die Kleinigkeiten mehr und mehr zu schätzen wissen.

KAPITEL 2
WAS BEDEUTET HYGGE?

Die Dänen wurden schon vier Mal zum glücklichsten Land der Welt gekürt und auch sonst stehen sie auf dieser Liste ganz weit oben. Irgendetwas muss das skandinavische Land also richtigmachen. Etwas, was wir Deutschen anscheinend nicht tun.

Das Stichwort lautet „Hygge“. Das Lebensgefühl kommt aus Dänemark und entspringt dementsprechend auch der dänischen Sprache. „Hyggelig“ hat seinen Ursprung im Substantiv „hu“, das ist ebenfalls dänisch und bedeutet „Sinn“ oder „Gedanke“.

„Hyggelig" ist von dessen Ursprung nicht weit entfernt und bedeutet „nachdenklich" oder „sorgfältig" und genau darum geht es bei dem Lifestyle.

Hygge soll ein angenehmes Gefühl verbreiten, sich wohlzufühlen ist oberste Priorität. Das Lebensgefühl Hygge hilft dir dabei, genau dieses Gefühl Tag für Tag zu spüren.

Das absolute Gegenteil ist natürlich unhyggelig. Was das genau ist, erfährst du am Ende dieses Ratgebers.

KAPITEL 3
WORUM GEHT ES BEI HYGGE?

Bei Hygge geht es um viel mehr als „nur“ glücklich sein. Es geht vor allem darum, diesen Zustand des Glücks und der Zufriedenheit zu erreichen. Ganz nach dem Motto „der Weg ist das Ziel“.

Wer hyggelig lebt, der verwandelt seine eigenen vier Wände zu einem Wohlfühlort. Wer hyggelig ist, der kann sich schon an den Kleinigkeiten des Lebens erfreuen und genießt gemeinsame Stunden mit seinen Freunden, ganz ohne Smartphone natürlich.

Das Tolle an dem Hygge-Trend ist es, dass er unter Umständen gar nichts kosten muss. Egal ob du viel

Geld besitzt oder gerade so über die Runden kommst: Zum Hyggeln brauchst du nicht viel Geld. Es geht primär darum mit dir selbst glücklich zu sein, den Moment zu genießen und negative Gedanken hinter dir zu lassen.

Den Moment genießen kannst du, indem du die Kleinigkeiten in deinem Alltag wertschätzt. Wie du das anstellt, erfährst du in den folgenden Kapiteln.

Gegebene Dinge genießen, wie beispielsweise die Natur, egal zu welcher Jahreszeit, gehört auch zum Hyggeln dazu.

Aber nicht nur Zeit mit dir allein auch gemeinsam macht Hygge unfassbar glücklich.

Bei dem dänischen Lifestyle geht es vor allem darum, deinem hektischen Alltag einen Strich durch die Rechnung zu machen. Dieser hetzt dich von Ort zu Ort, aber nicht mehr mit dir.

Innehalten, durchatmen und die Fähigkeit eine Pause machen zu können, sind vor allem heute keine Selbstverständlichkeit mehr. Hygge bringt dir bei, wieder mehr auf dein Inneres zuhören, in dich hinein zu horchen und zu erkennen, was du gerade wirklich brauchst.

KAPITEL 4
WIE LEBT MAN DENN NUN HYGGELIG?

Hyggelig leben kann man in so gut wieder jeder Situation. Deswegen behandelt dieses Buch verschiedene Settings und sogar Jahreszeiten. Erwarte nicht, von heut auf morgen ein Meister des Hygges zu werden. Deine Einstellung zu deinem Alltag und deinem Leben wird sich merkbar verändern, aber lass dir Zeit dabei. Denn genau darum geht bei Hygge: Sich Zeit lassen.

Denn zu Hygge gehört eine Menge dazu. Die richtige Einstellung zum Alltag, entspannte Unternehmungen, bewusstes Genießen und das Schaffen eines gemütlichen Zuhauses.

Das sind auf den ersten Blick recht viele Dinge, aber keine Sorge. Die meisten gehen Hand in Hand ineinander über. Nimm dir also ruhig Zeit und mach das Projekt „Hygge“ selbst rundum hyggelig.

KAPITEL 5
WIE DU LERNST, KLEINE MOMENTE IN DEINEM ALLTAG WIEDER ZU SCHÄTZEN

Oft hetzen wir in einem dermaßen schnellen Tempo durch unseren Alltag, dass wir links und rechts nichts mehr sehen. Die alte Dame im Supermarkt, die uns angelächelt hat oder der Mann, der uns die Tür aufgehalten hat. All diese kleinen Gesten übersehen wir, dabei könnten sie uns so viele kleine Glücksmomente bescheren.

Im Focus stehen wir, dabei übersehen wir oft Menschen und Dinge um uns herum.

Karriere, To-Do-Listen, Termine über Termine. Natürlich müssen diese Dinge erledigt werden, aber schraube sie ein wenig zurück, um Platz für die kleinen Dinge in deinem Leben zu schaffen.

Welche Kleinigkeiten sind dir wichtig?

Um die Kleinigkeiten in deinem Leben mehr zu schätzen, musst du dir erstmal über sie bewusstwerden.

Setze dich dafür hin, nimm dir einen Moment Zeit und überlege, für welche Dinge du dankbar bist. Das kann der leckere Kaffee am Morgen sein, der dich ein Stückchen wacher macht. Eine warme Dusche, nach einem kalten Wintertag, aber auch die schöne Sofaecke in deinem Wohnzimmer.

Denke darüber nach, welche Selbstverständlichkeiten in deinem Leben dir fehlen würden, wären sie nicht mehr da. Die abendlichen Filme gucken mit deinem Partner? Der wöchentliche Anruf von Mutti? Das Stück Schokoladenkuchen zum Nachtisch?

Beschränke dich dabei mehr auf die Dinge, die wenig oder gar nichts kosten als materielle Güter. Das Glück, das du beim Kauf eines neuen T-Shirts empfindest, währt oft nur sehr kurz. Hast du aber einen Pullover in deinem Schrank, den du über alles liebst, kannst du dich natürlich auch an ihm erfreuen. Oft liegt es aber daran, dass du mit diesem Kleidungsstück besondere Erinnerungen verbindest.

Stelle dir bei dieser Liste also folgende Fragen:

Welche Dinge machen mich im Alltag glücklich?
Welche Menschen machen mich im Alltag glücklich?
Welche Aktivitäten machen mich im Alltag glücklich?

Dir fällt keine Aktivität ein? Denk nochmal nach! Fährst du vielleicht mit dem Fahrrad zu Arbeit? Dann achte verstärkt auf die frische Luft am Morgen, die dir ins Gesicht weht. Vielleicht ist es auch das Hören deines Lieblingssongs im Auto. Es gibt viele Aktivitäten im Alltag, die dich glücklich machen, du musst sie nur wahrnehmen.

Gehe bewusster durch deinen Alltag

Nun weißt du, was dir wichtig ist. Diese Liste wird mit der Zeit immer länger werden, denn nun achtest du bewusster auf die kleinen Momente in deinem Alltag. Das schaffst du, indem du für jeden Moment, der in deiner Liste auftaucht, bewusst dankbar bist, wenn du ihn erlebst.

Lass ein wenig Glück durch dich strömen, wenn du deinen morgendlichen Kaffee ein wenig bewusster genießt als sonst.

Durch diese kleinen Übungen werden dir immer mehr Dinge und Menschen in deinem Alltag auffallen, die dich ein wenig glücklicher machen. Vielleicht ja die nette Kollegin, die dir einen Schokoriegel an deinen Arbeitsplatz gelegt hat.

Sei experimentierfreudig oder entdecke alte Vorlieben wieder

Du gehst nun bewusster durch deinen Alltag. Dabei fällt dir jetzt auch verstärkt auf, was dir fehlt.

In deinen Körper hineinzuhorchen fällt dir nun schon etwas leichter als zu Anfang. Vielleicht schreit er nach Bewegung. Dann schaff in deinem Alltag Platz für Yoga oder Spaziergänge oder Volleyball oder eine andere Art der Bewegung, die dich glücklich macht.

Dabei muss der erste Versuch nicht gleich ein Volltreffer sein. Mache neue Erfahrungen, denn dadurch fühlst du dich gleich viel lebendiger. Das Gefühl, das du hast, wenn du etwas Neues ausprobierst, zieht dich ein wenig aus deinem grauen Alltag heraus. Hast du etwas gefunden, kannst du auch dies auf deine Liste der Dinge setzen, die dich glücklich machen.

Vielleicht entdeckst du auch ein altes Hobby wieder. Du bist als Kind gern geritten? Dann steige wieder auf ein Pferd und nimm eine Probereitstunde.
Du hast leidenschaftlich gern gemalt? Dann schnapp dir ein Zeichenblock oder Leinwand und Pinsel und leg los!

Vielleicht ist auch schon immer ein Schriftsteller an dir verloren gegangen. Nur weil du keine Aufsätze mehr für die Schule schreiben musst, kannst du trotzdem Geschichten verfassen. Setz dich an deinen Laptop oder nimm ein Notizbuch zur Hand und schreibe auf, was dir in den Sinn kommt.

Du wirst sehen, wann du einmal gemocht hast, magst du ganz schnell wieder.

Teile deine Zeit neu ein

Aufstehen, anziehen, zur Arbeit, Mittagessen, Arbeit, nach Hause, Abendessen, Fernsehen, ab ins Bett und wieder auf Anfang.

So sieht der Alltag vieler Menschen leider aus. Die Ausrede „Der Tag hat zu wenig Stunden“ fällt dabei mehr als oft. Es ist in Wirklichkeit aber keine Ausrede, sondern zeigt nur, dass du deine Zeit nicht richtig einteilst.

Wie wäre es, wenn du deine Mittagspause nicht immer am selben Ort verbringst? Esse doch mal draußen oder mache dabei einen kleinen Spaziergang. Bring dir ruhig auch mal etwas Anderes zu Essen mit.

Du isst immer in der Kantine oder hast nur ein Butterbrot dabei? Wie wäre es denn mal mit einem leckeren Salat oder, wenn du dir mit deiner Kollegin Sushi auf die Arbeit bestellst? Du denkst, deine Kollegen gucken dann doof? Natürlich, denn dein glückliches Gesicht, wenn du dein Essen siehst, kann andere schon neidisch machen. Denn du durchbrichst gerade ein Gewohnheitsmuster, das schaffen viele andere nicht.
Anstatt dich abends direkt vor den Fernseher zu setzen, kannst du doch entspannt ein Glas Wein trinken, deine Lieblingsplaylist hören und dir Essen für den nächsten Morgen vorbereiten.

Allgemein überlege, ob es dich wirklich glücklich macht, dich von der alten Flimmerkiste berieseln zu lassen. Vielleicht hast du ein Buch im Regal stehen, das du schon immer mal lesen wolltest? Nimm es, anstatt der Fernbedienung, zur Hand.

Du hast mehr Zeit, als du denkst, lass sie dir nicht von Momenten in deinem Leben stehlen, die genauso grau sind wie dein Arbeitstrott.

Schreibe doch mal zwei Tage auf, mit welcher Aktivität du wie viel Zeit verbringst. Allein die Zeit, die du auf sozialen Netzwerken verbringst, wird dir einen Schrecken einjagen.

Die Urlaubsbilder deines alten Klassenkameraden anzugucken, macht dich nicht wirklich zufriedener. Lege stattdessen dein Smartphone zur Seite oder schließe deinen Browser und überlege, was dich wirklich glücklich machen würde. Vielleicht denkst du dann wieder an die Liste mit den schönen Kleinigkeiten.

KAPITEL 6
DAS SMARTPHONE – ZEITDIEB UND UNGLÜCKLICH-MACHER

Das Smartphone ist sicherlich eine fantastische Erfindung, das möchte ich an dieser Stelle gar nicht bestreiten. Wir können mit unseren Liebsten in Kontakt bleiben und können uns ganz schnell über die neusten Ereignisse informieren.

Aber genau hier liegt auch die Krux: Wir wollen immer mittendrin bleiben und das Smartphone gibt uns das Gefühl immer in der Mitte des Geschehens zu sein. Dabei bewirkt es das Gegenteil: Es schließt uns aus dem Leben aus.

Die Zeit, die du an deinem Handy verbringst, also die Zeit auf sozialen Medien, Messengers und wie oft du es entsperrst, können verschiedene Apps dir anzeigen. Viele davon sind kostenlos und helfen dir, der Wahrheit ins Gesicht zu blicken.

Nachdem du weißt, wie oft du dein Smartphone benutzt, versuche die Benutzung zu reduzieren. Jeden Tag ein wenig mehr.

Denn es ist wissenschaftlich erwiesen, dass das Ansehen von Fotos auf Social Media Plattformen unglücklich, unzufrieden und sogar depressiv machen kann.

Du wirst jetzt sagen: „Ja, aber bei mir ist das nicht so". Das ist die natürliche Reaktion auf dieses Statement. Aber versuche doch einfach mal deine Smartphone-Zeit zu reduzieren und horche in dich hinein: Bist du mit deinem Leben zufriedener, wenn du nicht mehr die ganzen perfekten Bilder siehst?

Was du stattdessen machen kannst

Oft greifen wir zu unserem Smartphone, wenn wir Warten, Zeit tot schlagen oder uns irgendwie entertainen wollen. Jetzt, wo du versucht dein Handy weniger zu benutzen, bleibt dir die Zeit für andere Kleinigkeiten.

Natürlich ist es erstmal ungewohnt, mit der Hand nicht sofort nach dem Smartphone zu greifen. Deswegen ist hier eine kleine Liste mit Dingen, die du stattdessen machen könntest:

- Einen Roman lesen
- Einen Spaziergang machen
- Ein leckeres Essen zubereiten
- In einer Zeitschrift blättern
- Aus dem Fenster blicken und die Gedanken einfach mal schweifen lassen
- Ein Bild malen, krakelige Skizzen sind auch in Ordnung
- Ein Bildband zur Hand nehmen

- Alte Fotos ansehen
- Aufräumen und alten Kram aussortieren
- Musik hören
- Jemanden anrufen, anstatt den Messenger zu benutzen
- Dich ungestört mit Freunden unterhalten
- In Ruhe deine nächste Woche planen
- Einen Katalog durchblättern
- Im Zug die vorbeiziehende Landschaft genießen

Dabei gibt es noch viel, viel mehr hinzuzufügen. Das hier ist nur eine kurze Liste an Vorschlägen.

Du wirst merken, dass dir diese Dinge mehr zurückgeben, als deine Zeit am Handy zu verbringen. Sei experimentierfreudig und probiere es aus!

KAPITEL 7
GEMEINSAM HYGGELN

Bis jetzt habe ich dir mehr erzählt, wie du alleine hyggelst und deine Freunde und Familie nur ab und zu erwähnt, aber auch sie gehören zum Hyggeln dazu.

Gemeinsames Beisammensein, sich unterhalten und zusammen lachen ist für Hygge essenziell. Jetzt, wo du dein Smartphone aus der Hand legen kannst, ist diese gemeinsame Zeit sogar umso schöner.

Ein Gefühl der Intimität und enger Freundschaft wird bei Hygge großgeschrieben. Zusammen sind wir weniger allein und soziale Kontakte machen glücklich.

Um diese Intimität zu schaffen, ist ein aktives Miteinander unabdingbar.

Sich zu treffen und dann jeweils auf sein Smartphone zu starren, nur um seinem Gegenüber mal kurz ein süßes Katzenvideo zu zeigen, ist kein Beisammensein im Sinne von Hygge.

Vielmehr ist es gemeinsam zu sprechen und sich Neuigkeiten mitzuteilen. Auch Sorgen gehören dazu, denn besprechen wir unsere Sorgen mit unseren Liebsten, schrumpfen sie in der Regel ein wenig, manchmal sogar gänzlich.

Gemeinsam Brettspiele spielen mag im ersten Moment absurd klingen, verspricht aber einen Nachmittag oder Abend voller Gelächter und amüsanter Diskussionen.

Gemeinsam neue Cafés entdecken, ganz traditionell ins Kino zu gehen und sich anschließend über den Film austauschen, all das sind Aktivitäten, die euch zusammenbringen.

Auch ein Ausflug in die Natur ist eine tolle Möglichkeit, wieder näher zusammenzurücken. Gemeinsam könnt ihr euch auf die unterschiedlichsten Dinge aufmerksam machen. Ein Eichhörnchen, was einen Baum hochflitzt zum Beispiel. Aber auch zum Thema Natur gibt es noch ein extra Kapitel.

Einen ganz besonderen Stellenwert hat, beim Hyggeln mit Freunden und der Familien, gemeinsames Essen und Trinken.

KAPITEL 8
HYGGELIGES ESSEN UND TRINKEN

Wie gesagt: Es gibt kaum etwas Geselligeres als zusammen mit der Familie oder Freunden an einem Tisch zu sitzen und bei gutem Essen, Wein oder einem Kaffee zu schnacken. Egal zu welcher Jahreszeit, es gibt immer das richtige Essen dazu.

Dabei kann es deftig, aber auch sehr süß werden. Deftige Speisen wie Filetbraten mit Senfsauce, Köttbullar oder Spinatkuchen sind total köstlich. Vor allem mit einem Glas Weiß- oder Rotwein. Und seien wir doch mal ehrlich, wenn man gemeinsam isst, schmeckt alles direkt viel besser.

Aber auch nachmittags bei Kaffee, Tee und Gebäck wird es sehr hyggelig. Natürlich ist heiße Schokolade auch vollkommen angebracht, Hauptsache ein leckeres Heißgetränk.

Süßes gibt es in Hülle und Fülle, um einen hyggeligen Nachmittag so richtig zu zelebrieren. Blaubeerpfannkuchen, die berühmten Kanelbullar oder doch lieber ein köstliches Lakritz-Eis.

Skandinavier und insbesondere Dänen lieben Süßes. Denn Süßes macht tatsächlich glücklich und bewahrt die Dänen jedes Jahr erneut vor einer Winterdepression, die durch das fehlende Sonnenlicht nicht zu unterschätzen ist.

Sieh Essen nicht mehr als lästige Notwendigkeit an. Lasse dir Zeit dabei, ob alleine oder mit deinen Liebsten. Gib dir Mühe beim Zubereiten und schmecke jeden Bissen ganz bewusst.

KAPITEL 9
WIE DU DAS GANZE JAHR ÜBER HYGGELST

Hygge ist zum Glück nicht von einer Jahreszeit abhängig. Es geht sowohl an warmen Tagen, als auch an kalten. Eine menge Outdoor-Activities sind dabei, aber vor allem im Winter wird es in den eigenen vier Wänden kuschelig und gemütlich.

Damit du weißt, wie du zu jeder Jahreszeit am besten hyggelst, gibt es nun zu jeder Jahreszeit ein paar Anregungen an Unternehmungen.

Hygge im Frühling

Es wird endlich wieder grün. Die Luft riecht auch ganz anders, merkst du das auch?

Damit du dich an den ersten grünen Knospen erfreust, geht es natürlich raus an die frische Luft. Dort kannst du auch die ersten Vögel wieder fröhlich singen hören. Die ersten Sonnenstrahlen kannst du nun endlich wieder spüren. Jeden Tag werden sie etwas kräftiger.

Mit diesen Unternehmungen verpasst du das Erwachen der Natur nicht, im Gegenteil: So erlebst du sie hautnah mit.

- Fahre Fahrrad. Egal ob zur Arbeit, in die Stadt oder einfach nur so.
- Geh spazieren! Nimm als Ziel ein kleines Café deiner Wahl, vielleicht kannst du sogar schon draußen sitzen?

- Pflanze die ersten Blumen. Vor allem Tulpen sind wunderschön und typische Frühlingsboten.
- Bringe deine Wohnung auf Vordermann. Der Winter ist vorbei. Es wird wieder Zeit alten Kram auszumisten. Denn ein aufgeräumtes Umfeld ist eine gute Voraussetzung für einen aufgeräumten Geist.
- Besuche Flohmärkte und schlage Schnäppchen. Romane, Schallplatten und wunderschöne Einzelstücke waten dort auf dich!
- Pflücke Blumen bei einem Spaziergang und erfreu dich an ihnen, wenn du sie in eine Vase stellst.

Hygge im Sommer

Die Tage werden heißer und heißer, die Menschen strahlen und du bist mittendrin. Im Sommer solltest du jeden Sonnenstrahl aufsaugen, denn im Winter braucht dein Körper die dadurch gespeicherten Vitamin D Vorräte.

Außerdem kannst du im Sommer so wahnsinnig viel erleben! Hier sind einige Beispiele.

- Ein Picknick im Freien mit deinen Liebsten.
- Eine Grillparty, die bis in die späten Abendstunden dauert.
- Festivals mit Freunden, auf denen du die Musik genießt und tanzt.
- Kurzurlaube planen. Suche dir kleine Reiseziele in der Nähe aus. Es muss nicht immer weit weg sein, um sich weit weg zu fühlen.
- Schwimmen gehen, an's Meer fahren und den Sand zwischen deinen Zehen spüren.
- Gartenarbeit. Gieße Blumen, jäte Unkraut und pflege deine Pflanzen.
- Den Sonnenuntergang genießen und dabei nur ein T-Shirt und kurze Hosen tragen.
- Blumen pflücken und in einem Buch pressen.
- Den Sternenhimmel genießen und Sternschnuppen zählen.

- Am Lagerfeuer sitzen und sich gegenseitig ganz viel erzählen

Hygge im Herbst

Die Tage werden allmählich wieder kürzer. Die Sonne lässt sich immer weniger blicken. Dafür werden die Bäume bunt und es wird immer stürmischer. Das ist eine gute Zeit, um draußen die Natur zu genießen, aber auch für gemütliche Abende daheim.

- Kastanien sammeln und wie früher süße Tierchen daraus basteln. Entdecke das Kind in dir wieder!
- Spaziergänge durch den Wald. Nimm den Geruch von Laub wahr und genieße den Anblick der bunten Blätter.
- Gemeinsam mit Freunden die letzten warmen Herbsttage genießen und, in einer Decke eingehüllt, draußen einen Tee trinken.
- Dich auf dein Sofa lümmeln und ein Buch lesen.

- Leckere Kürbissuppe kochen und sie deinen Liebsten servieren.
- Deinen Garten winterfest machen.
- Den Regen gegen die Scheibe schlagen hören und einfach mal eine Pause machen.
- Ein heißes Bad nach dem ersten richtig kalten Herbsttag.

Hygge im Winter

Die dunkelste und kälteste Jahreszeit ist da. Aber kein Grund, um Trübsal zu blasen! Jetzt wird Gemütlichkeit ganz großgeschrieben! Allein und auch zusammen!

- Eine Liste mit Weihnachtsgeschenken anfangen.
- Dir ganz viel Mühe beim Verpacken der Geschenke geben und sie schön dekorieren.
- Stricken lernen und deine ersten, selbstgemachten kuscheligen Socken tragen. Auch wenn sie nicht perfekt aussehen.

- Gemeinsames Schlemmen mit Freunden und Familie.
- Den ersten Schnee unter den Schuhen knirschen hören.
- Mal wieder einen Schneemann bauen.
- Mit Handwärmern einen Spaziergang machen und die kalte Luft genießen.
- Ganz bewusst dein Lieblingsalbum hören. Hörst du vielleicht Stellen, die dir vorher nie aufgefallen sind und dir jetzt Gänsehaut bereiten?
- Gemeinsam auf den Weihnachtsmarkt gehen und Glühwein trinken.
- Viele Kerzen anmachen und die Gemütlichkeit zelebrieren.

Hat hier jemand Kerzen und Gemütlichkeit gesagt?

KAPITEL 10
SO VERWANDELST DU DEIN ZUHAUSE IN EIN HYGGE-PARADIES

Das Zuhause gilt in der Hygge Philosophie als ein sehr wichtiger Ort. Dort kannst du dich zurückziehen, durchatmen und eine Pause machen. Das geht natürlich am besten in einer Atmosphäre, in der du dich wohlfühlst und gut abschalten kannst.

Überlege daher, die Einrichtung und Dekoration deiner Wohnung vielleicht etwas umzugestalten.

Ist sie für dich der erste Ort, den du mit Gemütlichkeit assoziierst?

Diese Gründe könnten dafür verantwortlich sein, dass es nicht so ist.

1.Du besitzt ziemlich viel Zeug

Deine Wohnung platzt aus allen Nähten. Du hast nicht nur einen vollen Kleiderschrank, die Anzahl deiner Möbel könnte mit einem Einrichtungshaus mithalten. Überall stehen Kleinigkeiten, die Regale sind vollgepackt mit Kram und die Wände ebenfalls. An jedem Fleck deiner Wohnung steht etwas herum.

Eine Wohnung, in der Chaos herrscht, verbreitet Unruhe. In so einem Zuhause kommst du nur schwer zur Ruhe, weil dich ständig irgendetwas ablenkt.

Versuche auszumisten, trenne dich von Sachen. Brauchst du wirklich zehn Vasen und drei Spielekonsolen? Ist es wirklich nötig, dass du dreißig Gewürze besitzt? Gehe durch deine Wohnung und versuche dich nach und nach von Dingen zu trennen, die du entweder seit einem Jahr nicht benutzt hast, kaputt sind oder nicht gerade von höchster emotionaler Bedeutung sind.

2.Deine Möbel harmonieren nicht miteinander

Dein Wohnzimmerschrank ist aus Pinie, der Couchtisch aus Kiefer, ach und die Stehlampe sieht so modern aus neben dem Retro-Sessel. Versuche eine klare Linie in deiner Wohnung zu fahren. Überlege, ob es rustikal, shabby-chic, minimalistisch oder doch lieber industrial werden soll.

Recherchiere ruhig nach verschiedenen Wohnungsstilen, schaue dir Bilder dazu an und überlege, wo du dich am wohlsten fühlen würdest.

Oder anders: Überlege welcher Stil deiner Wohnung am nächsten kommt und was du verändern müsstest, damit sie so aussieht.

Du kannst nun natürlich ins nächste Möbelhaus fahren und dich neu ausstatten oder besser: Mache deine Wohnung zu einem sehr persönlichen Projekt.

Einige Möbel kannst du sehr leicht selbst bauen, andere findest du Secondhand und denkst dann bei ihrem Anblick vielleicht daran, wie du um sie gefeilscht hast.

Verwandle deine Wohnung in deine persönlichen vier Wände, indem du auch deinen Möbeln eine Geschichte gibst.

3.Deine Wohnung besitzt kein Herz

Deine Wohnung sieht ganz schön aus, aber sie besitzt nicht den ultimativen Rückzugsort.

Das ist bei einigen die Küche, bei anderen das Wohnzimmer und bei anderen wiederum eine kleine Leseecke.

Überlege, wie du am besten entspannst. Malst du gerne, bietet es sich an, das Zimmer, in dem du das tust, besonders gemütlich zu gestalten.

Wenn du gerne liest, bietet sich eine bereits angesprochene Leseecke an. Diese muss gar nicht aufwendig sein. Ein paar Regale mit Büchern, einem Sessel und einer Lampe können schon die Basics sein.

Für andere ist das Herzstück aber auch eine Küche, wo sich die Familie trifft, einen Tee trinkt und gemeinsam isst und schnackt. Dann sollte dieser Ort besonders auf Gemütlichkeit setzen. Dies kannst du beispielsweise durch komfortable Sitzmöglichkeiten bewirken.

Schaffe eine gemütliche Atmosphäre

Vielleicht hast du entdeckt, wo bei deiner Wohnung der Haken liegt, vielleicht nicht. Vielleicht fehlt deinem Zuhause auch einfach das letzte bisschen Gemütlichkeit.

Das ist gar kein Problem, denn eine gemütliche Atmosphäre ist schnell geschaffen.

Und hier musst du gar nicht viel Geld ausgeben. Viele dieser Dinge bekommst du günstig in der Stadt oder online und sie bewirken eine ganze Menge!

Lichter und Kerzen

Vor allem im Herbst und Winter, aber auch an warmen Sommerabenden verbreiten Lichter eine heimelige Atmosphäre.

Lichterketten, Kerzen, die richtigen Glühbirnen und Lampenschirme schaffen dabei schnell Abhilfe.

Platziere Kerzen und Lampions auf deiner Terrasse oder deinem Balkon. Kerzen gehören natürlich auch in die Wohnung. Ins Wohnzimmer, ins Schlafzimmer oder neben der Badewanne, das ist ganz dir überlassen. Auch Lichterketten kannst du überall dort aufhängen, wo sich eine kleine Lichtquelle anbietet, aber ein großes Deckenlicht zu viel des Guten wäre.

Kuschelig ist oberste Priorität

Kissen und Decken verwandeln deine vier Wände zu einem Ort der Gemütlichkeit. Beim gemeinsamen Filmabend mit deinem Partner sind ausreichend Kissen und eine Decke auf der Couch genau das Richtige. Aber auch kuschelige Socken und bequeme Pullover können schon viel verändern. Die Krönung ist natürlich eine Wärmflasche mit einem flauschigen Stoffüberzug für die ganz kalten Tage.

Schmücke deine Wohnung mit etwas Grün

Ich spreche hier nicht von grünen Wänden oder Stühlen, sondern von Pflanzen. Denn diese lassen deine Wohnung stets frisch wirken. Außerdem sorgen sie für saubere Luft innerhalb deines Zuhauses!
Zudem geben sie dir vor allem in den dunklen Jahreszeiten ein positives Gefühl, da du in dieser Zeit des Jahres kaum natürliches Grün zu Gesicht bekommst.

Außerdem fühlt es sich gut an, für die grünen Lebewesen verantwortlich zu sein, sie beim Wachsen zu beobachten und sich dafür heimlich und wohlwollend auf die Schulter zu klopfen.

Wohne hell und klar

Wenn du in einer Wohnung wohnst, in der nur kleine Fenster gibt oder dein Wohnzimmer zur Nordseite ausgerichtet ist, dann ist Helligkeit ein schwieriges Thema.

Aber keine Sorge, auch solche Wohnsituationen müssen sich nicht mit der Dunkelheit abfinden!

Bei dunklen Wohnungen ist es wichtig, dass deine Wände und Möbel in hellen Farben erstrahlen. Vor allem Creme- und Erdtöne sind bei Hygge sehr beliebt. Dunkle Farben hingegen engen den Raum ein und lassen ihn in sich zusammenschrumpfen.

Setze also auf helle Möbel und viel Platz in deinen Räumen.

Hab immer Leckereien Daheim

Leckere Kekse, köstlicher Tee oder ein guter Wein. Spontanen Besuch kannst du auf diese Weise immer Willkommen heißen und ohne viel Vorbereitung mit deinen Liebsten gemeinsam hyggeln.

Immer ein wenig Gemüse auf Vorrat zu haben, ist auch keine schlechte Idee. So kannst du jederzeit mit deinen Freunden eine leckere Kochsession starten.

KAPITEL 11
HYGGE AM ARBEITSPLATZ

Deinen Arbeitsplatz hyggelig zu gestalten ist gar nicht so einfach. Schließlich hast du hier längst nicht so viel Spielraum wie bei dir Zuhause. Dennoch kannst du es dir hier gemütlich machen.

Schöne Lichter, vielleicht Lichterketten oder Kerzen, geben im Herbst und Winter sehr viel her. Vor allem wenn es morgens noch dunkel ist oder gegen Nachmittag schon dunkel wird, erhellen diese Lichter deinen Alltag.

Fotos von deinen Liebsten, eine schöne Schreibtischunterlage, ein schöner Stiftehalter oder ein Notizbuch, in das du dich verliebt hast. Es sind genau diese Kleinigkeiten, die dich bei ihrem Anblick ein wenig glücklicher machen.

Nimm auch regelmäßig Leckereien mit. Wie schon angesprochen, kannst du etwas vorbereiten oder etwas bestellen, aber besonders süße Sachen versüßen dir, im wahrsten Sinne des Wortes, deinen Alltag.

Selbstgebackene Kekse, Schokolade oder eine Schachtel Pralinen. Das Beste: Teile deine Freude darüber mit deinen Kollegen und gib ihnen etwas ab. Glück verdoppelt sich nämlich wirklich, wenn man es teilt

Um direkt gut in einen Arbeitstag zu starten, kannst du dir auch schon am Abend zuvor überlegen, was du anziehst. So verfällst du am nächsten Morgen nicht in Hektik und kannst dich auf ein Outfit freuen, in dem du dich wohlfühlst und zufrieden in den Tag starten kannst.

KAPITEL 12
WENDE DICH VON NEGATIVEN GEDANKEN AB

Das heißt nicht, dass du negative Gedanken und unangenehme Ereignisse verdrängen sollst. Jedoch solltest du ihnen den Rücken kehren, wenn du eine Pause machst. Das Stichwort heißt „Abschalten können".

Mit diesen Tipps schaffst du es, dein Gedankenkarussell einen Moment anzuhalten und die negativen Dinge in deinem Leben kurz auszublenden.

Werde dir deiner negativen Gedanken bewusst

Was macht dir Sorgen? Was macht dir Angst? Was beschäftigt dich? Sammle dich und deine Gedanken und versuche die negativen Dinge in deinem Leben konkret zu benennen. Oft schrumpfen sie dabei schon etwas.

Mache dir klar, dass das meiste davon nur aktuelle Probleme sind. Sie werden nicht für immer da sein, du wirst sie lösen können.

Zudem machst du sie oft schlimmer, als sie es wirklich sind. Werde dir darüber bewusst und mache dir klar, dass du dich darum auch in einer halben Stunde noch kümmern kannst.

Wandle deine negativen Gedanken um

Überliste dich selbst und verwandle deine Ängste und Sorgen in Hoffnungen und Träume. Denke nicht daran, wie du bei der nächsten Präsentation scheiterst und viel stotterst. Denke besser daran, wie du souverän einen Vortrag hältst und die anderen von dir überzeugst.

Habe keine Angst vor einem Job, weil du denkst der Aufgabe nicht gewachsen zu sein oder dort keinen Anschluss zu finden. Denke lieber daran, was du bist jetzt schon alles beruflich geschafft hast und was deine Freunde an dir schätzen.

Gehe mit negativem Verhalten richtig um

Dein soziales Umfeld ist nicht immer nett und freundlich. Aber der Pessimismus deines Arbeitskollegen oder die schlechte Laune deiner Freundin sind nicht deine Schuld.

Sie äußern sich zwar unter Umständen in Bemerkungen, die dich verletzen, aber sie gründen auf negativen Gefühlen, die durch andere Dinge verursacht wurden.

Vielleicht ist die Mutter deines Arbeitskollegen krank oder deine Freundin hatte Stress auf der Arbeit. Versuche negative Reaktionen und Bemerkungen nicht auf dich zu beziehen.

Mit dieser Strategie wehrst du negative Energien ab und nimmst sie nicht selbst auf. Tust du dies nämlich, ist dies eine unendliche Kette negativer Abschläge, die von einer Person zur nächsten weitergegeben werden.

KAPITEL 13
ABSOLUT UNHYGGELIG – SO WIRD ES NICHTS MIT HYGGE

Natürlich muss Beisammensein nicht immer hyggelig sein. Ein paar Verhaltensweisen oder Gesprächsthemen machen einen gemütlichen Abend ganz schnell zu einem unhyggeligen Event. Das willst du natürlich nicht. Deswegen gibt es hier eine Liste mit absoluten Hygge-No-Go's.

Vermeide kontroverse Themen

Umstrittene Themen sind wichtig, keine Frage. Es bringt schließlich nichts, alle Probleme dieser Welt auszublenden.

Aber bei Hygge genießt du den Moment. Daher sind politische Themen oder internationale Angstthemen, beispielsweise Terrorismus, eher unangebracht.

Auch Themen, die zu einem Streit führen könnten, eignen sich nicht. Denn sich streiten ist zwar gesund und muss ab und zu sein, ist aber sehr unhyggelig. Daher sind auch Themen wie Veganismus oder Genderdebatten eher schwierig, da sich hier die Gemüter schnell erhitzen können.

Eine kalte Atmosphäre

Grelle Lichter, kahle Wände oder vollgestellte Wohnungen. Alle Orte und Plätze, an denen man sich nicht wohlfühlt, gelten generell als unhyggelig.
Dort wird erst gar keine gemütliche Stimmung zustande kommen und wenn, dann nur sehr schwerfällig. Erleichtere dir und deinen Liebsten den Einstieg in einen tollen Abend und schaffe eine heimelige Atmosphäre.

Sei nicht die ganze Zeit am Handy

Das Thema Smartphone hatten wir bereits, aber hier möchte ich noch einmal mit Nachdruck erwähnen: Ein Smartphone killt jede Hygge-Stimmung.

Es geht um Intimität, Beisammensein und das Intensivieren von Beziehungen und Freundschaften. Das ist nicht möglich, wenn die Beteiligten am Handy sitzen oder sich bei jedem Geräusch, das das mobile Endgerät von sich gibt, ablenken lassen.

So zeigt jeder, dass er nicht voll und ganz an der Konversation und am Treffen beteiligt ist.

Ihre Margarita Seethaler

Im Anschluss möchte ich Ihnen eine Leseprobe eines meiner Bücher mitgeben. Ich hoffe Sie haben Gefallen daran.

LESEPROBE

INNEREN FRIEDEN FINDEN: WIE SIE EIN LEBEN IN RUHE UND AUSGEGLICHENHEIT FÜHREN

„Warum passiert mir das eigentlich immer?"

An der Eingangstür fällt der Blick auf den Kassenbereich, an dem sich Menschenmassen in gleich vier Warteschlangen drängen. Schon wird die Atmung flacher, der Schritt schneller. „Warum passiert das eigentlich immer mir?", schießt Ihnen durch den Kopf und löst sofort Stress aus. Dann lieber schnell einen Einkaufswagen ausgelöst, im Sturmschritt die nötigsten Lebensmittel eingepackt und wieder zur Kasse gesteuert. Es könnte ja sein, dass inzwischen noch mehr Kunden davor anstehen. Eigentlich sollte es ein entspannender Einkaufsbummel werden. Und ein Geschenk für die hilfsbereite Nachbarin wollte auch noch ausgesucht werden. Zeit wäre heute ausnahmsweise genug vorhanden, aber so …

Montagmorgens irgendwo in Deutschland: Die Bremslichter sind schon weithin zu sehen. Dutzende leuchten grell im noch dunklen Morgen. Und das gerade heute, wo noch eine lange Anfahrt bevorsteht. Nichts geht mehr. Die Autokolonne quält sich im Schritttempo mühsam voran. Jetzt spielt der Vordermann auch noch am Radio, Handy oder Navi herum. Egal, was es ist, er wartet immer lange, bis er auf seinen Vordermann aufschließt. Der Puls beschleunigt sich, der Adrenalinpegel steigt: „Warum passiert das eigentlich immer mir?“ Das Adrenalin kocht über, Herz und Puls beschleunigen sich. Die rechte Hand landet mit voller Wucht auf der Hupe, die Anspannung macht sich lautstark Luft: „Mensch, fahr doch Du Idiot“. Der Blutdruck schaltet auf Überdruck, die Atmung erinnert an einen

Presslufthammer. Das Auto fühlt sich plötzlich an, wie ein Hamsterkäfig. Der so unsanft Angesprochene hat wieder auf den Vordermann aufgeschlossen. Step by step geht es voran. Viel gebracht hat es nicht.

Ausgeglichenheit: erstrebenswertes Ziel oder Lethargie?

Wer in solchen Situationen seinen Gefühlen freien Lauf lässt, hat einiges richtig, aber vieles falsch gemacht. Wer seine Stimmungen stets versteckt und sich verstellt, tut sich nichts Gutes. Stress und Unzufriedenheit machen sich gerne durch Beschwerden im Magen- und Darmbereich oder durch Störungen in der Herzgegend breit. Stimmungsschwankungen, Neigung zu Ärger und Panik zeugen oft von Hilflosigkeit und inneren Stresssituationen. Hilfreich ist es jedenfalls immer, seine Emotionen nicht gewaltsam zu unterdrücken. Cleverer wäre es dagegen, seine Emotionen gar nicht erst über Hand nehmen zu lassen.

Welche Vorteile hat es, ausgeglichen zu sein?

Wer auch mit ungeliebten Situationen und unter Druck gelassen umgehen kann, lebt einfach besser:

- Sie leben gesünder und - wie Studien behaupten - auch länger.
- Sie lassen sich weniger von Dritten beeinflussen.
- Sie können bessere Beziehungen führen oder bestehende verbessern.
- Sie können ganz natürlich bleiben.
- Sie ärgern sich nicht über sich selbst und sind ausgeglichener.
- Sie müssen sich nicht für etwaige Ausfälle entschuldigen.
- Sie schämen sich nicht für Ausbrüche und Blackouts.
- Sie reagieren nicht traurig und depressiv, sondern selbstbewusst und stark.

Fazit: Mit einem ausgeglichenen Wesen geht es Ihnen gut und das strahlen Sie auch aus.

RECHTLICHES UND IMPRESSUM

Die Inhalte dieses Buches wurden anhand von anerkannten Quellen recherchiert und mit hoher Sorgfalt geprüft. Der Autor übernimmt dennoch keinerlei Gewähr für die Aktualität, Richtigkeit und Vollständigkeit der bereitgestellten Informationen. Haftungsansprüche gegen den Autor, welche sich auf Schäden gesundheitlicher, materieller oder ideeller Art beziehen, die durch die Nutzung oder Nichtnutzung der dargebotenen Informationen bzw. durch die Nutzung fehlerhafter und unvollständiger Informationen verursacht wurden, sind grundsätzlich ausgeschlossen, sofern seitens des Autors kein nachweislich vorsätzliches oder grob fahrlässiges Verschulden vorliegt. Dieses Buch ist kein Ersatz für medizinische und professionelle Beratung und Betreuung.

Dieses Buch verweist auf Inhalte Dritter. Der Autor erklärt hiermit ausdrücklich, dass zum Zeitpunkt der Linksetzung keine illegalen Inhalte auf den zu verlinkenden Seiten erkennbar waren. Auf die verlinkten Inhalte hat der Autor keinen Einfluss. Deshalb distanziert der Autor sich hiermit ausdrücklich von allen Inhalten aller verlinkten Seiten, die nach der Linksetzung verändert wurden. Für illegale, fehlerhafte oder unvollständige Inhalte und insbesondere für Schäden, die aus der Nutzung oder Nichtnutzung solcherart dargebotener Informationen entstehen, haftet allein der Anbieter der Seite, auf welche verwiesen wurde, nicht aber der Autor dieses Buches.

1. Auflage

DiGi Generation
Rodensteinstr. 22
64625 Bensheim

Vertretung: Dr. Özgür Dagdelen, Torben Gebbert

E-Mail: hallo@digigeneration.de

21988988R00036

Printed in Poland
by Amazon Fulfillment
Poland Sp. z o.o., Wrocław